정확한
사랑의
실험

정확한
사랑의
실험

신형철

마음산책

# 정확한 사랑의 실험

1판  1쇄 발행 2014년 10월 1일
1판 32쇄 발행 2024년 11월 5일

지은이 | 신형철
펴낸이 | 정은숙
펴낸곳 | 마음산책

등록 | 2000년 7월 28일(제2000-000237호)
주소 | (우 04043) 서울시 마포구 잔다리로3안길 20
전화 | 대표 362-1452 편집 362-1451    팩스 | 362-1455
홈페이지 | www.maumsan.com
블로그 | blog.naver.com/maumsanchaek
트위터 | twitter.com/maumsanchaek
페이스북 | facebook.com/maumsan
인스타그램 | instagram.com/maumsanchaek
전자우편 | maum@maumsan.com

ISBN 978-89-6090-203-9  03810

* 책값은 뒤표지에 있습니다.

신성호 님 조봉순 님
나의 새로운 부모님들께,


그리고 신샛별
나의 절대적인 사람에게,

그러나 정확하게 표현되지 못한 진실은 아프다고 말하지 못하지만,
정확하게 사랑받지 못하는 사람은 고통을 느낀다.

　나는 해석자다. 해석자가 아니라면, 아무것도 아니다. 해석은 기술이기 때문에 비평은 직업이 될 수 있다. 해석이란 무엇인가. 해석학(hermeneutics)이라는 명칭 안에 전령사 헤르메스(Hermes)의 이름이 섞여 있는 것은 해석이라는 행위의 본질이 전달일지도 모른다는 점을 암시한다. 그러나 해석자는 이미 완성돼 있는 것을 전달하는 것이 아니라, 작품이 잉태하고 있는 것을 끌어내면서 전달한다. 그러므로 해석은 일종의 창조다. 무에서 유를 창조할 수는 없지만, 잠재적 유에서 현실적 유를, 감각적 유에서 논리적 유를 창조해낼 수는 있다. 원칙적으로 해석은 무한할 수 있지만, 모든 해석이 평등하게 옳은 것은 아니다. 정답과 오답이 있는 것은 아니라 할지라도, 더 좋은 해석과 덜 좋은 해석은 있다. 이를 가르는 기준은 다양할 텐데, 나에게 그것은 '생산된 인식의 깊이'다. 해석으로 생산된 인식이 심오할 때 그 해석은 거꾸로 대상 작품을 심오한 것이 되게 한다. 이런 선순환을 가능하게 하는 해석이 좋은 해석이라고 생각한다. 그런 의미에서 해석은 작품을 다시 쓰는 일이다. 작품을 '까는' 것이 아니라 '낳는' 일이다. 해석은 인식의 산파술이다.

모든 해석자는 '더' 좋은 해석이 아니라 '가장' 좋은 해석을 꿈꾼다. 이 꿈에 붙일 수 있는 이름 하나를 장승리의 시 「말」의 한 구절에서 얻었다. "정확하게 사랑받고 싶었어". 내게 이 말은 세상의 모든 작품들이 세상의 모든 해석자들에게 하는 말처럼 들렸다. 그렇다면 해석자의 꿈이란 '정확한 사랑'에 도달하는 일일 것이다. 이런 생각들을 하면서 나는 어디선가 이런 말을 했다. "비평은 함부로 말하지 않는 연습이라고 생각합니다. 타인들에 대한 폭력적인 단언을 즐기는 사람들도 당사자의 면전에서는 잘 그러지 못합니다. 어쩌면 비평은 함부로 말하지 않기 위해 늘 작품을 앞에 세워두는 글쓰기인지도 모르겠습니다. 작품 없이는 말할 수 없다는 이런 제약이 저는 가끔 축복 같습니다. (…) 저는 인간이 과연 어디까지 섬세해질 수 있는지 궁금합니다. 상상할 수 있는 한 가장 섬세한 사람이 되어볼 수는 없을까 생각합니다. 저 자신을 대상으로 삼아 실험해보고 싶습니다. 이 말은, 제가 실제로는 섬세한 사람이 아니라는 뜻이고, 그래서 계속 비평을 열심히 쓰겠다는 뜻입니다." 그리하여 '정확한 사랑의 실험'이라는 제목이 태어났다.

　　2012년 여름부터 2014년 봄까지 영화 주간지 〈씨네21〉에 '신형철의 스토리-텔링'이라는 타이틀로 매달 연재한 글들에다가 다른 지면에 쓴 글 세 편을 함께 엮어 이 책을 만들었다. 글들을 네 개의 주제로 나눠 묶고 보니 비평가로서의 내 관심사가 대개 이 넷으로 수렴된다는 것을 알겠다. 이 책의 저자가 영화평론가가 아니라 문학평론가라는 점은 이 책의 개성과 한계 모두에 관계한다. 그래서 연재 지면에 늘 이런 추신을 달았었다. "영화라는 매체의 문법을 잘 모르는 내가 감히 영화평론을 쓸 수는 없다. 영화를 일종의 활동서사로 간주하고, 문학평론가로서 물을 수 있는 것만 겨우 물어보려 한다. 좋은 이야기란 무엇인가, 하고." 둔한 내가 택할 수 있는 방법은 책을 읽을 때처럼 영화를 보고 또 보는 것뿐이었다. 한 편의 영화를 영화관에서 대여섯 번 보고 나서 열 줄로 이루어진 단락 열네 개를 쓰고 나면 한 달이 갔다. 누군가에게는 이 책이 부정확한 사랑의 폐허로 보이겠지만, 더 잘 할 수 있었는데 상황이 여의치 않았다고 변명할 수는 없다. 아무리 생각해봐도 나는 최선을 다했다.

애초 계획에 없었던 것이므로 나에게는 선물과도 같은 책이다. 이 선물을 주신 모든 분들에게 감사해야 한다. 연재를 제안해준 〈씨네21〉의 김혜리 기자님 덕분에 이 모든 일이 시작될 수 있었다. 그가 쓰는 모든 글의 독보적인 섬세함을 나는 열렬히 흠모한다. 내게 주어진 지면을 담당했던 신두영 기자님에게도 감사드린다. 감사보다는 사과가 필요할 정도로, 한 달에 한 번 지독한 마감 전쟁을 함께 치러주셨다. 박찬욱 감독님께 감사드릴 이유가 있어 기쁘다. 연재 도중 감독님으로부터 날아온 전갈은 결정적인 격려가 되었고, 보내주신 추천사를 읽은 밤에는 두려워서 잠이 오지 않았다. 마음산책 정은숙 대표님의 호의와 담당 편집자 박지영 님의 노고 덕분에 결국 책이 나올 수 있었다. 나보다 더 내 글을 귀하게 여기는 이를 만나 함께 책을 만드는 일의 행복은 글 쓰며 사는 이에게만 주어지는 과분한 특혜다. 그리고 마지막 한 사람, 내 아내 신샛별은 이 책이 다룬 거의 모든 영화를 함께 보았고 최상의 토론 상대자가 되어주었으니 사실상 공동 저자라고 해도 과언이 아니다. 이 책에 실린 글 중 하나를 나는 프러포즈를 하기 위해 썼다. 그녀를 정확히 사랑하는 일로 남은 생이 살아질 것이다.

2014년 가을
신형철

# 차례

## 필사적으로 무죄추정의 원칙 고수하기 윤리와 사회

## 나는 다시 나를 낳아야 한다 성장과 의미

### 부록

나의 없음을 당신에게 줄게요

**사랑의 논리**

# 나의 없음을
# 당신에게 줄게요

〈러스트 앤 본〉이 〈조제, 호랑이 그리고 물고기들〉을
다시 보게 하고 사랑의 논리학을 생각하게 하다

잭 스나이더 감독의 〈맨 오브 스틸〉(2013)에서 영웅과 악당은 끊임 없이 싸우고 부수고 절규하지만 거기에서는 아무런 심리적·육체적 고통도 느껴지지 않았는데, 특히 육체적 고통을 느끼지 못하는 이들의 액션을 구경하는 일은 마치 무성영화에 나오는 수다쟁이들의 대화를 지켜보는 것과 다를 바 없다는 생각을 하면서 나는 길고 긴 클라이맥스가 끝나기를 기다려야 했다. 그러다가 저 영화를 보기 전에 먼저 본 자크 오디아르 감독의 〈러스트 앤 본〉을 다시 떠올렸고, '영화와 육체'가 중요한 주제라는 생각을 새삼 하게 됐다. 이 주제에 대해서는 이미 발표된 남다은의 좋은 글('내가 만질 수 없는 그러나 나를 만져주는', 〈씨네21〉, 907호)이 있는데, 남다은은 〈러스트 앤 본〉이 경험하게 한 "육체적 전이" 현상이 이 영화의 서사 구조에 힘입은 것은 아니라고 했고 그의 말은 옳아 보였다. 그렇다 하더라도 이 영화의 서사 구조는 다른 각도에서라면 더 이야기할 여지가 있다고 생각했기 때문에 이제 그것에 대해 말하려고 한다. 이 영화는 평생 한 번도 특정한 어떤 말을 해본 적이 없어 보이는 남자가 바로 그 말을 하게 되면서 끝나는데 그 말은 바로 "사랑해"다.

결여의 발견으로서의
응답

문제는 이것이다. 두 사람이 동시에 서로를 사랑하게 되는 일은 드물다는 것. 대개는 먼저 사랑을 시작하는 한 사람이 있고, 그에 대해 자신의 입장을 밝히기를 요구받는 다른 한 사람이 있다. 그러므로 사랑(넓은 의미에서 관계의 논리학)을 탐구하려면 두 개의 물음을 따로 물어야 한다. 도대체 어떤 구조 속에서 A는 B에게 "나는 너를 사랑해"라고 말하게 되는가. 그리고 어떤 조건이 갖춰질 때 B는 A에게 "나도 너를 사랑해"라고 말하게 되는가. 이 두 물음 중에서 더 흥미로운 것은 후자다. 왜냐하면 내가 어쩌다 너를 사랑하게 된 것일까라는 물음은, 내가 너와 '이미' 사랑에 빠진 이후에 던져지는 한에서는, 물음으로서 성립되지 않기 때문이다. 그 물음에 대한 답은 근본적으로 동어반복에 가까워지고 말 것이다. '내가 너를 사랑하게 된 것은 네가 사랑받을 만한 사람이기 때문이다.' 그러므로 진정 놀라운 것은, 내가 누군가를 사랑하게 되는 일이 아니라, 그 누군가가 나의 사랑에 응답하게 되는 일이다. '우리는 어떤 특정한 상황 혹은 조건 속에서만 타인의 사랑에 기꺼이 응답하는가?'

신선한 인용은 못되겠지만 역시 스피노자가 유용할 것이다. 『에티카』 3부의 '정리 41'과 '주석'을 (편의상) 합쳐 정리하면 이렇다. "그가 누군가의 사랑을 받고 있다고 상상하고, 또 그가 자신이 그 누군가의 사랑을 받을 만한 타당한 원인을 제공했다고 믿는다면, 그는 자부심을 느끼며 기뻐할 것이다. 그런데 그가 누군가의 사랑을 받고 있다고 상상하되, 그가 그 사랑에 어떤 원인도 제공한 바가 없다고 믿는 경우, 그는 그 사랑에 대한 응답으로 그 누군가를 사랑할 것이다."(*Ethics*, Penguin, 1996, p. 92) 스피노자는 '나는 너를 사랑해'가 상대방에게서 끌어낼 수 있을 두 가지 결과를 말한다. 사랑을 받기 시작한 사람이 자신은 확실히 사랑받을 만한 사람이라고 생각한다면 그는 자기 자신을 더 사랑하게 된다. "네가 나를 사랑한다고? 응, 나도 나를 사랑해." 과연 그럴 것이다. 그런데 반대의 경우에 대한 스피노자의 설명 역시 옳은가? 타인의 과분한 호의에는 나 역시 호의로 응답하게 된다는 정도의 얘기라면 동의할 수 있다. 그러나 지금 우리는 '사랑'에 대해 말하고 있지 않은가. 사랑을 받기 시작한 사람이 자신은 사랑받을 만한 사람이 아니라고 느낀다면 그가 필연적으로 '나도 너를 사랑해'라고 말하게 될 거라 기대해도 좋은 것일까?

스피노자의 두 번째 설명은 언뜻 논리의 비약처럼 보인다. 그러나 그가 지금 결과를 확언하고 있는 것이 아니라 조건을 한정하고 있는 것이라고 이해해본다면 받아들일 여지가 생긴다. 내가 너를 사랑하는 일이 너의 "자부심"만을 북돋우는 방향으로 진행되지 않는 '조건'하에서만 응답을 '기대'할 수 있다는 것. 그러나 '조건'에서 '결과'로 이어지는 과정은 복잡할 것이고 이에 대한 보충 설명은 우리의 몫이다. 나는 〈러스트 앤 본〉이 스피노자의 문장에 적절한 주석을 달아줄 수 있을지도 모른다고 생각했다. 남자 주인공 알리마티아스 쇼에나에츠의 "사랑해"는 사실상 스테파니마리옹 코티야르의 사랑에 대한 그의 응답이었다. 도무지 응답할 것 같지 않던 그에게 도대체 무슨 일이 일어났기에 그는 영화의 끝에 이르러 우리의 예상을 뒤엎고 (어쩌면 알리 자신의 예상마저 뒤엎고) 스테파니에게 응답할 수 있었던 것일까. 이 물음에 답할 수 있게 된다면 우리는 스피노자의 설명에 빠져 있는 고리 하나

**러스트 앤 본** De rouille et d'os
감독 자크 오디아르, 벨기에 외, 2012

를 찾아낼 수 있게 된다. 당겨 말하면, 그 고리는 '나'라는 존재 내부의 '결여'와 관련돼 있다.

사랑을 받기 시작하면 우리는 자신이 어떤 존재인가를 새삼 생각하지 않을 수 없게 된다. 그런 의미에서 타인의 사랑은 질문이다. "내가 사랑하는 당신은 어떤 사람인가요?" 이 질문과 더불어 내 안을 들여다보기 시작하면, 서서히, 어떤 일이 벌어진다. 그 일은 스피노자가 말한 두 가지 방향을 따를 것이다. 그러니까, 나는 커지거나 작아진다. 내 안에 비어 있다 생각한 부분이 채워지면서 커지거나, 채워져 있다 생각한 부분이 사실은 비어 있었음을 깨달으면서 작아지거나. 후자의 변화, 즉 타인의 사랑이 내가 나를 더 사랑하게 만드는 것이 아니라 내 안의 결여를 인지하도록 이끄는 것, 바로 이것이 나로 하여금 타인의 사랑에 응답하게 만드는 하나의 조건이 된다. 그러나 이게 다가 아니다. 아래에서 〈러스트 앤 본〉을 통해 알게 되겠지만, 내가 내부의 결여를 인지하는 데에는 나를 둘러싼 외적 조건들도 일정한 영향을 미치는 것 같기 때문이다. 그 외적 조건들의 퍼즐이 때마침 어떤 조합을 이루는가 하는 문제는 거의 우연에 속한다. 그러므로 어떤 사랑의 논리학도 결과를 확언할 수 있는 정도로까지 정교해질 수는 없는 것이다. 우리가 세상의 모든 우연을 다 통제할 수는 없으므로.

쓰네오와 조제의 경우
―〈조제, 호랑이 그리고 물고기들〉

〈러스트 앤 본〉을 보고 위와 같은 궁리들을 하다가 10년 전의 영화 〈조제, 호랑이 그리고 물고기들〉(이하 〈조제〉)을 떠올렸다. 두 영화에는 분명한 공통점이 있다. 한 남자와 한 여자가 있는데, 여자의 다리에 장애가 있다는 사실 말이다. 어디 하나 건강하지 않은 데라고는 없어 보이는 쓰네오쓰마부키 사토시가 몸이 불편하고 성격이 내성적인 조제이케와 키 지즈루에게 다가갈 때 그가 품은 감정이 무엇인지는 불분명하다. 그것은 호기심과 동정과 사랑 사이에서 애매해 보이는데, 이 애매함을 견딜 수 없게 된 조제는 쓰네오에게 출입 금지를 선언하고 둘의 관계는 일단락되지만, 조제의 유일한 혈육인 할머니가 돌아가셨다는 소식을 전해 들은 쓰네오는 다시 조제를 찾아간다. 이때도 쓰네오의 감정이 분명해 보이는 것은 아니다. 그러나 정작 쓰네오는 제 감정의 정체가 무엇인지를 알기 위해 고뇌하지 않는다. 그는 그저 자신이 '타인의 기쁨의 원인'이 될 수 있다면 그것으로 됐다고 생각하는 것처럼 보인다. 이 영화에서 총 세 명의 여자와 육체적 접촉을 할 때 그의 표정에는 의미 있는 차이가 나타나지 않는다.

이런 진단이 쓰네오에 대한 비난이 되는 것은 아니다. 그것이 인간에 대한 순수한 애정의 발로인지 혹은 타인의 마음을 상대로 한 분별 없는 유희인지는, 쓰네오라는 '기쁨의 원인'과 관계를 맺고 모종의 변화를 경험한 당사자들만이 판단할 수 있을 것이다. 조제는 어떤 변화를 겪었나. 쓰네오와 재회한 이후 첫 번째 외출에서 조제는 호랑이를 보러 가자고 말한다. "좋아하는 남자가 생기면 제일 무서운 것을 보고 싶었어." 그녀는 이제 세상(호랑이)을 정면으로 응시할 수 있는 용기를 얻게 되었다. 그리고 얼마간의 행복한 시간이 흐른 후 둘은 불안한 여행을 떠난다. 둘 사이에 생겨나기 시작한 파열을 봉합하려던 것이었으나 상황은 오히려 반대 방향으로 전개된다. 이제는 돌이킬 수 없는 지점을 통과했다고 느낀 두 사람은 이것이 이별 여행이 될 것임을 예

**조제, 호랑이 그리고 물고기들** ジョゼと虎と魚たち
감독 이누도 잇신, 일본, 2003

감한다. '물고기 여관'에서 제의와도 같은 마지막 섹스를 하고 조제는 자신이 해저에서 헤엄쳐 나온 (다리가 없는) 물고기와 같으며 쓰네오가 떠나더라도 혼자 살아갈 수 있을 것이라고 자신을 다독인다. 호랑이와 물고기 사이에서, 둘의 짧은 관계는 끝난다.

　냉정하게 말해야 하리라. 쓰네오는 한 번도 조제를 사랑한 적이 없을 것이다. (최소한 지금 우리가 상정하고 있는 그런 의미의 '사랑'은 아니었다고 해야 하리라.) 그러므로 쓰네오에게 버려진 카나에<sup>우에노 주</sup>리가 조제를 찾아가 했던 말은, 돌이켜 생각해보면, 글자 그대로 받아들여야 하는 말이다. "너를 혼자 둘 수 없다고, 지켜줄 사람은 자기뿐이라고 쓰네오가 말하는데 웃기더라. 당연하지. 걔는 그렇게 착한 애가 아니거든. 솔직히 네 무기가 부럽다." 카나에는 부정하고 싶었겠지만 쓰네오의 말은 진심이다. 카나에가 경쟁자인 조제를 이길 수 없는 것은, 역설적이게도, 쓰네오의 감정이 사랑이 아니기 때문이다. 조제는 어떤가. 쓰네오의 감정을 사랑이라 믿고 싶어 하지만 그녀 역시도 카나에의 독설이 오히려 진실에 가깝다는 것을 안다. 그래서 조제는 자신이 생각한 것 이상으로 더 독한 진실을 내뱉고 만다. "정말 그렇게 생각해? 그럼 너도 다리를 잘라." 조제에게 가장 두려운 것은 자신의 무기가 더 이상 무기가 될 수 없는 상황일 것이다. 예컨대 쓰네오가, 이제는 휠체어를 사는 게 어때, 라고 말하는 상황 같은 것. 실제로 그런 상황이 오자 조제는 단호히 거절하면서 점점 더 어린아이가 되어간다.

　요점은 이 영화에서 '나는 너를 사랑해'라고 말하는 것은 쓰네오가 아니라 조제라는 것이고, 쓰네오가 어떤 답을 할 것인가 하는 문제가 서사의 관건이라는 것이다. "그 뒤로 우린 몇 달을 더 살았다. 담백한 이별이었다. 여러 가지 이유가 있겠지만 사실 단 하나의 이유만이 있었을 뿐이다. 내가, 도망쳤다." 쓰네오의 대답은 결국 '나도 나를 사랑해'가 되고 말았다. 쓰네오가 조제를 사랑하는 데 성공할 수 있으려면 조제의 결여(다리)만큼의 결여를 제 안에서 발견했어야 했다. 그러나 쓰네오는 실패했다. 예나 지금이나 쓰네오에게는 '없음'이 너무 없는 것이다. 조제의 집을 떠나며 쓰네오가 한발 늦게 오열하는 장면이 그토록 우리를 아프게 하는 것은 이것이 죄지은 자의 참회의 눈물이 아니라, 실패한 자의 통한의 눈물이기 때문이다. 죄가 아닌 실패를 비난하기는 어렵다. 그러니 조제가 쓰네오를 비난하지 않는다면 우리도 그를 비난할 수가 없다. 그리고 그녀는 비난하지 않는다. 영화의 후반부에서 더 분명해지는 것이지만, 그녀에게 더 중요한 것은 '나는 누군가로부터 사랑을 받을 수 있을까?'가 아니라, '내가 누군가를 사랑할 수 있을까?'였기 때문이다. 조제는 성공했다고, 이 영화는 말한다. 이것이 이 영화의 아름다운 힘이다.

알리와 스테파니의 경우
—〈러스트 앤 본〉

혹자는 조제가 장애인이므로 이 영화가 사랑의 일반논리학을 입증하는 데 도움이 되지 않는다고 말할지도 모른다. 그것이 사실이라면 같은 논리가 〈러스트 앤 본〉에도 적용될 것이다. 그러나 진실은 반대라고 말해야 한다. 이 특수한 상황이 오히려 사랑의 일반논리를 더 또렷하게 만든다고 말이다. '장애'라는 요소는 사랑의 논리학에서 결정적인 요소인 '결여'의 은유일 수 있기 때문이다. 이 두 영화에서 여자의 육체적 장애는, 여자 쪽에 있는 너무도 명백한 결여 때문에 남자가 자신에게는 결여가 없다고 믿도록 유도하는 역할을 하는데, 이는 딱히 둘 중 어느 한 사람에게 육체적 장애가 있지 않은 경우에도 언제나 발생할 수 있는 결여의 불균형이 어떤 식으로 나타나는지 더 명백히 보여준다. 사실 따지고 보면 두 영화의 공통점은 여주인공의 다리에만 있지 않다. 〈조제〉가 쓰네오의 눈물로 끝이 났듯이 〈러스트 앤 본〉의 종장終章을 쓰는 것도 남자 주인공 알리의 눈물이다. 그러나 이 공통점은 사실 차이점이다. 쓰네오의 눈물과 알리의 눈물은 종류가 다르기 때문이다.

알리는 먹고 섹스하고 싸우고 잔다. 그에게는 '자기의식'이라고 할 만한 것이 거의 없다. 그는 대체로 본능에 의해 움직이는 것처럼 보인다. 복잡한 일에 대해서는 생각 자체를 포기해버리는 종류의 사내이므로 어느 날 갑자기 다리가 잘린 채 나타난 스테파니 앞에서도 그의 태도는 여일하다. 비극적 사건을 겪은 스테파니가 지금 원하는 것이 무엇인지를 알아내기 위해 모두가 그녀의 눈치를 볼 때, 알리는 그저 자기가 하고 싶은 일을 하고 스테파니에게도 그 일을 하기를 권한다. "난 물에 들어갑니다." 그런 의미에서 알리에게 스테파니와의 섹스(알리가 '출장'이라 부르는)는 그녀와 함께 한 수영과 특별히 다른 일도 아니었을 것이다. 스테파니가 그 섹스에 부여하는 의미가 얼마나 크건, 알리는 기본적으로 육체적 행위에 정신적 의미를 부여하는 일 따위는 하지 않는다. "생각나면 '출장' 오라고 해요." 그의 말마따나 "출장"에 무슨 정신적 의미가 있겠는가. 그는, 할 수 있기 때문에, 한다. 놀라운 아이러니라고 할 것도 없지만, 그의 이런 태도가 스테파니를 구원하기 시작한다. 기본적인 신뢰가 갖춰져 있는 조건하에서라면, 타인의 결여에 대해 취할 수 있는 가장 올바른 태도는 그것을 '배려'하는 것이 아니라 '무시'하는 것일지도 모른다.

스테파니의 오해는 불가피하다. 그녀는 알리의 무심한 태도가 오히려 그다운 방식으로 섬세하게 계산된 사랑일 수 있다고 믿기 시작한다. 그러나 알리는, 스테파니가 처음으로 '나는 너를 사랑해'를 뜻하는 메시지를 우회적으로 발신했을 때, '지금 출장 가능!' 운운하며 스테파니를 좌절에 빠뜨린다. 심지어 그가 사 측의 부당한 노동자 감시 활동에 애매하게 가담한 것이 발각되면서 아들마저 남겨두고 도망치듯 떠나야 했을 때 그는 스테파니에게조차 아무 연락도 하지 않았다. 그런 사내가 불과 15분 뒤에 그녀에게 '나도 너를 사랑해'라고 말하게 되려면 어떤 일이 벌어져야 하는가. 아들 샘과 함께 즐거운 시간을 보내던 중 자신이 잠시 한눈을 판 사이에 얼음이 깨지면서 샘이 물에 빠져야 하고, 샘을 구하기 위해 얼음을 깨느라 그의 손뼈가 다 바스러져야 하며, 혼수상태의 아들이 깨어나기를 세 시간 동안 기다리면서 그동안 자신에게 한 번도 구체적인 실감으로 다가오지 않았던 죽음이 어떤 것인지를 절감해야 하고, 그리하여, 강철 주먹 같다고 여긴 자신의 삶이 얼마나 연약한 것인지를 발견해야 한다.

말하자면 이 영화는 스테파니의 다리가 잘리면서 시작되고 알리의 주먹이 박살 나면서 끝나는 영화다. 쓰네오에게는 일어나지 않았으나 알리에게는 일어난 이 극적인 사건 때문에, 쓰네오가 흘린 눈물과는 다른 종류의 눈물을 흘리면서, 알리는 비로소 스테파니에게 말할 수 있게 된다. "사랑해." 그는 그저 "사랑해"라고 말했을 뿐이지만 우리가 알다시피 그 말은 "나도 너를 사랑해"를 줄인 말이다. 쓰네오가 실패한 지점에서 알리는 성공했다. 쓰네오가 끝내 발견하지 못한 자신의 결여를 알리는 발견했기 때문이다. 그는 이 발견 이전으로 되돌아갈 수 없게 될 것이다. 영화가 알려주듯이 인간의 손가락뼈는 몸의 다른 뼈와는 달리 절대 회복되지 않는다. 그의 손은 앞으로도 계속 그에게 통증을 느끼게 할 것이고, 더 거대한 결여의 가능성을 상기하게 할 것이고, 스테파니에게 매번 다시 응답하게 할 것이다. 우리는 이렇게 자신의 결여를 깨달을 때의 그 절박함으로 누군가를 부른다. 이 세상에서 한 사람이 다른 한 사람을 향해 할 수 있는 가장 간절한 말, '나도 너를 사랑해'라는 말의 속뜻은 바로 이것이다. '나는 결여다.'

없음은
없어질 수 없으므로

　사랑에 대한 글은 이제는 읽기도 쓰기도 싫다고 생각하는 분들이 많다는 것을 알고 있다. 그러나 사랑이라는 것이 실은 본능, 충동, 욕망 등의 변장일 뿐이라고 단정하며 짐짓 냉소적인 태도를 취하는 것은 자신이 성숙하다고 믿는 미성숙한 소년들을 뿌듯하게 만들기는 하겠으나, 그것은 사랑에 대한 온갖 미신과 기만을 재생산하는 담론들 속에서 달콤하게 허우적거리는 것보다 더 생산적인 태도라고 할 수도 없다. 그래서 나는 사랑이 그것과 유사한 것으로 간주될 여지가 있는 본능, 충동, 욕망과 다른 것이라면 사랑이라는 감정 혹은 행위의 고유한 구조가 무엇인지를 진지하게 따져볼 필요가 있다고 생각하는 편이다. 이제 여기서는 욕망과 사랑의 구조적 차이를 이렇게 요약해보려고 한다. 우리가 무엇을 갖고 있는지가 중요한 것은 욕망의 세계다. 거기에서 우리는 너의 '있음'으로 나의 '없음'을 채울 수 있을 거라 믿고 격렬해지지만, 너의 '있음'이 마침내 없어지면 나는 이제는 다른 곳을 향해 떠나야 한다고 느낄 것이다. 반면, 우리가 무엇을 갖고 있지 않은지가 중요한 것이 사랑의 세계다. 나의 '없음'과 너의 '없음'이 서로를 알아볼 때, 우리 사이에는 격렬하지 않지만 무언가 고요하고 단호한 일이 일어난다. 함께 있을 때만 견뎌지는 결여가 있는데, 없음은 더 이상 없어질 수 없으므로, 나는 너를 떠날 필요가 없을 것이다.

# 정확한
# 사랑의 실험

〈로렌스 애니웨이〉의 '로렌스'와
〈가장 따뜻한 색, 블루〉의 '아델'의 경우

문학(글쓰기)의 근원적인 욕망 중 하나는 정확해지고 싶다는 욕망이다. 그래서 훌륭한 작가들은 정확한 문장을 쓴다. 문법적으로 틀린 데가 없는 문장을 말하는 것이 아니다. 말하고자 하는 바의 본질에 가장 가까이 접근하는 데 성공했기 때문에 다른 문장으로 대체될 수 없는 문장을 말한다. 그러나 삶의 진실은 수학적 진리와는 달라서 100퍼센트 정확한 문장은 존재할 수 없을 것이다. 그렇다면 결국 문학은 언제나 '근사치'로만 존재하는 것이리라. ('근사하다'라는 칭찬의 취지가 거기에 있다. '근사近似'는 꽤 비슷한 상태를 가리킨다.) 어떤 문장도 삶의 진실을 완전히 정확하게 표현할 수 없다면, 어떤 사람도 상대방을 완전히 정확하게 사랑할 수는 없을 것이다. 그러나 정확하게 표현되지 못한 진실은 아프다고 말하지 못하지만, 정확하게 사랑받지 못하는 사람은 고통을 느낀다. "정확하게 사랑받고 싶었어". 이것은 장승리의 두 번째 시집 『무표정』(문예중앙, 2012)에 수록돼 있는 시 「말」의 한 구절인데, 나는 이 한 문장 속에 담겨 있는 고통을 자주 생각한다. 최근에 본 두 편의 영화는 정확하게 사랑받기 위해 삶과 타협하지 않은 이들을 위한 아름다운 헌사처럼 보였다.

로렌스,
무엇이건

〈로렌스 애니웨이〉가 젊은 천재의 작품이라는 점을 주장하고 싶은
사람이 제시할 수 있는 근거는 많다. 이것이 '영화'라는 점을 한 순간
도 잊지 않겠다는 강박증의 산물처럼 보이는 현란한 촬영과 편집, 정
지 화면 상태 그대로 갤러리에 전시해도 좋을 것만 같은 이미지들을
창조해내는 회화적 재능, 영화 전체를 일렉트로니카 장르의 음악으로
조율하면서 그 사이에 베토벤의 〈운명〉 1악장을 이물감 없이 삽입할
줄 아는 음악적 센스 등등. 이 영화에는 자신의 선택에 거리낌이 없고
사람들이 그것을 좋아할 것이라고 확신하는 사람의 기운이 배어 있어
서, 때로는 유치하다 싶을 정도로 노골적인 화면을 보면서도 유치하다
고 타박하기보다는 함께 행복해지고 마는 신기한 체험을 하게 된다.
그러나 한 예술가를 평가할 때 그런 기술적인 요소들보다도 언제나
나에게 더 중요한 것은 인간과 세계에 대한 통찰력이다. (굳이 나누자
면 기교의 천재보다 인생의 천재를 숭배하고 싶다는 뜻이다.) 그런 통
찰력을 갖고 있는 예술가만이 진실한 감정을 창조해낸다. 자비에 돌란
감독이 과연 천재인지 아닌지 잘 모르겠지만 적어도 그는 자신이 다
루는 감정이 어떤 것인지를 잘 알고 있는 것처럼 보였다.

성공한 작가인 로렌스 알리아멜빌 푸포는 서른다섯 살 생일을 맞아
자신의 오래된 결심을 마침내 이행하려고 한다. 지금부터는 여자로 살
겠다는 것. 그의 내적 자아는 여자인데 불행히도 남자의 몸으로 태어
나고 말았다는 것. "35년 동안 내 안의 또 다른 나에게 죄를 지었어."
이제는 진정한 자기 자신이 되겠다는 로렌스의 선언 앞에서 누구보다
고통스러운 것은 연인 프레드수잔 클레망다. 그녀는 결국 로렌스를 응원
하기로 결심하고 힘겹게 이를 실천한다. 그러나 로렌스를 지지하는 사

람은 많지 않다. 직장에서 해고되었음을 통보받는 자리에서 로렌스는 동료 교사들에게 "Ecce homo"라는 문구를 남긴다. 물론 이것은 빌라도가 예수를 가리켜 "보라, 이 사람이다"라고 지칭하는 대목(요한복음 19장 5절)을 라틴어로 옮겨놓은 문장이다. 로렌스는 지금 자신 앞에 펼쳐질 길이 박해의 길임을 예감하고 있다. 아니나 다를까, 그 장면 뒤에 로렌스는 술집에서 시비를 건 어느 사내와 난투극을 벌여 피투성이가 된다. 당신이 사랑하는 사람이 바로 로렌스라면 당신은 그 상황을 견뎌낼 수 있을까. 이 영화는, 정직하게도, 견디기 어려울 것이라고 말한다.

이 긴 영화는 로렌스를 사랑하는 일의 고통을 견디지 못하는 프레드가 로렌스를 두 번 (혹은 세 번) 떠나는 이야기라고 정리할 수도 있다. 로렌스가 피투성이가 된 사건이 일어나고 얼마 되지 않아 프레드는 로렌스를 처음으로 떠난다. 로렌스와 프레드가 토요일 낮 식당에 마주 앉아 있다. 식당의 모든 손님들이 '여장 남자' 로렌스를 힐끔거린다. 서빙을 하는 장년의 여성이 로렌스에게 다가와 말을 건다. "아무리 봐도 정말 특이하세요. 재미로 그러는 거예요?" 로렌스를 사랑하는 일의 고통을 아슬아슬하게 견뎌온 프레드는 그 폭력적인 타자 앞에서 자신의 고통을 더 이상 억제하지 않는다. "남편을 위해 가발을 사본 적 있어? 남편이 길을 걷다가 얻어터질까, 그래서 만신창이로 돌아오지 않을까, 걱정해본 적 있어? 내 입장 생각해봤어? 나처럼 살아봤어? 그러니 쓸데없는 참견 하지 마. 그럴 자격 없으니까. 우리한테 질문하지 마." 이 일을 계기로 프레드는 자신이 로렌스를 사랑하는 일의

---

**로렌스 애니웨이** Laurence Anyways
감독 자비에 돌란, 캐나다 외, 2012

고통을 더 이상 감당할 자신이 없다는 것을 깨닫고 그를 떠나기로 결심한다.

그리고 5년 뒤, 이제 로렌스와 프레드에게는 각자의 배우자가 있지만 그들의 삶은 행복하지 않다. 로렌스의 집요한 노력에 프레드가 충동적으로 응답하면서 두 사람은 재회하고 그들이 오랫동안 꿈꿔왔던 장소 '검은 섬'으로 떠난다. 그러나 이 여행을 계기로 두 사람은 다시 한 번 이별한다. 프레드에게 가정이 있고 그녀가 그것을 포기할 수 없다는 것보다 더 근본적인 이유는, 로렌스가 자기 자신에게 진실한 존재가 되었을 때, 그리고 그런 로렌스를 있는 그대로 받아들이려고 노력할 때, 정작 프레드는 자기 자신이 아닌 존재가 되고 그만큼 고통스러워진다는 것이다. 이 사실을 재확인하면서 이야기는 사실상 여기서 끝난다. 두 사람이 마지막으로 한 번 더 만나는 장면을 에필로그처럼 보여주지만, 이 장면은, 그 장면의 뒤를 잇는, 10년 전 로렌스와 프레드가 서로를 처음 발견하는 행복한 장면과의 날카로운 대조를 위해 필요했던 것처럼 보인다. 〈로렌스 애니웨이〉에는 자기 자신으로 사는 일의 벅참을 찬미하는 낭만적 열기와 그 일이 자기 자신에게만이 아니라 타인에게도 고통을 안겨줄 수 있다는 사실에 대한 냉철한 통찰이 다 있다. 그런데 나는 프레드를 중심으로 후자에 대해서만 말한 것이 아닌가. 이 영화의 결말은 해피엔딩이 아니지만 그러나 이 영화가 비극이라고 말하기는 어렵다는 것, 그것이 이 영화의 매력적인 균형인데 말이다.

그래서 마지막에는 다시 로렌스에 대해 말해야 한다. 프레드가 그토록 사랑했으나 끝까지 사랑하는 데에는 실패한 로렌스는 누구인가. 그는 자신의 내적 존재의 성별이 여자라고 생각하지만 그렇다고 남자를 성적 대상으로 생각하는 것은 아니다. 그는 아름다운 여성으로 보이기를 원하며 그렇게 외모를 꾸미지만 여성적 태도라고 할 만한 것을 흉내 내지는 않는다. 그는 성전환 수술을 받을 생각이 없지는 않은 것 같지만 10년 동안 그것을 실천하지 않는다. 요컨대 그는 (분명히) 게이가 아니고 (아직은) 트랜스젠더가 아니다. 나는 그/그녀가 모호하다고 생각했다. 그러나 어쩌면 이런 명명과 분류는 어떤 난처한 불안의 산물일지도 모른다. 마치 통성명을 할 때 상대방이 이름만 말하면 그의 성姓이 무엇인지를 확인하기 위해 재차 물어보는 것과 유사한 종류의 강박은 아닌가. 이 영화가 로렌스의 성姓에 취하는 대범한 태도는 곧 성性에 대한 이 영화의 태도를 반영하는 것처럼 보인다. 그래서 그의 이름은 '로렌스 무엇이건(Laurence Anyway)'이다. 이 이름은, 우리가 자기 자신으로 사는 일이 쉬운 일은 아니지만, 그럴 수만 있다면 '어떤 길(any way)'을 택해서라도 그래야 한다고 말해준다. 로렌스는 프레드를 잃은 뒤에도 자신의 선택을 후회하지 않았다. 아니, 더 분명히 말하자면, 로렌스 그녀는 행복해 보인다.

아델의 삶,
3장을 향하여

'나 자신이 되는' 일의 매혹과 고통은 〈가장 따뜻한 색, 블루〉의 주제이기도 하다. 이 영화의 프랑스판 원제목은 〈아델의 삶, 1장과 2장〉이지만 이 이야기는 0장부터 시작된다. 0장을 이루는 것은 아델아델 엑사르코폴로스이 엠마레아 세이두를 만나 사랑에 빠지기 전까지의 이야기다. 이 영화에는 원작 만화에는 없는 요소들이 적지 않게 첨가됐는데, 세 개의 문학작품을 아델의 현 단계가 어디인지를 이해할 수 있는 참고 문헌처럼 삽입한 것도 그 한 사례다. 마리보의 소설 『마리안느의 생애』를 다루는 수업 시간을 보여주면서 영화가 시작될 때 교실 어딘가에서 아델은 소설 속의 마리안느처럼 자신의 삶에 어떤 사랑의 영광과 비참이 함께할지를 상상했을 것이다. (압둘라티프 케시시 감독은 아델의 식욕을 유별나게 강조하여 그것으로 그녀의 결핍과 욕망을 짐작할 수 있게 유도했다.) 그런데 마침 아델에게 한 소년이 나타났으니 그녀는 사랑에 빠지기만 하면 될 것인데, 아델은 소년과의 데이트가 자신을 설레게 하지 않는다는 것을 깨닫고 혼란에 빠진다.

그 무렵 문학 수업 시간에는 하필 장 아누이의 『안티고네』를 다루게 되는데 담당 교수는 비극이란 막을 수도 피할 수도 없는 것이지만 그것은 어떤 영원, 보편, 본질에 가닿는 사건임을 강조한다. 어쩌면 아델은 그 순간 자신이 머잖아 안티고네처럼 어떤 비극적 상황에 던져져 고독한 선택을 감행해야 한다면 그 일을 막지도 피하지도 않겠다고 결심했을지도 모른다. 그 수업 이후 아델은 동성 친구와 충동적으로 키스한다. 그 일을 계기로 그녀는 자신이 어떤 섹슈얼리티의 소유자인지를 희미하게나마 인식하게 되고 또 사랑에 빠지는 일의 기쁨이 무엇인지 알게 된다. 그러나 친구는 자신의 행동이 진지한 것이 아니었다고 말하면서 아델에게 상처를 주고 아델을 이제 막 시작된 자기 발견의 길 입구에서 쓰러뜨린다. 이 상처는 아델이 더 능동적으로 자신의 욕망을 추구할 수 있도록 유도했다는 점에서 무익하지 않았다. 아델은 용기를 내 레즈비언 클럽에 가고 거기서 엠마를 만난다. 이제 아델의 삶 0장은 끝났다. 엠마와 함께 1장이 시작될 것이다.

아델과 엠마가 낮에 다시 만나 맨 처음 하는 일은 상징적이다. 엠마는 아델을 '그린다'. 엠마의 의도야 어쨌건, 이제 아델은 엠마가 이끄는(그리는) 대로 살 것이었다. (이 관계는, 아델을 모델로 그린 그림으로 엠마가 첫 전시회를 하고 아델이 그 그림들을 등지고 떠나는 마지막에 이르러서야, 완전히 끝난다.) 아델의 삶이 새로운 국면에 접어들었다는 것을 아델 자신보다 더 빨리 눈치채는 것은 오히려 친구들이다. 친구들의 잔인한 심문을 경험하고 아델은 여자가 여자를 사랑하는 일이 이 세계에서는 죄악으로 간주될 수도 있음을 느낀다. 그날 오후 문학 수업이 다루는 텍스트는 (영화에서 시인과 제목이 언급되지는 않지만) 프랑시스 퐁주의 시 「물」이다. 이 시에는 다음과 같은 구절이 포함돼 있다. "마치 고정관념처럼 물을 지배하는 중력에만 순종하려는 히스테릭한 욕구 때문에 사람들은 물이 미쳤다고 할지도 모른다."(프랑시스 퐁주, 『일요일 또는 예술가』, 박동찬 옮김, 솔, 1995) 이 수업 시간에 아델은 딴생각을 했지만, 만약 귀 기울여 들었다면, 자신만의 특별한 "중력"에 순응하며 사는 일이 때로는 "미쳤다"라는 비난을 받을 수도 있는 것임을 예감했을 것이다.

쥘리 마로의 원작 『파란색은 따뜻하다』(정혜용 옮김, 미메시스, 2013)는 이야기를 그런 방향으로 더 강하게 몰고 간다. 원작에서 아델은 엠마에게서 버려지기 전에 자신의 가족들로부터 먼저 버림받는다. 그러나 영화는 이야기를 다른 방향으로 꺾는다. 아델이 엠마라는 중력에만 순응하는 삶에 만족하면 할수록 엠마는 그런 아델을 못 견뎌한다. 말하자면 이 영화는 두 사람의 문화적 계급 격차가 사랑을 어떻게 내부에서 무너뜨리는지를 다루는 파스칼 레네의 소설 『레이스 뜨는 여자』(혹은 클로드 고레타 감독의 〈레이스 짜는 여인〉)가 선택한 방향으로 간다. 두 사람의 차이가 상호 매혹의 원인이 되기도 하지만 동일한 차이가 결국 그 관계를 견딜 수 없는 것으로 만들기도 한다는 것. (이를테면 '굴'과 '스파게티'의 차이 같은 것 말이다.) 고독을 견디지 못한 아델이 직장 동료 남자와 잠자리를 같이했으므로 이별의 빌미를 제공한 것은 사실이지만, 좀 심하게 말하면, 엠마는 아델의 그와 같은 실

---

**가장 따뜻한 색, 블루** La Vie d'Adèle—Chapitres 1 et 2
감독 압둘라티프 케시시, 프랑스, 2013

수를 거의 기다려온 것처럼 보인다. 아델을 쫓아낼 때 엠마가 분출하는 통제 불능의 분노는 엠마가 자신의 위선에 느끼는 환멸의 산물이기도 하다.

첫사랑은 그렇게 끝났다. 이제 아델을 어떤 사람이라고 말해야 할까. 그녀는 실패했지만 그것은 가치 있는 실패다. 아델은 자신의 특별한 욕망을 자각한 그 순간부터 한 번도 뒤로 물러난 적이 없다. 그녀는, 우리 대부분이 그렇듯이 특별히 위대한 사람은 아니지만, 그러나 우리 대부분과 달리 비겁한 사람이 아니다. 그러니 실패한 그녀를 실패자라고 할 수는 없을 것이다. 결말에 대해서도 같은 말을 할 수 있다. 원작 만화는 병에 걸린 아델이 죽는 것으로 끝나지만, 영화는 엠마의 전시회장을 나와 어딘가로 걸어가는 아델의 뒷모습을 보여주며 끝난다. 이 결말이 뜻하는 바가 절망인지 희망인지를 묻는다면 나는 희망이라고 말할 것이다. 삶에 희망이 있다는 말은, 앞으로는 좋을 일만 있을 것이라는 뜻이 아니라, 우리의 지난 시간이 헛된 것이 아니라는 뜻이다. (이것은 김연수의 단편소설 「벚꽃 새해」(『사월의 미, 칠월의 솔』, 문학동네, 2013)의 전언이기도 하다.) 아델의 첫사랑이 고통스러웠다는 것을 부정할 수는 없지만 그 고통이 아무 의미 없는 것이 아니라면 절망이라는 말을 사용해서는 안 된다. 아델의 고통은 그녀를 달리 살게 할 것이고 더 사랑하게 할 것이다. 마지막 장면에서 아델은 그녀 삶의 제3장을 향하여 걸어간다.


정확한 영화란
무엇인가


두 영화의 공통점을 말하기는 쉽다. 성적 소수자가 주인공인 영화운운하는 것이야말로 가장 간단한 말이 될 것이다. 그러나 소수자라는 말 자체가 이제는 다수적·전체적인 말이 된 것은 아닌지 따져보기도 전에, 소수자라는 말의 '용법'이 너무 진부해져서, 이제 그 말은 로렌스나 아델 같은 아름다운 단독자들의 생명력을 죽여버린다. 소수자, 더 구체적으로는 여장 남자니 레즈비언이니 하는 말에 장점이 있다면 그것은 짧다는 것인데, 우리가 특정한 존재에게 짧은 이름을 붙이려고 하면 할수록 우리는 더 많이 폭력적인 존재가 되는 것일지도 모른다. 그렇다면 어떤 단독자의 진실을 폭력 없이 말하고 싶다면 짧은 말에 기대지 말고 더 길게 말해야 하는 것일까. 그러니까, 로렌스는 '본래 여자로 태어났으므로 여자가 되기를 원하는 남자'라고, 아델은 '여자를 사랑할 때만 진실한 자기 자신이 될 수 있는 여자'라고 말하면 되는 것일까. 아니, 이 말들조차도 너무 짧다. 충분히 길게 말하려면 세 시간은 걸릴 것이라고 생각했는지 두 감독은 세 시간짜리 영화를 만들었다. 긴 영화가 윤리적이라는 말은 아니지만, 어떤 진실은, 자신을 온전히 드러내기 위해 최소한의 시간을 요구해오기도 한다.

다른 공통점에 대해서도 더 이야기할 것이 있지만 이제 그것들보다는 두 영화의 차이 하나를 조심스럽게 말해보려고 한다. 〈가장 따뜻한 색, 블루〉를 본 관객들이 남긴 감상 평에는 '레즈비언 영화인 줄 알고 거부감을 느꼈는데 알고 보니 보편적인 사랑 이야기라서 좋았다'라는 요지의 말이 자주 나온다. 이 말은 분명하게 불편해서 그냥 넘어가기가 어렵다. 물론 '보편적인 사랑 이야기'라는 말이 완전히 틀린 것은 아니다. 앞에서 지적한 대로 〈가장 따뜻한 색, 블루〉는 레즈비언 커플로 사는 일의 특수한 고통에 대해 말하기보다는, 사랑의 관계 안에서 발생하는 어떤 격차와 그것이 초래하는 보편적 고통에 대해 말한다. 엠마가 아델에게 '나를 위해 식사를 준비하는 것 말고 네 자신의 자아실현을 위해 글을 써보는 게 어떻겠느냐'고 말할 때, 엠마는 굳이 여자여야 할 필요가 없으며 아델이 느끼는 고통도 레즈비언으로서 느끼는 고통이 아니다. 그래서 이 이야기가 보편적인 것이 된 것이 사실이라면, '그래서 좋았다'라고 말해버려도 되는 것일까.

이것은 소수적 주체성을 재현하는 서사물이 자주 부딪칠 수 있는 장벽이다. '특수'를 고집할 때 '보편'을 잃고, '보편'을 지향하면 '특수'를 잃는다는 것 말이다. 이런 맥락에서 두 영화의 상대적 차이에 대해 말할 수 있게 된다. 〈가장 따뜻한 색, 블루〉는 어떤 지점에 이르면 두 주인공이 여자와 여자라는 사실, 즉 이 영화가 레즈비언들의 서사라는 것을 자연스럽게 잊게 만들면서 '보편성'의 층위로 넘어가지만, 〈로렌스 애니웨이〉는 로렌스와 프레드의 관계가 갖는 '특수성'을 내내 잊지 않으며 이 연인들은 번번이 같은 암초에 걸려 좌초하고 만다. 요컨대 정확한 사랑을 그리는 정확한 영화가 되기 위해 노력했다는 점에서 큰 공통점을 갖고 있는 이 두 영화가 '보편과 특수'의 층위에서는 의미 있는 차이를 드러낸다는 것. 그렇다고 〈로렌스 애니웨이〉가 〈가장 따뜻한 색, 블루〉보다 더 '좋은 영화'라고 판결하려는 것은 아니다. 특수성을 고집하는 길이 보편성에 도달하는 길보다 '언제나' 더 올바른 길이라고 단언하려는 것도 아니다. 내게 이런 판단과 단언은 아직은 위험해 보인다. 그러니 일단은 이렇게 마무리하자. 이 세상에는 아름다운 영화, 흥미로운 영화, 정의로운 영화 등등이 있고, 하나가 더 있는데, 그것은 정확한 영화다. 그런데 또 하나가 더 있다. 그것은 '더 정확한 영화'다.

# 보통을 읽고
# 나는 쓰네

〈시라노: 연애조작단〉〈러브픽션〉〈건축학개론〉
〈내 아내의 모든 것〉을 통해 본 최근 연애 서사의 어떤 경향

기형도의 시 「그 집 앞」과 「빈집」처럼 말해볼까. 그날 마구 비틀거리는 겨울이었네. 모든 것이 나의 잘못이었지만 너무도 가까운 거리가 나를 안심시켰네. 나 못생긴 입술을 가졌네. 그토록 좁은 곳에서 나내 사랑 잃었네. 이 세상에 같은 사람은 없네. 그때는 너무 어렸으니 내 나이 겨우 20대 초반이었네. 사랑을 잃고 나는 썼네. 슬퍼하고 원망하고 저주하고 애원하며 썼네. 그러다 알았네. 내가 쓴 것들 속에는 오로지 '나'뿐이었네. 자기연민, 자기기만, 자기합리화, 자기모멸……. '자기'로 시작하는 모든 것이 그 안에 있었네. 나는 쓰기를 멈추었네. 그리고 몇 년이 지난 어느 날 나는 '닥터 러브'라는 사내가 쓴 책을 읽었네. 낄낄대며 찡그리며 감탄하며 찔끔대며 읽었네. 20대 때의 사랑은 나 혼자서 한 것이었네. 나는 그녀를 몰랐고, 그녀를 모른다는 사실을 몰랐네. 나는 사랑을 오해했고, 사랑을 이해하고 있다고 오해했네. 그 책을 읽고 나는 썼네. 두 가지 의미에서 썼네. 그간의 시행착오들이 아파서 입속이 썼고, 내 사랑을 해부해보고 싶어 무언가를 썼네. 그렇게 쓴 것들이 영화가 되었네. 아마도 나는 뒤늦게 용서를 빌고 있는 것일지도 모르네.

알랭 드 보통,
혹은 사랑의 아나토미<sup>anatomy</sup>

1970년 전후로 태어나 1990년대에 첫 연애를 시작한, 20대 내내 두
세 번의 연애를 경험했으나 대체로 실패한, 30대를 통과하면서 비로
소 지난 사랑의 패착을 분석할 수 있을 만큼 성숙해진, 그리하여 '이
제는 돌아와 거울 앞에 서서' 지난 사랑을 소재로 한 개인적이면서도
보편적인 영화를 내놓은 몇 명의 남자 감독들을 생각하며 이 글의 첫
단락을 썼다. 같은 해 개봉해서 두루 좋은 결과를 얻은 세 편의 영화,
〈러브픽션〉〈건축학개론〉〈내 아내의 모든 것〉(이하, 〈아내〉)이 바로 그
들의 작품이다. 전계수(1972년생), 이용주(1970년생), 민규동(1970년
생) 감독이 모두 동년배라는 사실, 그리고 이들 영화의 남자 주인공
들이 범하는 시행착오와 그들이 사로잡혀 있는 정서에 공통점이 있다
는 사실이 나로 하여금 어떤 '세대'를 가정하게 만들었다. 나는 이 감
독들이 30대의 어느 날엔가 알랭 드 보통의 소설을 읽었을 것이라고
짐작해본다. 왜 하필 보통인가. 할리우드의 동세대 감독인 마크 웨브
의 사랑스러운 영화 〈500일의 서머〉에서 주인공 톰<sup>조셉 고든 레빗</sup>이 보통
의 책 『행복의 건축』을 읽는 장면을 기억하시는지. 내 궁리는 거기서
부터 시작되었다.

지금은 논픽션에 주력하고 있지만 알랭 드 보통<sup>Alain de Botton</sup>
(1969~)은 소설 세 권을 연달아 발표함으로써 작가로서의 경력을 시
작했다. ① *Essays In Love*(1993) ② *The Romantic Movement*(1994)

---

**500일의 서머** [500] Days Of Summer
감독 마크 웨브, 미국, 2009

③ *Kiss and Tell*(1995)이 그것들이다. 이 중 ①이 『로맨스』(한뜻, 1995)라는 제목으로 출간되면서 그는 우리에게 처음 소개됐다. (출간 직후에 나는 우연히 이 책을 읽었고 지인들에게 한동안 호들갑을 떨었다. 그러나 당시에 이 책은 유명해지지 않았다.) 한국에 그의 독자들이 생기기 시작한 것은 ①이 역자, 제목, 출판사가 모두 바뀌면서 재출간된 2002년부터다. 이후 나머지 두 권도 엇비슷한 제목과 표지를 갖추고 (재)출간되면서 3부작이 구색을 갖추게 된다. ① 『왜 나는 너를 사랑하는가』 ② 『우리는 사랑일까』 ③ 『너를 사랑한다는 건』인데, 보시다시피 서로 잘 구별도 안 되는 흐리멍덩한 제목들이 붙었지만 판매에는 기여한 바가 적지 않을 것이다. (제대로 옮기자면 '사랑에 빠진 에세이' '낭만주의 운동' '폭로' 정도가 될 텐데, 확실히 제목을 바꾸고 싶어지기는 한다.) 그리고 이제는 그도, 그의 책도, 잘나간다.

보통의 개성은 어디에 있는가. 그의 '내용'보다는 '형식' 쪽을 따져보는 게 옳을 것이다. 문학 전공자들이 대개 한 번쯤은 들춰보는 『비평의 해부』(1957)에서 노스럽 프라이는 산문으로 된 문학작품을 네 갈래로 나눈다. 소설, 로맨스, 고백, 아나토미(해부). 말하자면 소설만 있는 게 아니라는 뜻이다. '로맨스'는 소설보다 더 오래된 형식이지만 '낡은' 것이 아니라 그냥 '다른' 것이다. 풍속과 부딪치며 살아가는 실제적인 인간보다는, 마치 리비도 그 자체를 표상하는 듯한 양식적이고 원형적인 인간을 다루는 이야기들. (제인 오스틴과 에밀리 브론테의 차이를 생각해보라.) 루소의 『고백록』(1782/1788)이 대표하는 종류의 글쓰기를 '고백'이라는 하나의 장르로 정당하게 자리매김하자

---

**시라노; 연애조작단**
감독 김현석, 2010

는 것도 이 구분법의 취지다. 덧붙여 프라이는 인간을 어떤 관념의 표상으로 보고 그 인간(관념)을 해석하고 해체하는 박학다식한 글쓰기를, 이 분야의 기념비인 로버트 버턴의 『우울증의 해부』(1621)에서 착안해 '아나토미'라고 명명했다. (이 네 갈래의 형식을 모두 종합한 작품도 있을까? 있다. 제임스 조이스의 『율리시스』(1922)는 이 모든 것이다!) 그렇다면 보통의 글쓰기는 어떤 부류에 속할까.

그의 초기 3부작은 흥미진진한 연애소설이지만 그냥 소설이기만 한 것이 아니라 거기에 다른 성분이 가미돼 있었기 때문에 빛났다. 프라이의 갈래 이론을 참조하면 그 '다른 성분'이란 바로 아나토미다. 보통의 주인공은 연인과 자신이 만난 사건이 989.727분의 1이라는 확률을 통과한 결과임을 계산해내고 흡족해하며, 그 이름도 생소한 그루초 막스Groucho Marx의 말("나 같은 사람을 회원으로 받아주는 클럽에는 가입할 생각이 없다")을 인용하면서 "그녀가 정말로 멋진 사람이라면 어떻게 나 같은 사람을 사랑할 수 있을까?"라는 의문에 빠진 자신을 막스주의자라고 주장한다. 그는 끊임없이 분석하고, 인용하고, 논증한다. 이 분야에서 그의 장인어른뻘인 밀란 쿤데라보다 깊이가 얕을지는 몰라도 재치는 확실히 한 수 위다. (처음에는 아버지뻘이라고 썼다가 고쳤다. 알랭 드 보통은 여자 친구와 무사히 결혼하기 위해 아나토미의 대가大家인 장인의 전공 분야를 공부하고 또 공부하는 예비사위 같다.)

아나토미 장르의 역사가 유구한 서구에서도 보통의 등장은 꽤 발랄한 사건으로 받아들여졌던 모양이어서 그의 책은 그쪽에서도 수많은 독자를 거느리게 된다. 나는 그쪽과 이쪽을 막론하고 보통의 책을 읽으면서 사랑을 '해부'하는 법을 배운 세대들이 있다고 가정해본다. 그리고 그 세대들이 영화를 만들면서 '로맨틱 코미디'라는 지극히 관습적인 장르에도 아나토미적인 요소가 새삼스럽게 부각되기 시작한 것은 아닐까 생각해본다. 〈500일의 서머〉에서 보통의 책이 등장하는 것을 보며 나의 궁리가 시작되었다고 앞에서 말했는데, 나는 2012년 개봉한 한국 남자 감독들의 발랄한 영화들을 보면서 그런 궁리를 굳혀 나갔다. 왜냐하면, 거의 스쳐 지나가기 때문에 알아보기 쉽지 않지만, 〈러브픽션〉과 〈아내〉에서도 보통의 책이 슬쩍 등장하기 때문이다. 〈러브픽션〉에서 주월하정우은 희진공효진과 첫 섹스를 한 이후 소파에 누워서 보통의 첫 소설을 읽는다. 〈아내〉에서 두현이선균이 정인임수정의 모든 것을 보고서로 정리하는 장면에서 정인의 책상에 쌓여 있는 책은 모두 보통의 책이다. 보통은 이제 '사랑의 아나토미'의 아이콘이다.

아나토미의 요소들
—사랑 기계, 닥터 러브, 아날로지

저쪽의 사례로 〈500일의 서머〉가 있다면 이쪽의 사례로는 먼저 김현석 감독의 〈시라노; 연애조작단〉(이하 〈시라노〉)을 언급해야 할 것이다. 물론 이 영화에는 보통의 소설이 등장하지 않는다. 그러나 연애조작단의 업무를 빠른 속도로 소개하는 이 영화의 도입부가 상쾌하게 느껴지는 것은 편집의 리듬 때문만은 아닐 것이다. 사랑이 발생하는 메커니즘을 매뉴얼로 만들어서 하나씩 관철시켜 나가는 그 장면이 바로 '낭만적 사랑'이라는 유구한 신화를 해부하는 아나토미의 매력을 발산하고 있기 때문이다. 그와 같은 해부를 가능하게 한 이 영화의 기본명제는 이것이다. '사랑은 인위적으로 조작 가능한 감정이다.' 운

**러브픽션**
감독 전계수, 2012

명적인 우연성이 있는 것이 아니라 기계적인 필연성이 있을 뿐이라는 것. 정신분석학에서 '전이 사랑transference love'이라 부르는 현상을 참조해본다면 저 명제는 참이다. 왜 분석 상담 과정에서는 피분석자가 분석가를 사랑하게 되는 일이 빈번히 벌어지는가. 그것은 상담이라는 상황이 구비하고 있는 특정한 조건 때문이다. 거꾸로 말하면 우리는 특정한 조건 속에 던져질 때 필연적으로 사랑에 빠질 수 있다. 정신분석학자 믈라덴 돌라르Mladen Dolar의 말마따나 우리는 '사랑 기계'다.

물론 이 영화는 저 명제를 거부하기 위해 도입한다. 연애조작단의 '작업'은 영화 만들기에 대한 반성적 성찰처럼 보이는 데가 있고, 그를 통해 멜로드라마가 어떤 매뉴얼에 의해서 재생산되고 있는지를 폭로하는 효과를 거두지만, 후반부는 다시 얼마간 익숙한 멜로드라마의 문법으로 되돌아가기 때문이다. 예측 불가능한 진심이 돌출하고 작업이 혼란에 빠지는 모습을 보여주면서 이 영화는 결국 사랑을 하는 것은 기계가 아니라 인간이라고 말하고 싶어 한다. 그럼에도 이 영화는 흥미롭다. 첫째, 아나토미를 위해 필요한 제3의 시선, 즉 '사랑을' 그리는 것이 아니라 '사랑에 대해' 그리는 시선이 존재한다는 것. 사랑에 빠진 자와 거리를 두고 이를 관찰하는 그 제3의 인물을 (알랭 드 보통의 별명을 빌려) '닥터 러브'라고 하자. 〈시라노〉에서 그 역할을 하는 것은 병훈엄태웅 자신인데, 물론 그 닥터가 다시 환자로 되돌아가고 마는 것이 이 영화의 아이러니다. 둘째, 이 메타적인 시선을 뒷받침하는 유비類比analogy의 장치가 동원된다는 것인데 그것은 바로 '연극'이다. 연애조작단은 원래 연극단원들이 아닌가. 그래서 관객은 사랑과 연극을 자연스럽게 유비할 수 있게 되고 이 아나토미에 동참할 수 있게 된다.

이 두 가지 요소는 뒤에 나온 영화들에서도 다른 형태로 나타난다. 첫째, 닥터 러브의 경우. 〈러브픽션〉과 〈아내〉에 이르면 이 제3의 인물은 주인공 자신이 아니라 다른 인물로 완전히 분화된다. 〈러브픽션〉에서는 M이병준이라는 가상의 인물이 주월이 혼란에 빠질 때마다 나타나서 (언제나 옳지만은 않은) 충고를 늘어놓는다. 물론 이 M은 메피스토펠레스이겠지만, M이 주월을 자주 베르테르에 견준다는 점에 주목한다면, 그는 『젊은 베르테르의 슬픔』을 중심 텍스트로 설정하고 '사랑의 모든 것'을 해부한 책 『사랑의 단상』의 저자 롤랑 바르트의 패러디일지도 모를 일이다. 〈아내〉의 경우 그 역할을 맡는 것은 말할 것도 없이 장성기류승룡다. 이 영화는 그가 제 본분을 잊고 오히려 사랑에 빠져버리는 실수를 범하는 설정을 채택해 〈시라노〉에서의 병훈의 실패를 반복한다. 그리고 여기에 덧붙이자면, 〈건축학개론〉에서 승민이제훈의 첫사랑이 엉망이 된 까닭은 그의 곁에 있는 유일한 닥터 러브가 하필이면 납뜩이조정석였기 때문일 것이다. 전형적인 마초의 지혜를 전수함으로써 친구를 나락에 빠뜨린 그는 1997년도에 재수생이었으니 그 무렵 막 출간된 알랭 드 보통의 소설을 읽을 시간이 없었을 것이다.

둘째, 유비 구조의 경우. 이미 지적했듯이 〈시라노〉의 경우 그것은 '연극'이고 〈500일의 서머〉의 경우는 '건축'이다. 후자의 주인공인 톰은 건축가가 되기를 꿈꾸는 터라 사랑하는 여인과 행복한 가정을 꾸리는 일은 도시를 설계하는 일과 자주 유비된다. 그러나 이 유비는 그가 낭만적 사랑의 신봉자였기 때문에 설정될 수 있었던 것이어서 사랑의 실패와 더불어 이 유비 구조는 무너진다. 끝에서야 드러나는 것이지만, 이 영화에서 사랑과 진정한 유비 관계를 형성하는 것은 '계절'

**건축학개론**
감독 이용주, 2012

일 것이다. 서머summer가 떠난 자리에 새로운 사랑인 오텀autumn이 찾아오는 마지막 장면은 그 유비 구조를 완성하기 때문에 짜릿하다. 건축이라는 유비가 비록 무너지긴 하지만 이것이 매우 쓸모 있는 것이라는 점은 〈건축학개론〉과 〈아내〉가 동일한 유비 구조를 채택하고 있다는 점에서 확인할 수 있다. 차이가 있다면 전자가 '쌓아 올림'의 은유를 활용하고(사랑은 집을 짓는 일과 같다), 후자는 '무너짐'의 은유를 활용한다는 것에 있다(사랑은 지진처럼 시작되고 지진처럼 끝난다). 〈러브픽션〉의 경우 유비의 대상은 제목이 알려주고 있듯이 바로 '소설'이어서 이 영화에서 사랑하기와 소설 쓰기는 내내 평행적인 관계를 맺는다.

지금 반성하고 있습니까?
——연애 성장 서사의 일반문법

이제 더 흥미로운 공통점에 대해서 이야기하자. 〈500일의 서머〉에는 없는, 그러나 〈시라노〉 〈러브픽션〉 〈건축학개론〉 〈내 아내의 모든 것〉에는 어김없이 나오는 한 가지 설정에 대해서 말이다. 이 영화들 모두에서 서사의 진행 방향을 부정적인 쪽으로 꺾는 것은 남자들의 의심이다. 이들은 연인의 과거 및 현재의 남자들과의 관계를 의심하기 시작하고, 그녀를 "쌍년"(〈건축학개론〉) 혹은 "스쿨버스"(〈러브픽션〉)라 간주한다. 그래서 스스로 떠나거나, 이를 견디지 못한 연인이 떠나게 만든다. 그리고 그들은 영화의 끝에 이르러 자신의 의심이 근거가 없는 것이었고 모든 것이 자신의 미성숙함 때문에 일어난 일임을 깨닫고 죄의식에 휩싸여 반성한다. 요컨대 최근 한국 영화들이 들려주는 연애 서사는 이렇게 '반성하는 남자들의 서사'다. 이 글의 서론에서 내가 "이들 영화의 남자 주인공들이 범하는 시행착오와 그들이 사로잡혀 있는 정서에 공통점이 있다는 사실이 나로 하여금 어떤 '세대'를 가정하게 만들었다"고 적은 이유가 여기에 있다. 왜 갑자기 한국 영화의 남자 주인공들은 일제히 반성을 시작하게 된 것일까.

이 감독들은 정말로 30대의 어느 날엔가 알랭 드 보통의 소설을 읽고 일제히 자신의 20대를 되돌아보게 되었고 자신이 얼마나 어리석고 미숙했는지를 깨닫게 된 것일까. 그래서 금시작비今是昨非하여 개과천선改過遷善의 심정으로 옛사랑에게 회한의 편지를 띄우게 된 것일까. 남자들의 성숙을 증명하는 이 변화는 그 자체로 환영할 만한 일이지만 그러나 조금 미심쩍은 데가 있다. 왜 관객들은 영화의 끝에 이르러 이 모든 오해와 파국이 단지 남자의 착시가 낳은 왜상이었을 뿐, 그의 여자는 늘 충실한 연인의 자리에 있었다는 사실을 확인하게 되는가. 왜 초반부에는 유례없이 활기 넘치던 여성 캐릭터들이 후반부에 이르면 다소간 익숙한 여성상으로 되돌아가면서 결백해지는가. 그리고 왜 그녀들은 (정도의 차이가 있지만) 결국 남자들을 용서하게 되는 것일까. 고맙게도 이런 결말은 우리 남성 관객들을 안도하게 한다. 모든 잘못은 나에게 있다고 말하면서 우리는 사랑에 대한 믿음을 회복할 수 있게 되고 모르는 게 나을 사랑의 위험한 진실을 피해 가는 데 성공하지 않는가. 언젠가 이렇게 적었다.

"연애소설의 문법이란 무엇인가. 태초에 환상이 있다. '나는 그의 욕망을 안다, 나는 그가 원하는 바로 그녀'가 그것이다. 그러나 환상은 깨지기 마련이어서 어느 날 타자는 '넌 나를 몰라, 너는 내가 원하는 그 사람

---

**내 아내의 모든 것**
감독 민규동, 2012

45

이 아니야'라고 통보해온다. 그러니 이제는 환멸의 시간이다. 나는 그제야 나의 무지를 깨닫고 타자를 알고자 하는 욕구로 불타오른다. 우리의 그녀는 절치부심, 불철주야, 동분서주할 것이다. 그런데 아이러니하게도 그 과정에서 타자가 아니라 오히려 나 자신을 알게 된다. 사랑이 실패한 것은 내가 타자를 몰랐기 때문이 아니라 오히려 나 자신을 몰랐기 때문이라는 것, 진정한 문제는 지금 타자를 잃어버렸다는 데 있는 것이 아니라 그동안 내가 나 자신을 잃어버린 채 살아왔다는 것에 있음을 알게 된다. 이별은 이렇게 독이면서 약이다. 질 나쁜 연애소설은 연애에서 생긴 문제를 다른 연애(또 다른 타자, 반복되는 환상)로 봉합하지만, 괜찮은 연애소설은 같은 문제를 이렇게 자기 발견(또 다른 나, 성숙한 환멸)의 형식으로 해결한다."(『몰락의 에티카』, 문학동네, 2008, 682~683쪽)

특별할 것 없는 이야기지만 딴에는 이것이 대중적인 연애 서사의 일반문법이라고 생각하며 썼다. 요컨대 '태초의 환상-환멸의 시간-자기의 발견'이라는 도식이다. 이를테면 '연애 성장 서사'라고 할까. 물론 이것은 여자가 주체일 때를 염두에 둔 것이다. 이제는 물어야 할 것 같다. 남자들의 연애 성장 서사는 어떤 지점까지 나아갈 수 있고 또 나아가야 할까. 무엇이 우리 어리석은 남자들을 진정으로 성장하게 하는가. 언제나 그 자리에 있었던 연인을 의심했다가 이를 뉘우치면서인가, 아니면 사랑이라는 것에는 애초에 '그 자리'라는 것이 존재하지 않는다는 것을 깨달으면서인가. 잘은 모르겠지만, 성장이란, 더 이상 그 이전으로 되돌아갈 수 없게 되어버렸을 때에만 진정으로 가능한 것이 아닐까 하는 생각을 한다. 그러나 어쩌면 우리는 다음과 같은 것들만을 해왔기 때문에 늘 같은 자리를 맴돌았을 뿐 조금도 성장하지 못했던 것일지도 모른다. 너에게 용서받기 위한 반성, 아니, 이미 내가 나 자신을 용서해버린, 그런 반성 말이다.

# 어떤 사랑의
# 실패에 대하여

〈케빈에 대하여〉가 용감하게 물었으나
현명하게도 답하지 않은 것

열여섯 살 생일을 사흘 앞둔 어느 날, 낮에 아버지와 여동생을 살해하고, 저녁에 같은 학교 친구들을 학살한 케빈, 그 아이에 대해서 이야기해보자고 이 영화는 말한다. 그 요청에 나대로 응해보려고 하는데, 우선 케빈에 대해 먼저 이야기한 사람들의 말을 들어봐야 할 것이다. 원작 소설 『케빈에 대하여』 한국어판의 뒤표지에는 케빈을 규정하는 두 개의 단어가 적혀 있다. 하나는 '소시오패스'이고 다른 하나는 '괴물'이다. 둘 중 앞의 것은 대단히 부적절하게 선택된 단어로 보인다. 우리가 어떤 서사의 등장인물을 소시오패스니 사이코패스니 하며 '규정'하는 행위는 그 자체로 그리 바람직한 것이 아니다. 『지하생활자의 수기』의 '나'와 『이방인』의 '뫼르소' 등을 소시오패스라 규정한다고 해서 그 소설의 비밀이 풀리지는 않는다. 좋은 서사란 대체로 그런 식의 거친 규정을 무너뜨리기 위해 고안된 정교한 발파 장치다. 케빈을 소시오패스라고 규정해버리면 이 이야기는 '낳고 보니 아들이 소시오패스인' 한 불행한 엄마의 이야기가 되고 만다. 그때 우리에게 남는 것은 공포와 연민의 감정뿐이다.

게다가 그 규정은 사실에 부합하지도 않는다. 적어도 영화에 보이는 바대로라면 케빈은 '반사회적 인격장애자'로 분류될 만한 아이가 아니다. 영화가 제시하는 정보 안에서 판단하건대 케빈의 가족생활과 학교생활에는 아무런 문제가 없다. 그가 곤란을 겪고 있는 대상 혹은 유일하게 집착하는 대상은, 가족이나 학교 같은 '사회'가 아니라, 특정한 한 사람, 오로지 엄마(에바)뿐이다. 차라리 이 영화는 '한 여자와 한 남자의 이야기'다. 문제가 있다면 하필 그들이 모자 관계로 만났다는 데에 있을 것이다. 이 만남에서 누가 더 불행해졌는가를 묻는다면 에바라고 답할 사람들이 많겠지만, 이 영화는 엄마를 일방적인 피해자 혹은 희생자로 그리지 않는다. 간절하게 아이를 기다려왔고 숭고한 모성애를 발휘할 준비가 돼 있는 엄마에게 불운하게도 특별한 아이가 태어났다면 출산은 신의 저주가 되고 엄마는 극복의 주체가 될 것이다. 그러나 우리가 알다시피 에바는 그렇지가 않았다. 원하지 않는 아이를 낳아야 했고 그래서 그 아이를 사랑할 수 없었다. 그녀를 도덕적으로 단죄하려는 것이 아니라 사실이 그렇다는 것을 지적하려는 것이다.

그렇다 보니 이 서사에서는 저주와 극복의 주체가 불안정하게 엉킨다. 낳아보니 자식이 케빈이라는 사실이 에바에게 저주였다고 주장할 수 있다면, 마찬가지로, 태어나보니 엄마가 에바였다는 것은 케빈에게도 불운이라고 주장할 수 있을 것이라는 뜻이다. 에바가 케빈을 극복해야 했던 것처럼 케빈도 에바를 극복해야 했다. 이 영화의 제목은 〈에바에 대하여〉가 아니라 〈케빈에 대하여〉이지만, 우리는 에바에 대해서 이야기하지 않을 것이라면 케빈에 대해서도 침묵해야 할 것이다. 그런 맥락에서 (앞서 기각한 '소시오패스'라는 표현과는 달리) '괴물'이라는 표현에 대해서는 생각해볼 여지가 있다. 소시오패스는 '절대적인' 진단명이지만 괴물은 '상대적인' 규정이기 때문이다. 우리는 대체로 소시오패스가 아니고 앞으로도 그럴 테지만, 누군가에게나 언제든지 괴물이 될 수는 있다. 이런 의미에서 괴물이라는 규정이 상대적인 것이라면 우리는 케빈과 에바에게도 (다시 말하지만, 도덕적 단죄 없이) 물어볼 수 있을 것이다. 케빈은 괴물로 태어난 것인가 아니면 괴물로 길러진 것인가. 그가 괴물로 길러진 것이라면 괴물을 기른 존재는 괴물인가 아닌가.

나는 지금 메리 셸리의 『프랑켄슈타인』(1818)을 염두에 두고 있다. 광기 어린 열정으로 생명을 창조한 프랑켄슈타인 박사는 뒤늦게 후회하며 피조물을 혐오했고, 피조물은 자신이 태어났어야 할 이유를 찾지 못해 고통받다가 정말로 괴물이 돼버렸다. "나는 불행하기 때문에 사악하다. (…) 인간이 나를 동정하지 않는데 내가 왜 인간을 동정해야 하는지 말해달라." 오랜 세월 동안 대중들이 이 소설에서 창조주와 피조물의 이름을 혼동해온 것은 징후적이다. 누가 괴물인가. 누가 진짜 괴물인지를 가려내자는 뜻이 아니다. 어느 두 존재가 만나 거기서 하나의 괴물이 탄생했다면 그것은 어느 한 사람만의 책임은 아닐 것이라는 말이다. 에바가 케빈을 출산하는 장면에서 린 램지 감독은 영상을 일그러뜨려서 피사체가 흡사 괴물처럼 보이도록 했다. 그 화면에 찍힌 것이 침대에 누운 에바인지 자궁 밖으로 나오고 있는 케빈인지 나는 모른다. 두 사람 중 하나가 괴물인 것이 아니라, 둘 중 누구도 원하지 않은 그 관계 자체에 '괴물성'이 있지는 않은가. 본래 괴물이 아니었으나 둘이 만나서 함께 괴물을 탄생시킨 두 사람의 역사를 살피자.

**케빈에 대하여** We Need to Talk About Kevin
감독 린 램지, 영국 외, 2011

어떤 만남의
역사

첫 번째 장면. 자지러지게 울고 있는 케빈이즈라 밀러과 어쩔 줄 몰라
하는 에바틸다 스윈턴의 모습이 보인다. 이어서 케빈을 유모차에 태운 에
바가 거리를 걸어가는데 이때도 케빈은 떠나갈듯 괴성을 지른다. 이
두 장면을 보고 케빈이 처음부터 이상한 아이였다고 생각할 수도 있
을 것이다. 그러나 케빈의 입장에 선다면, 처음부터 에바에게도 문제
가 있었다고 말할 수 있는 가능성도 없지는 않다. 앞의 장면에서 자지
러지게 울고 있는 케빈을 에바는 '안고' 있는 것이 아니라 '들고' 있다.
그리고 에바는 케빈을 '야(Hey)'라고 부른다. 이 장면만 따로 떼놓고
본다면 두 사람을 '일반적인' 모자 관계라고 생각하기는 어려울 것이
다. 에바는 이웃집 아이를 돌보느라 진땀을 흘리는 미혼 여성처럼 보
인다. 뒤의 장면에서 에바는 케빈이 지르는 괴성을 견디다 못해 공사
장 근처에 유모차를 세운다. 케빈의 괴성을 더 큰 소음으로 덮어버리
기 위해서다. 케빈이 공사장의 소음에 물리적 충격을 받을 수도 있다
는 위험을 에바는 잊었거나 무시하고 있는 것처럼 보인다. 우리는 에
바를 이해할 수는 있지만 에바에게 동의할 수는 없다. 에바는 미숙했
다. 물론 '좋은 엄마'가 아니라고 해서 '나쁜 여자'인 것은 아니다.

두 번째 장면. 이제 말을 시작할 법한 나이가 되었음에도 케빈은
침묵을 고집한다. 에바는 케빈에게 '엄마'나 '공' 따위의 말을 가르친
다. 이 장면에서 에바는 케빈을 2, 3미터 정도 떨어진 곳에 혼자 앉혀
놓고 '공'이라는 말을 가르치기 위해서 케빈에게 공을 굴려 보낸다. 자
기에게로 굴러온 공을 보고 케빈은 어떻게 반응하는가. 첫 번째는 무
반응, 두 번째는 반응, 세 번째는 다시 무반응이다. 왜 이런 변화를 보
이는가. 케빈은 자신이 공에 반응하지 않다가 문득 반응하면, 그 변화

에 엄마가 어떤 반응을 보일지 궁금했을 것이다. 그래서 두 번째로 굴러온 공에 반응했다. 에바는 박수를 치며 케빈을 칭찬하지만 이는 지진아를 격려하는 교사의 모습이지 아들을 자랑스러워하는 엄마의 모습이 아니다. 어쩌면 케빈은 엄마가 안아줄지도 모른다고 생각했다가 좌절했을지도 모른다. 그래서 세 번째에 다시 무반응으로 돌아섰을 것이다. 이 장면은 겉보기와는 달리 사실상 아들이 엄마를 테스트하는 장면에 가깝다. 그리고 이 장면에서 에바는 결정적이고 치명적인 말을 케빈에게 하고 만다. "엄마는 네가 태어나기 전에 더 행복했어."

세 번째 장면. 에바에게 출산이란, 비유컨대, 기적 같은 선물을 가져다주는 산타클로스가 아니라 가압류 딱지를 붙이러 온 집달리執達吏다. 그래서 그녀는 모험가로 세계를 누비는 동안 수집한 각종 세계지도와 애장품들로 자신만의 방을 꾸민다. 이 행위의 의미를 궁금해하는 케빈에게 에바는 말한다. 누구나 자신만의 공간이 필요하다. 내게는 나의 공간이, 네게는 너의 공간이. 에바가 케빈에게 친절한 교사가 되려고 할 때마다 그녀는 차가운 엄마가 돼버린다. 케빈이 원한 것은 '둘의 공간'이었을 것이나 그 기대는 이로써 또 한 번 좌절되었다. 엄마는 언제든 이국의 땅으로 떠날 수 있는 사람처럼 보이는데 이것은 케빈에게 자신이 언제든 버림받을 수 있다는 가능성을 뜻할 뿐이다. (뒤에 둘이 함께 차를 타고 집으로 돌아오는 장면에서 케빈이 에바가 틀어놓은 제3세계 음악에 불만을 토로하는 것도 그 때문이다. 먼 이국의 땅을 생각하게 하는 그 음악은 엄마의 꿈이 지금 여기에 있지 않다는 것을 케빈에게 암시했을 것이다.) 케빈이 할 수 있는 일은 어쩌면 하나뿐이다. 엄마가 떠날 수 없게, 그 세계를 파괴하는 것. 그리고 케빈은 그 일을 한다.

네 번째 장면과 다섯 번째 장면. 지금까지의 흐름을 바꾸는 두 번의 계기가 등장한다. 케빈이 대소변을 가리지 않는 행위에 담겨 있는 메시지를 추론하는 것은 어렵지 않다. 그러나 에바는 그 의미를 모르거나 모른 척한다. 엄마는 아들과 시종일관 '대결'의 자세를 취한다. 아들이 공격하면 엄마는 반격한다. 그 반격의 와중에 케빈은 부상을 입는데 이를 계기로 팽팽한 균형은 무너진다. 이후 케빈이 대소변을 가리기 시작한 것은 화해의 제스처가 아니라, 에바가 자신에게 죄책감을 품게 하는 데 성공했기 때문에, 자신도 공격 카드 하나를 내려놓은 것일 뿐이다. 케빈에게 진정한 변화가 찾아오게 되는 계기는 에바의 임신이다. 비록 케빈이 갓 태어난 여동생의 얼굴에 어항의 물을 뿌리면서 저항하기는 하지만(이 장면은 이후 화학약품으로 여동생의 한쪽 눈을 멀게 하는 사건의 예고처럼 보인다), 그 방법이 무익하다는 것을 깨닫고, 여동생보다 더 사랑스러워지는 쪽을 선택한다. 동화책을 읽어주는 에바에게 케빈은 말한다. "미안해, 엄마." 그러나 여기서도 에바가 케빈을 안는 것이 아니라 케빈이 에바에게 안긴다.

케빈이 띄운
마지막 편지

　두 사람이 함께 등장하는 거의 모든 장면을 위와 같이 분석해볼 수 있을 것이다. 케빈은 끊임없이 에바에게 편지를 보내고, 에바는 그 편지를 받지 못하거나 거꾸로 읽는다. 에바는 (적어도 영화가 보여주는 화면 안에서는) 한 번도 진심으로 케빈을 안아준 적이 없고, 케빈이 다쳤을 때 거의 유일하게 "사랑해, 아들"이라고 말하지만 아들의 날선 반응 앞에서 두말없이 방을 나와버렸다. 이런 상황이 16년 동안 반복되면서 케빈은 불가피하게 하나의 태도를 습득하게 된다. 그것은 자신이 엄마에게 사랑받지 못한다는 사실을 견뎌내기 위해서 자기 자신을 사랑받지 못하는 게 당연한 존재로 만드는 일이다. 엄마에게 사랑받지 못하는 비참한 아들이 되기보다는, 차라리, 엄마에게 지독하게 구는 나쁜 아들이 되는 것이 더 견딜 만한 일이었을 것이다. 역설적이게도 이제 에바는 케빈에게 없어서는 안 될 존재가 되었다. 나의 악행을 지켜보는 유일한 관객인 에바가 존재해야만 케빈의 연기는 계속될 수 있고, 그러는 동안에만 그는 버림받은 아들이 아닐 수 있는 것이다. 이것도 균형이라면 균형이지만 그 균형도 곧 깨어진다.

그 계기는 부모의 이혼이다. 케빈과 실리아의 양육권이 각각 아빠와 엄마에게 귀속된다는 것이 더 큰 문제다. 이 결정만큼 케빈에게 충격적인 것은 없었을 것이다. 16년 동안 케빈을 지배해온 것은 엄마가 자신을 버릴지도 모른다는 불안감이었는데 이제 그것이 실현될 것이었기 때문이다. 이 일을 계기로 케빈은 에바에게 마지막 편지를 띄우기로 결심한다. 그것은 16년 동안 답장을 받지 못한 것에 대한 '복수'의 편지이고, 그 많은 편지들에 적혀 있었던 단 한마디인 "나를 사랑해주세요!"를 다시 한 번 피로 적어 띄우는 마지막 '구애'의 편지다. 그러나 케빈은 자신의 편지가 복수라고만 생각할 뿐 한편으로는 구애이기도 하다는 것을 미처 자각하지 못했다. 그는 그것을 감옥에서 2년을 보낸 뒤에야 알게 될 것이다. "이제는 들어야겠어, 왜지?(I want you to tell me, why?)" 에바의 물음에 케빈은 답한다. "안다고 생각했는데 이젠 잘 모르겠어.(I used to think I knew, but now I'm not so sure.)" 케빈이 '안다'고 생각한 것은 자신의 편지가 복수라는 사실이었을 것이다. 그러나 그 편지의 진정한 의미가 구애임을 뒤늦게 깨닫고 그는 이렇게 혼란에 빠지고 만다.

에바가 받은
마지막 편지

당연히 에바를 쏠 수는 없다. 그녀는 그 편지의 유일한 수신인이기 때문이다. (그러니 이 영화는 구스 반 산트의 〈엘리펀트〉(2003)와 비교될 만한 영화가 아닐 것이다. 이 피의 편지는 사회 전체가 아니라 오로지 한 사람을 위해 쓰인 것이기 때문이다.) 편지를 받은 에바는 지금 무엇을 하고 있는가. 피의 편지를 받았으므로 그녀는 온통 붉은색이다. 꿈을 꿀 때는 토마토 축제의 붉음 속에 있고, 깨어 있을 때는 붉은 페인트로 더럽혀진 집을 청소한다. 이 색은 에바의 패션passion('열정' 혹은 '수난')을 뜻할 것이다. 토마토의 붉은색은 에바의 열정을, 더러운 붉은 페인트는 그녀의 수난을. 그러나 에바의 열정과 수난을 인과관계로 오해해서는 안 될 것이다. 열정이 수난을 부른 것이 아니다. 그렇게 읽는 순간 우리는 에바를 단죄하게 된다. 에바에게 죄가 있다면 그녀가 에바라는 죄밖에 없다. 한 여자가 한 남자를 사랑하는 데 실패했다고 해서 그녀를 죄인으로 간주할 수는 없을 것이다. 비록 그 한 여자가 '엄마'이고 그 한 남자가 '아들'이라 할지라도 말이다. 케빈이 그럴 수밖에 없었듯이 에바도 그럴 수밖에 없었다.

그러나 에바가 그저 '자기 자신인' 채로 멈추는 것은 아니다. 사건 이후에 그녀는 변하기 시작한다. 어린 케빈은 말한 적이 있다. "사랑하는 것과 익숙해지는 것은 달라요. 엄마도 나를 익숙하게 여기기는 하잖아요." 사랑할 수 없는 존재에게 16년 동안 익숙해졌을 뿐이었던 에바는 자신이 한 번도 케빈을 진심으로 이해해보려고 노력한 적이 없었다는 것을 마지막 편지를 받고서야 깨닫게 된다. 영화의 후반부에서 에바는 (자신을 상징하는 색인) 붉은 페인트를 지우고, (케빈을 상징하는 색인) 푸른 페인트를 칠한다. (케빈의 방이 푸른색이었기 때문이다.) 케빈의 옷을 다림질하고 그 옷을 입어보기도 한다. 이제 에바는 케빈을 사랑하게 된 것일까? 아니다. 그녀는 다만 케빈이 보낸 편지를 더듬거리며 읽고 있을 뿐이고 케빈이 되어보기 위해 노력하고 있을 뿐이다. 마지막 장면에서 에바는 케빈을 힘껏 안아주지만, 이 장면에서도 에바는 진심으로 케빈을 안고 있다기보다는, 그저 안는다는 행위를 '시도'하고 있는 것처럼 보인다. 그러나 에바가 케빈을 안아주는 것은 이때가 처음이었다. 그것은 중요한 변화다.*

이 영화는 여기에 괴물이 있다면 둘 중 누가 괴물이냐고 묻고, 누가 괴물인지 결정하기가 불가능하다면 어느 누구도 괴물이 아니라고 답한다. 이것은 그저 서로를 '정상적으로' 사랑하는 데 실패한 두 사람의 이야기다. 한 사람은 덜 사랑했고, 바로 그랬기 때문에, 다른 한 사람은 너무 사랑했다. 그 상황을 극복하기 위해 둘은 노력했다. 엄마는 아들을 사랑하지 않기 때문에 사랑하는 척했고, 아들은 엄마를 사랑했기 때문에 사랑하지 않는 척했다. 그리고 그 결과는 파국이었다. 그러나 이 영화는 둘 모두를 기소하는 데 실패한다. 단지 이해하

---

* 이런 맥락에서 영화의 곳곳에서 흘러나오는 노래의 노랫말들은 의미심장해 보인다. 그것들이 케빈의 시점에서 불리고 있기 때문이다. 제라르 주네트의 용어를 빌려오자면 이 영화의 초점화자focalizer는 에바이기 때문에 모든 사건은 에바의 인식 지평 위에서 전개된다. 그래서 케빈의 내면을 이해할 수 있는 정보는 그가 하는 '대사'를 제외하고는 없다. 게다가 과거와 현재를 번갈아 보여주며 진행되는 이 영화에서 현재 시점의 서사는, 케빈은 감옥에 있으므로, 당연히 에바를 통해서만 진행된다. 그 노래들은 (에바가 케빈의 방을 뒤지는 장면을 제외하고는) 주로 현재 시점의 서사가 진행될 때 흘러나오는데, 그 노랫말들은 이 상황에서 케빈이 어떤 생각을 했을까 하는 궁금증을 얼마간 해결해준다. 그 노래들이 에바의 현재 상황과는 어울리지 않게 경쾌할 때 그것에는 케빈의 조롱이 담기고, 구슬픈 톤의 노래가 흘러나올 때 그것에는 케빈의 탄식이 담긴다. 이 노래들이 적절한 순간에 삽입돼서 에바와 케빈을 연결하고, 케빈을 더 깊이 이해해보기로 결심한 에바의 변화를 지지한다.

려고 애쓸 뿐이다. 이 영화를 보고 나서 케빈을 소시오패스 살인마로, 에바를 이기적이고 무책임한 나쁜 엄마로 기소한다는 것은 불가능한 일이다. 이 두 사람을 판단할 수 있는 유일한 기준은 이 이야기 내부에 있으며, 일단 이야기 안으로 들어가는 한, 누구도 법적 판단 혹은 도덕적 판단의 기준을 휘두를 수 없게 된다. 기소에 정확한 방식으로 실패하는 것이 좋은 서사의 목표라면, 이 영화는 제 목표를 달성하는 데 성공했다.

# 죽일 만큼
# 사랑해

## 죽음과 사랑에 대해
## 〈아무르〉가 제기하는 질문과 대답

인생이라는 사건의 가장 확실한 팩트는 생로병사다. 그것에 대해서
나는 아는 것이 없다. 태어나기는 했지만 무엇을 위해 어떻게 살아야
하는지 여전히 모른다. 하물며 늙고 병들고 죽는 것이 도대체 무엇인
지를 어떻게 알겠는가. 물론 읽고 들어 알고 있는 것들은 있다. 그러나
그런 종류의 앎은 우리가 실감 혹은 절감이라고 부르는 것과는 다를
것이다. 단테의 『신곡-지옥편』을 읽고 지옥을 알겠노라 말하는 일은
얼마나 어리석은가. 그래서 나는 모른다. 말년에 후두암에 걸려서 입
에서 끔찍한 냄새가 나자 사랑하던 개조차도 더 이상 가까이 다가오
지 않게 되었을 때 프로이트의 심정이 어떠했는지를 모르고, 당대 최
고의 지성인이었던 아이리스 머독이 알츠하이머에 걸려서 텔레토비가
나오는 프로그램에 넋을 놓고 있을 때 그 모습을 지켜보던 남편 존 베
일리의 기분은 또 어땠을지를 모른다. 미하엘 하네케가 만든 이 영화
〈아무르〉에서 병들어 죽어가는 안느에마뉘엘 리바와 그녀를 돌보며 고통
스러워하는 조르주장 루이 트랭티냥를 지켜보는 일은 참혹했다. 나는 울었
다. 그러나 나는 모른다.

죽어가는 자의
고독

방이라는 관 속에 죽어 누워 있는 안느의 모습을 보여준 뒤에 화면은 과거의 연주회장으로 이동한다. 프레임의 가운데 왼쪽쯤에 노부부가 앉아 있다. 연주가 시작되어도 카메라는 객석을 비추고만 있다. 조르주와 안느는 각기 그들 삶의 연주자였겠지만, 신이 죽음을 연주하기 시작하면 그들은 그저 수많은 관객 중 한 사람이 될 뿐이다. 그들이 연주회장에 있는 동안 집에 도둑이 들었다. 조만간 죽음도 도둑처럼 찾아올 것이다. 오랜 세월을 함께 보낸 부부지만 이 죽음의 전조前兆 앞에서 두 사람의 반응은 다르다. 조르주는 범상하게 넘긴다. "도둑들은 그냥 아무 집이나 터는 거니까." 안느는 예민하게 반응한다. "우리가 자고 있을 때 도둑이 들면 어쩌지? 생각만 해도 무서워." 그래서 안느는 그날 밤 잠들지 못한다. 잠들면 뜯긴 문으로 다른 도둑이 들어올 테니까. 도입부의 이 에피소드는 두 가지를 넌지시 말한다. 죽음은 조르주가 아니라 안느에게 올 것이라는 것. 그리고 이 영화에서 죽음은 '문'이라는 은유를 통과할 것이어서, 문을 따고 들어온 도둑처럼 곧 열린 창문으로 비둘기도 한 마리 날아들 것이라는 것.

다음 날 아침, 도둑이 뜯어놓은 문을 수리하기 위해 조르주가 어딘가에 전화를 걸고 난 뒤에, 이 사람들이라면 믿을 수 있다고 자신하자마자, 아이러니하게도 바로 그때, 안느의 예감은 실현되기 시작한다. 잠시 정신을 놓았던 그녀는 이내 정신을 차리지만 방금 있었던 일을 기억하지 못한다. 도둑이 뜯어놓은 문을 수리하기 전에 이미 죽음은 노부부의 집으로 들어왔을 것이다. 최초의 암시 혹은 경고다. 랠프 월도 에머슨에 따르면 이 암시와 경고는 한층 더 모욕적인 방식으로 계속될 것이다. "'자연은 실로 모욕적인 방식으로 우리에게 암시하고 경고

한다. 소매를 살짝 잡아당기는 게 아니라, 이빨을 뽑아놓고, 머리카락을 뭉텅뭉텅 뜯어놓고, 시력을 훔치고, 얼굴을 추악한 가면으로 바꿔놓고, 요컨대 온갖 모멸을 다 가한다. 게다가 좋은 용모를 유지하고자하는 열망을 없애주지도 않고, 우리 주변에서 계속 눈부시게 아름다운 새로운 형상들을 빚어냄으로써 우리의 고통을 한층 격화시킨다.'"(데이비드 실즈, 『우리는 언젠가 죽는다』, 문학동네, 2010, 209~210쪽에서 재인용)

안느에게 찾아온 죽음은 경동맥 근처에 자리를 잡았다. 성공률이 95퍼센트인 수술이었지만 그녀는 나머지 5퍼센트 안에 들었다. 수술 실패가 어떤 결과를 낳을지 모르는 상태이지만 안느는 장기 입원 치료를 거부하고 귀가한다. 그리고 다시는 입원 따위는 하지 않겠노라고 선언한다. 여든다섯 살에 출간한 『죽어가는 자의 고독』(1982)에서 노베르트 엘리아스는 적었다. 서구 사회가 문명화되면서 죽음이라는 불편한 사건은 격리되기 시작했다고, 그 격리의 공간인 병원에서는 "사람 자체에 대한 배려는 뒷전으로 밀리고 장기에 대한 배려가 우선시되는" 것처럼 보일 때가 있다고, 그런데 죽어가는 자에게 정작 가장 고통스러운 것은 육체적 통증이 아니라 정서적 고립이라고. 안느는 그녀의 삶을 아직은 자신이 통제하길 원했고, 조르주는 다른 모든 이들의 회의와 반대를 예상하면서도 안느의 결정에 동의한다. 이제 그들의 삶은 이전과는 완전히 달라질 것이지만 어떻게 달라질 것인지는 그들도 모른다. 일단은 최선을 다해서 변화에 적응해보겠다는 것이 그들의 생각이었을 것이다. 물론 이것은 안느가 여전히 '자기 자신'으로 존재

**아무르** Amour
**감독 미하엘 하네케, 프랑스 외, 2012**

할 때의 얘기다.

　상황이 악화되면서 안느는 계속 살아야 할 이유를 모르겠다고 말하기도 한다. 그러나 그 말을 하는 안느는 여전히 자기 자신이다. 그녀가 여전히 자기 자신인 한에서 그녀는 자신의 절망을 스스로 이겨낼 수도 있을 것이다. 안느에게 진정으로 상황이 악화된다는 것은 그녀의 육체가 점점 파괴되어간다는 것이 아니라 그녀가 더 이상 자기 자신으로서 존재할 수 없게 된다는 것이다. 이를테면 제자의 방문이 그랬다. 오른쪽 팔다리가 마비되어서 그녀는 피아노를 연주할 수 없다. 그러나 그녀는 여전히 스승으로서 제자를 맞이하고 싶었을 것이다. 그런데 안느를 방문한 이후 보낸 엽서에서 제자는 스승의 모습이 착잡하다는 심경을 피력하고, 이에 안느는 외려 상처를 입고 제자가 보낸 CD를 꺼버린다. 제자에게 그녀는 이제 스승이라기보다는 환자일 뿐이다. 딸과 사위의 방문도 부담스럽다. 그들의 걱정과 염려는 안느가 이제는 예전의 안느가 아님을 스스로 인정하도록 강요하는 일이 될 뿐이다. 더욱 치명적인 것은 안느가 말을 잃어간다는 것이다. 말을 잃으면서 그녀는 자기 자신으로서 존재할 수 있는 마지막 버팀목을 잃는다.

　그런 의미에서 안느가 사진첩을 보는 장면은 의미심장하다. 언어능력에 고장이 발생한 이후 그녀는 거의 "엄마(mère)"와 "아파(mal)"라는 두 개의 외마디 단어밖에 내뱉지 못하게 되었는데, 그런 그녀가 마지막으로 완성된 문장을 말하는 때가 바로 그 장면이다. 어렸을 때의 사진을 한 장씩 넘겨 보며 그녀는 말한다. "아름다워." "뭐가?" "인생이." "(…)" "참 긴 것 같아." "(…)" "인생은 참 길어." 도무지 어울리지 않는 상황에서 이런 말을 하는 안느의 의중을 조르주는 이해하지 못하는 것처럼 보이는데 그렇기는 관객도 마찬가지다. '인생은 아름답다'와 '인생은 참 길다'라는, 언뜻 보면 서로 충돌하는 것처럼 보이는 이 문장들을 안느는 동일한 표정과 어조로 말했다. 두 명제 사이에 안느는 어떤 접속사도 집어넣지 않았다. 이 마지막 말들은 무슨 암호처럼 조르주에게 건네진다. 그래서 이 이야기의 후반부를 조르주가 떠맡는다. 그가 해야만 하고 또 할 수밖에 없는 일은 안느의 마지막 두 명제에 기대어서 그녀의 비명("엄마"와 "아파")의 의미를 번역해내는 일이다. 자신이 번역한 대로, 그는 어떤 결단을 내릴 것이다.

사랑하는 자의
결단

조르주를 위한 첫 번째 장면. 조르주는 안느에게 화를 낸 적이 없다. 그러다가 안느가 잡지에 있는 별자리 운세 따위를 소리 내어 읽을 때 그는 화를 참는 데 처음으로 실패한다. 조르주가 장례식에 다녀온 날 안느가 이미 했던 얘기를 자꾸 반복할 때 그는 두 번째로 실패한다. 그리고 제자가 다녀간 이후 안느가 스스로 몸을 움직이려다 침대에서 굴러떨어졌을 때 조르주는 세 번째로 실패한다. 이쯤 되면 이제 조르주를 두렵게 하는 것은 안느일 뿐만 아니라 자기 자신이기도 할 것이다. 다가올 고난의 시간 속에서, 안느의 변화는 예상할 수 있어도 자기 자신의 변화는 예상할 수 없어서 두려울 것이다. 그 두려움이 그로 하여금 악몽을 꾸게 했다. 그 꿈 역시 이 영화의 핵심 은유인 문에서 출발한다. 누군가 문을 두드려 밖으로 나가 보지만 아무도 없고 복도에는 물이 차 있으며 누군가 조르주의 목을 조른다. 이 꿈속에서 그들 부부의 집은 땅속에 있는 것처럼 보인다. 햇볕이 잘 드는 지상이 아니라 불길한 물이 고이는 지하 같다. 이 집은 이미 땅속에 묻혀 있는 관이다. 아닌 게 아니라 이 집은 곧 안느의 관이 될 것이다.
두 번째 장면. 조르주가 고용한 두 번째 간호사가 안느의 머리를 거

칠게 빗고 그녀에게 거울을 들이미는 장면과 조르주가 그녀에게 해고를 통보하는 장면 사이에는 의미심장한 장면이 끼워져 있다. 열린 창으로 비둘기가 들어오고 조르주가 신속히 그것을 쫓아 보내는 장면 말이다. 기독교 상징체계에서 비둘기가 성령을 뜻한다는 것을 알고 있지만 이 장면에서 그것은 그냥 죽음처럼 보인다. 앞서 말했듯이 이 영화의 은유체계에서 죽음은 '문'으로 들어온다는 맥락이 이미 존재하기 때문이다. 아직은 때가 아니므로 이 비둘기는 빨리 내쫓겨야 했다. 그런데 비둘기는 왜 하필 이 순간에 나타났나. 이 장면에서 감독은 누군가가 부주의하게 열어놓은 창문으로 비둘기가 들어오는 모습을 보여준다. (후반부에서 비둘기가 다시 나타나는 장면에서는 그것이 어디로 어떻게 들어왔는지를 보여주지 않는다는 사실과 비교해볼 만하다.) 그 창문은 어쩌면 감독이 이 비둘기 장면 전후에 나오도록 편집해놓은 그 간호사가 열어놓은 것일까. 분명한 것은 그녀의 거친 태도가 안느의 죽음을 앞당기고 있다는 것이다. 그래서 그녀는, 잘못 들어온 비둘기처럼, 내쫓겨야 했다.

세 번째 장면. 조르주가 딸 에바이자벨 위페르와 독대하는 장면이 이어진다. 에바가 방문하자 조르주는 안느가 누워 있는 침실의 문을 잠근다. 딸이 항의하자 아버지도 저항한다. 여기서 조르주는 영화 전체를 통틀어 가장 많은 말을 한다. 그리고 이 장면에서 우리는 이 부부에게 가장 가까운 존재일 딸조차도 그들을 온전히 이해할 수 없을 것이라는 사실을 아프게 인정하게 된다. 아우슈비츠의 생존자 장 아메리는 『자유죽음』(김희상 옮김, 산책자, 2010, 26쪽)에서 이렇게 적었다. "너무도 완벽하게 유일해서 다른 것과는 헷갈리려야 헷갈릴 수 없는 자기만의 상황, 이른바 '인생 상황(situation vécue)'이라는 것은 무어라 말해도 절대 완벽하게 전달할 수 없다. 바로 그래서 어떤 사람이 자신의 손으로 목숨을 끊거나, 끊으려는 시도를 할 때마다 누구도 들춰 볼 수 없는 장막이 가려지는 것이다." 말하자면 조르주와 안느의 '인생 상황'을 이해할 수 있는 사람은 그들 자신 외에는 아무도 없을 것이다. 그러나 아빠는 딸에게 사과한다. 밖에서 문을 잠그는 일은 하지 말았어야 했다고. 그것은 마치 아내의 방을 관으로 만들어버리는 일일 수 있다는 것을 뒤늦게 깨달았다는 듯이.

네 번째 장면. 모두가 불안해하며 예상했던 바로 그 장면이다. 조르주는 면도를 하다가 또 안느의 비명 소리를 듣는다. 그래서 그는 안느의 손을 잡고 이야기를 시작한다. 10대 때의 어느 날 그는 어머니의 강요로 청소년 캠프에 갔었다. 하기 싫은 일을 하고 먹기 싫은 음식을 먹어야 하는 그곳에서 그는 극심한 고독과 고통을 느껴야 했다. 그 와중에 디프테리아에 걸리기도 했다. 그는 격리되어야 했고, 어머니에게 고독과 고통을 호소하는 엽서를 보내야 했다. 이 이야기를 끝내고 나서 조르주는 바로 그 일을 결행한다. 이 장면은 우리를 놀라게 하지만 조르주의 이야기와 관련해서는 필연적인 것처럼 보이기도 한다. 그 이야기의 주인공은 어린 시절의 조르주이지만, 지금 그와 같은 상황에 처해 있는 것은 침대에 누워 있는 안느다. "엄마"와 "아파"를 번갈아 외치는 안느에게서 조르주는 고통 속에서 엄마를 간절히 그리워했던 자기 자신의 모습을 보았을 것이다. 그는 마침내 안느의 비명을 번역하는 데 성공한다. 이것은 끔찍한 결론이지만 이 번역이 틀렸다고 단호히 말할 수 있는 사람은 아무도 없을 것이다.

다섯 번째 장면. 안느가 죽고 난 뒤 다시 비둘기가 날아든다. 앞에서 지적한 대로 이번에는 이 새가 어디로 어떻게 들어왔는지 알 수가 없다. 아니, 불을 켜야 할 정도로 컴컴했으니 모든 문이 다 닫혀 있었을 것이다. 안느가 죽었으니 이번에는 그 비둘기가 제때 제대로 들어온 것이다. 필연적인 방문이므로 그것은 닫힌 문으로도 들어올 수 있었다. 조르주의 반응도 다르다. 앞에서는 불결하고 불길한 것을 몰아내듯이 내쫓았지만 이번에는 그것을 담요로 덮어서 끌어안는다. 이것은 포획이 아니라 포옹이다. (잡고 나서 다시 풀어줬으니 잡는 게 목적이 아니라 안아보는 게 목적이었으리라.) 이 장면은 조르주가 조금 전에 안느에게 했던 일이 어떤 의미를 갖는 일인지를 상징적으로 복기한다. 비둘기가 처음 날아들었을 때 그는 안느를 죽음으로부터 지켜내기 위해 노력하고 있었지만, 두 번째 날아들었을 때의 그는 안느에게 죽음을 선물할 수 있는 자격과 용기를 갖고 있는 유일한 사람이 자신임을 깨닫고 그 일을 결행한 직후였다. 죽음을 내쫓는 일과 죽음을 끌어안는 일의 차이가 이와 같을 것이다.

## 사랑은 자체의 기준을 설정한다

인간의 내부에는 여러 마리의 짐승이 산다. 진화심리학은 그중 하나를 본능instinct이라 부르고, 프로이트는 다른 하나를 충동drive이라 부르며, 라캉은 또 다른 하나를 욕망desire이라 부른다. 그들 덕분에 우리는 본능과 충동과 욕망이 어떤 법칙을 갖고 있는지 조금은 알 수 있게 되었다. 그러나 사랑에 대해서는 그러기가 쉽지 않다. 사랑에 대한 대개의 정의는 시도되는 순간 실패하기 십상이다. 그래서 사랑은 전칭명제로 규정하기가 어렵다. 그것은 매번 개별적인 사례로 존재한다. 그래서 '사랑은 무엇이다'라고 말하는 일은 어리석은 일이며(나 역시 그 어리석은 사람들 중 하나다) 다만 '무엇도 사랑이다'라고 말할 수밖에 없다. 어떤 것이 사랑인지 아닌지를 판별할 수 있는 기준은 그 내부에 있을 때가 많다. 지젝은 독일 뮤지컬 〈가스파로네〉(1937)에서 주인공 '마리카 뢰크'의 대사인 "'나는 그를 사랑해요. 그러니까 내게는 내가 원하는 대로 그를 다룰 권리가 있어요!"를 인용한 다음 이렇게 덧붙인다. "그 말에는 사랑은 그 나름의 기준을 만든다는 사랑의 기적이 담겨 있다. 즉 사랑하는 관계 안에서는 우리가 사랑을 가지고 대하는지 사랑 없이 대하는지가 즉각적으로 명백해진다."(슬라보예 지젝, 『혁명이 다가온다』, 이서원 옮김, 길, 2006, 127쪽) 미하엘 하네케 감독은 이 영화에 '사랑'이라는 제목을 붙였다. 그렇게 함으로써 그는 '이것도 사랑이다'라고 말하려 했을 것이다. 우리는 흔히 '죽을 만큼 사랑해'라고 말한다. 이 영화는 '죽일 만큼 사랑해'라고 말한다. 사랑에 관한 야심찬 서사들은 이렇게 사랑에 대한 규정들을 유일무이한 방식으로 깨나가면서 자신을 정당화하기를 꿈꾼다.

왜 서사(이야기)라는 것이 필요한가. 이 세계에는 여러 종류의 판단체계들이 있다. 정치적 판단, 과학적 판단, 실용적 판단, 법률적 판단, 도덕적 판단 등등. 그러나 그 어떤 판단체계로도 포착할 수 없는 진실 또한 있을 것이다. 그런 진실은, 지금 문제가 되고 있는 한 인간의 삶을 다시 살아볼 수는 없더라도, 적어도 그러려고 노력할 때에만 겨우 얻어질 것이다. 세상 사람들이 '외도를 하다 자살한 여자'라고 요약할 어떤 이의 진실을 온전히 이해하기 위해 톨스토이는 2000쪽이 넘는 소설을 썼다. 그것이 『안나 카레니나』다. 이런 작업을 '문학적 판단'이라 명명하면서 나는 이런 문장을 썼다. "어떤 조건하에서 80명이 오른쪽을 선택할 때, 문학은 왼쪽을 선택한 20명의 내면으로 들어가려 할 것이다. 그 20명에게서 어떤 경향성을 찾아내려고? 아니다. 20명이 모두 제각각의 이유로 왼쪽을 선택했음을 20개의 이야기로 보여주기 위해서다. 어떤 사람도 정확히 동일한 상황에 처할 수는 없을 그런 상황을 창조하고, 오로지 그 상황 속에서만 가능할 수 있고 이해될 수 있는 선택을 있는 그대로 이해하려는 시도, 이것이 문학이다."

문학은 물론이려니와 영화 역시도 '이야기'라는 요소로 완전히 환원될 수는 없다는 것쯤은 안다. 그러나 저 문장이, 이야기라는 요소를 문학과 공유하고 있는 영화에도, 이야기라는 요소가 차지하는 그 비율만큼은, 유효할 것이라고 나는 기대한다. 바로 이런 의미에서 이 영화가 들려주는 이야기는 옳다. 덧붙이자면, 좋은 이야기는 그것이 끝나는 순간 삶 속에서 계속된다. 처음 봤을 때 나는 이 영화가 안느의 환영과 함께 돌아올 수 없는 외출을 하는 조르주가 현관문을 닫는 그 매혹적인 영화적 순간에 끝났으면 더 좋았을 것이라고 생각했다. 그러나 아닌 것 같다. 안느의 시체가 수습된 이후 그녀의 딸인 에바가 그 집을 다시 찾는 장면이 이어지는 것은 그럴 만하다. 그 장면에서는 모든 문들이 활짝 열려 있다. 죽음이 이미 다녀갔으니 문을 잠글 필요가 없어진 것이다. 에바는 거실로 간다. 늘 창가 쪽 자리에 앉던 에바가 이번에는 그의 부모가 앉던 자리에 앉는다. 그런 그녀를 멀찍이 떨어진 채 지켜보던 카메라가 문득 꺼지면서 영화는 끝난다. 부모의 의자를 그녀가 물려받았다. 이제는 그녀에게 죽음이 찾아올 것이다. 그리고 우리에게도.

발기하는 인간, 발화하는 인간

**욕망의 병리**

# 그녀는 복수를 했는데
# 그는 구원을 얻었네

〈피에타〉에서
'복수'와 '구원'의 문제

사소한 불평은 미리 해버리는 게 낫겠다. 김기덕 감독의 영화에서 배우들은 너무나 전형적인 억양으로, 너무나 기계적으로 말한다. 홍상수의 영화에서 배우들이 대사를 처리하는 방식과 정반대라고 해도 될 것 같다. 이것은 단지 영화일 뿐이라는 사실을 브레히트식으로 재인식하게 해주는 그런 대목들이 왜 있어야만 하는 것인지 나는 늘 의아했다. 시간에 쫓기다 보니 여러 번 되풀이 찍을 여유가 없었던 것일까. 이 점이 늘 안타까웠던 것은 그런 것들에 의해 완성도가 훼손되는 것이 억울할 정도로 그가 들려주는 이야기들이 훌륭했기 때문이다. 많은 이들이 그의 영화가 자주 보여주는 경이로운 이미지들을 찬미하지만 그 이미지들이 시각뿐만 아니라 통각까지 압도할 수 있는 것은, 당연하게도, 서사의 엄호 덕분이지 않은가. 그렇다는 것을 김기덕의 영화만큼 명확히 보여주는 사례도 드물다고 생각한다. 그의 열여덟 번째 영화를 봤다. 일단은 복수에 대한 이야기처럼 보였다.

# 복수의 서사란 무엇인가
## —고통의 등가교환이라는 문제

복수의 서사는 대체로 근대적 형법제도 바깥에서 구축된다. 자력구제로서의 사적 복수. 그런 복수들은 받은 만큼 돌려준다는 취지로 감행된다. 흔히 '눈에는 눈, 이에는 이'로 요약되는 원칙을 따라서 말이다. 백과사전을 뒤져보면 금방 알 수 있는 것이지만, 이 원칙을 그리스어로는 '탈리오 법칙lex talionis', 현대 영어로는 '탤리언talion'이라고 부른다. '눈에는 눈, 이에는 이'라는 관용구의 근원을 흔히 함무라비법전에서 찾지만 거기까지 올라갈 것도 없이 구약에도 동일한 표현이 세 차례(창세기, 레위기, 신명기)나 나온다. 당시에는 이것이 보편적인 복수의 논리였다는 뜻이다. "당신들은 이런 일에 동정을 베풀어서는 안 됩니다. 목숨에는 목숨으로, 눈에는 눈으로, 이에는 이로, 손에는 손으로, 발에는 발로 갚으십시오."(신명기 19장 21절, 대한성서공회 표준새번역) 그런데 문제는 내가 입은 고통을 가해자에게 정확히 되돌려주는 일이 생각만큼 간단하지가 않다는 데 있다. '눈'이나 '이'는 뽑으면 된다. 그러나 정신적인 고통은 어떻게 정확히 되돌려줄 수 있을까. 그런 고통은 계량되는 것이 아니지 않은가.

독창적인 복수의 서사를 만들고 싶다면 바로 이 난관을 창조적으로 돌파해 나가야 한다. 〈악마를 보았다〉(이하 〈악마〉)의 경우는 어떤가. 김수현이병헌은 자신의 약혼자를 강간 살해한 장경철최민식에게 전대미문의 복수를 감행한다. 죽기 직전까지 고통을 준 다음 풀어주고 다

**악마를 보았다**
감독 김지운, 2010

시 붙잡는 일을 무한히 반복하기. 그야말로 '무한히' 해야 할 일인데, 피해자의 고통은 '계산'될 수 없는 것이므로 끝내 '결산'되지도 않을 것이기 때문이다. 그러나 이 복수는 결과적으로 실패했다. 언뜻 보면 장경철의 역공이 원인인 것 같지만, 더 근본적인 원인은 장경철이 육체적인 고통은 느껴도 정신적인 고통은 느끼지 못한다는 데 있다. 눈알을 파내고 입을 찢어도 그가 느끼는 고통은 의과醫科적인 것에 불과하다. 육체를 제아무리 고문해도 이 가해자가 느끼는 고통은 피해자의 영혼을 조각낸 그 정신적 고통과 '등가교환'되지 않는다. 복수가 불가능한 상대여서 그는 '악마'다. 그래서 김수현은 최후의 수단을 동원하지만 그것은 복수의 대상을 바꿔버린 것에 불과할 뿐이며 남은 것은 더 파괴된 김수현 자신의 영혼이다.

〈악마〉보다 시기적으로 앞서지만 복수의 논리학이라는 측면에서는 한 걸음 더 나아간 것이 바로 〈올드보이〉다. 오대수최민식가 자신을 15년 동안 감금한 이우진유지태에게 복수를 준비하고 실행하는 이야기처럼 보이지만, 실제로는 이우진이 오대수에게 오랫동안 공들여 디자인한 복수를 실행하는 이야기다. 이 복수에 그토록 오랜 준비 기간이 필요했던 이유는 바로 〈악마〉의 실패를 반복하지 않기 위해서, 즉 '고통의 등가교환'을 정확히 성취하기 위해서였다. 그러려면 어떻게 해야 하나. 첫째, 오대수를 딸과 근친상간하게 만들어야 한다. 둘째, 그 사실을 딸에게 폭로해야 한다. 셋째, 그 충격으로 딸이 스스로 목숨을 끊어야 한다. 복수는 성공했는가? 역시 실패했다. 1단계에서 2단계로 넘어가는 찰나에 오대수가 자신의 혀를 잘랐고, 이에 이우진이 2단계

**올드보이**
감독 박찬욱, 2003

로의 진행을 중단시켰기 때문이다. 물론 오대수의 부성애에 감동했기 때문이 아니다. 누나를 죽게 한 것이 자기라는, 오랫동안 스스로 회피해왔던 그 진실을 이우진이 뒤늦게 깨달았기 때문이었다. 오대수에게 복수해야 한다는 일념으로 긴 세월을 버텨왔지만 이우진이 진정으로 복수해야 할 대상은 자기 자신이라는 것이 이 복수극의 아이러니다.

요컨대 두 영화 모두 복수에 실패했다. 하나는 방법이 틀렸고, 다른 하나는 대상이 틀렸다. 물론 서사 내에서의 이 실패가 서사 자체의 실패와 혼동되어서는 안 된다. 애초부터 실패담으로 구축된 것이고, 그 실패의 불가피함을 독창적인 방식으로 보여주는 데 그 가치가 있는 서사들이기 때문이다. 두 영화의 독창성은 바로 그 실패의 독창성에서 나온다. 실패의 불가피함을 성찰하면서, 고통, 증오, 환멸 등과 같은 인간 감정의 논리를, 이야기라는 형식이 아니면 도저히 전달할 수 없을 정도의 깊이로 보여준다. 〈피에타〉는 어떤가. 이 영화도 역시 복수의 서사라고 규정할 수 있다면, 이 영화는 앞의 두 영화가 도달하지 못한 어떤 지점까지 또 한 걸음을 내디뎠다. 이렇게 말할 수 있는 이유는, 〈피에타〉가 앞의 두 영화가 실패한 것, 즉 고통의 등가교환이라는 목표를 달성하는 데 성공했기 때문이 아니라(이미 말했듯이 복수의 성공/실패 여부는 서사 자체를 평가하는 기준이 될 수 없다), 이 복수의 서사가 예상치 못한 방식으로 도약해서 앞의 두 영화가 두드리지 않은 문까지 열고 있기 때문이다. 그것은 바로 구원이라는 문이다.

우선,
'복수의 서사'로서의 〈피에타〉

이 영화가 '복수의 서사'일 수 있다면 어째서 그러한지, 그리고 앞의 두 영화와는 달리 어떻게 고통의 등가교환이라는 목표를 성취했는지를 먼저 살피자. 김기덕 감독 자신은 이 영화의 취지를 이렇게 설명했다. "우리가 현재 살고 있는 삶 자체가 돈 때문에 파괴되어가는 것이 안타깝다. 그래서 돈 중심으로 돌아가는 사회에 대한 영화를 해야겠다고 생각한 거다."('김기덕을 말하다', 〈씨네21〉, 872호) 그는 이를 다시 "극단적 자본주의에 관한 영화"라는 말로 요약했다. 우리가 본 영화는 과연 그런 영화다. 흔히 '청계천 공구상가'라 불리는 종로구 장사동 지역을 배경으로, 자본주의 피라미드의 밑바닥에 있는 영세 자영업자들이, 고리 사채를 쓰고는 불어나는 이자를 감당하지 못해 불구가 되거나 목숨을 끊는 장면들을 이 영화는 관객의 눈앞에 들이민다. 그러나 '극단적 자본주의'라는 말이 이 영화의 서사적 박력의 원인을 설명해주지는 못한다. '자본주의의 서사'라는 말은 충분히 구체적이지 않다. 자본주의 체제하에서 모든 서사는 근본적으로 자본주의에 대한 서사일 것이기 때문이다. 관건은 역시 아들을 잃은 미선조민수의 복수담에 있다.

복수의 대상인 이강도이정진는 어떤 인물인가. 다른 인물들이 그를 가리켜 악마라고 부르지만 이강도는 〈악마〉의 장경철과는 다르다. 장경철이 악마인 이유는 그에게 어떠한 결핍도 없기 때문이지만(〈악마〉는 장경철의 과거에 대해 묻지 않는다), 이강도에게는 그것이 있다. 그것은 모성에 대한 결핍이다. 그러니 〈악마〉의 경우보다는 한결 더 수월할 수 있다. 이강도가 그 결핍을 스스로 깨닫고 있는지 어떤지는 불확실하다. 그는 자신의 분신과도 같은 칼을, 얼굴은 흐릿하고 풍만한 가슴만 강조돼 있는 여성의 초상화에 꽂아 놓는 방식으로 보관한다.

**피에타**
감독 김기덕, 2012

칼을 꽂을 때마다 그는 얼굴도 모르는 엄마를 떠올렸을까. 분명한 것은 그가 여성에 대한 증오를, 어쩌면 자기도 그 이유를 모르는 채로, 확고히 내면화하고 있다는 것이다. 그래서 그에게 여성은 욕망의 대상이 되지 못한다. 그의 성욕은 몽정과 자위가 뒤섞인 형태로만 해소되고, 돈을 갚을 능력이 없는 사내의 아내가 스스로 옷을 벗었을 때 그 행위는 이강도에게 유혹이 되기는커녕 오히려 혐오감을 불러일으킨다. 이 증오가 그의 결핍을 증명한다.

미선의 복수는 바로 이 결핍을 겨냥했다. 그리고 그 위에다가 〈올드보이〉가 이미 보여준 방법론으로 복수를 디자인했다. 정확히 동일한 상황을 설계해서 그곳으로 초대하기. 그녀 자신은 아들을 잃었으니, 고통의 등가교환을 위해서, 이강도는 엄마를 잃어야 한다. 그러나 이강도에게는 엄마가 없으니 일단 엄마를 제공했다가 다시 박탈하면 될 것이다. 산술적으로는 0에 1을 더했다가 다시 1을 빼는 것이지만 엄마가 돌아왔다가 다시 떠나는 경우라면 그 계산의 결과는 결코 0이 될 수 없을 것이고 결국 이강도의 영혼을 파괴하는 데 성공할 수 있을 것이다. 그러나 문제는 〈올드보이〉에서 15년 이상이 걸린 그 과정을 며칠 만에 성취해야 한다는 데 있다. 바로 그 때문에 이 영화에서 서사의 시간은 관객이 갖고 있는 시계보다 빨리 간다. 물론 이강도가 자신의 허벅지 살을 잘라서 미선에게 먹이고 그녀에게 강간을 시도했다가 포기하는 장면이 있기는 했다. 그러나 어머니라는 존재의 본질(그런 게 있다면)은 그와 같은 '순간적인' 시험을 통과하는 데서 드러나는 것이 아니라 '긴 시간'이 증명해주는 사랑의 지구력에서 드러나는 것이 아니던가. 모자의 첫 외출 장면에서 이강도의 변한 얼굴이 관객에게 다소 당황스럽게 혹은 성급하게 느껴지는 것은 그래서다.

그럼에도 영화를 보면서 그런 결함이 그다지 중요하지 않게 느껴지는 것은 어느 순간부터 이 서사의 초점화자의 지위가 '복수의 대상'

인 이강도가 아니라 '복수의 주체'인 미선에게로 확실히 이양되기 때문이다. 그리고 이 복수의 주체가 놓여 있는 위치가 〈악마〉나 〈올드보이〉와는 사뭇 다르기 때문이다. 〈악마〉의 김수현에게 필요한 것은 지치지 않는 증오의 에너지였고 〈올드보이〉의 이우진에게 필요한 것은 한 치의 오차도 없는 냉철한 판단력이었다. 반면에 미선은 자기 자신을 복수라는 제의의 희생양으로 바쳐야 한다. 더 끔찍한 것은, 목숨을 바치기 이전에, 이강도에게 그야말로 엄마가 되는 데 성공해야 한다는 것이다. 그녀는 자신의 아들을 죽게 만든 저 괴물을 사랑하는 척해야 한다. 괴물의 살을 썹어야 하고 괴물의 성기를 부여잡아야 한다. (아시다시피 이 말은 비유가 아니다.) 그야말로 '원수를 사랑하라'는 기독교 윤리의 격률을 본의 아니게 실천하지 않을 수 없는 상황에 처해 있고 이것이야말로 미선에게는 끔찍한 것이다. (조민수의 연기는 이 끔찍함을 충분히 느끼게 한다.) 이 모든 것을 견뎌냈기 때문에 그녀의 복수는 여하튼 진행될 수 있었다.

더 나아가,
'구원의 서사'로서의 〈피에타〉

그러나 계획대로 진행되었다고 말할 수 있는가? 그렇지는 않다. 그리고 이 대목에서 이 영화는 복수담의 길과는 다른 길을 낸다. 미선은 이강도와 함께 지내면서 흔들리기 시작한다. 그 균열의 출발점은 미선이 미처 디자인하지 않은 돌발적인 사건이었다. 이강도가 고층에서 떠밀어 불구가 된 남자를 '모자'가 길거리에서 우연히 만나 미선의 목숨이 위태롭게 되었을 때 이강도는 목숨을 걸고 엄마를 지켜낸다. 미선이 강도를 처음으로 안아주는 순간이 바로 여기다. 이 장면에서 강도와 미선은 둘 다(한 사람은 의식적으로, 다른 한 사람은 무의식적으로) 진심으로 행동한다. 이어지는 것은 이강도의 몽정/자위 장면이다. 미선은 그 모습을 지켜보면서 그의 결핍을 온전히 실감했을 것이다. 그래서 이강도의 성기를 잡고 그의 몽정/자위를 도와준다. 자신의 손에 묻은 정액을 보며 그녀는 운다. 이것은 그녀가 죽은 아들이 아니라 이강도를 위해 흘린 최초의 눈물이다. 다음 장면에서 그녀가 그 정액을 혐오스럽다는 듯이 씻어내면서 다시 자기 자신에게로 되돌아오기는 하지만, 그녀는 문득 거울을 보면서 자신의 분열을 자각한다.

미선은 아들의 생일을 기점으로 복수를 서두른다. 아이러니하게도 그녀는 복수에의 의지가 약화될까 봐 두려워하는 것처럼 보인다. 생일 파티를 한 날 밤에 강도가 그녀의 침대로 들어와 함께 자려고 하자 미선이 그에게 화를 내는 장면이 그래서 필요했다. 그녀는 지금 자기 자신에게 화를 내고 있는 것이다. 그녀의 균열은 끝내 자신의 목숨을 버리는 그 순간에 다음과 같은 대사로 확연히 표명된다. "상구야 미안해. 이럴 마음이 아니었는데. 놈도 불쌍해. 강도 불쌍해." 이 순간에 미선의 임박한 죽음은 '저주를 내리소서'에서 '자비를 베푸소서'로 그 의미가 이동한다. 바로 그때, 뛰어내리기 직전 미선의 등 뒤에 노파가 나타나 미선을 떠밀려고 할 때, 우리가 끔찍한 기분이 되고 마는 것은 '복수에서 구원으로' 이동하는 중인 이 죽음의 의미가 무화되어 버릴지도 모른다는 두려움 때문이다. 만약 그렇게 처리됐다면 그 순간 이 영화의 시선은 신의 시선이 되었을 것이고, 이 영화는 결국 인간들의 구원을 위한 모든 몸부림 앞에 신이 던지는 끔찍한 농담이 되어버렸을 것이다.

결국 미선의 균열은 이 복수의 서사에 균열을 냈다. 가장 처절한 복수를 위해서 엄마가 되어주기로 한 것이지만 그 역할극 속에서 그녀는 정말로 (어느 정도는) 강도의 엄마가 되었다. 그녀는 그녀 자신을 통제하는 데 실패했을 뿐만 아니라 자신의 복수가 낳을 결과를 계산하는 데도 실패했다. 사라진 미선을 찾아 헤매면서 강도는 자신이 파멸시킨 이들의 고통을 순례하게 되는데 그러면서 그는 자신의 악행을 복습하고 선과 악에 대한 최초의 자각에 도달하게 된다. 마침내 미선이 죽고 난 뒤 강도가 이 모든 것이 미선이 계획한 복수임을 깨달은 후에도 더 끔찍한 지옥으로 추락하는 것이 아니라, 무덤 속에 나란히 누운 세 사람을 보여주는 장면이 말하고 있는 대로, 비로소 온전한 평온을 얻게 되는 것도 그가 앞서 말한 저 순례의 과정을 이미 겪었기 때문이다. 요컨대 미선의 복수는 살아 있는 강도를 죽인 것이 아니라 이미 죽어 있던 강도를 최초로 살리는 결과를 낳았다. 피해자가 가해자를 구원한 셈이다. 김기덕의 과거 어떤 영화들에서 이미 제시된 바 있고 당시에 강력한 반발에 부딪쳤던 이 설정은 이 영화에서 가장 극적인 표현을 얻는다.

말할 것도 없이 이것은 예수 이후의 윤리학이다. 그 프레임 안에서 보면 이렇다. '피해자가 복수를 하는 것은 당연하다. 그러나 복수는 또 다른 복수를 낳는다. 그 고리 안에서 우리는 영원히 구원받을 수 없다. 복수의 고리를 끊어야 한다. 그 영혼의 도약이 바로 사랑이다.' 그래서 구약의 메시지를 신약은 이렇게 뒤집는다. "'눈은 눈으로, 이는 이로 갚아라' 하고 이른 것을 너희가 들었다. 그러나 나는 너희에게 말한다. 악한 사람에게 맞서지 말라. 누가 네 오른쪽 뺨을 치거든, 왼쪽 뺨마저 돌려 대어라."(마태복음 5장 38~39절) 이것이 얼마나 혁명적인 윤리학적 전환인지를 새삼 덧붙여 설명할 필요는 없으리라. 미선의 죽음은 애초에 복수를 위한 것이었으되 또 다른 복수를 낳지 않고 복수의 연쇄 고리를 끊어버렸다. 덕분에 죽어 있던 강도는 처음으로 태어났고, 이제야 스스로 죽을 수 있게 되었다. 미선의 죽음이 단순한 복수가 아니라면, 강도의 죽음도 단순한 속죄가 아니다. 강도의 죽음은, 또 다른 의미에서, 미선이 반복한 예수의 죽음을 다시 반복하는 것처럼 보인다. 강도가 스스로 기획한 저 처절한 자살은 자본주의의 가장 악마적인 피를 제 몸에 모두 묻힌 채 이루어진 대속代贖의 죽음처럼 보인다. 중반에 보여준 생일 케이크에는 서른두 개의 초가 꽂혀 있었으니 그는 우리 나이로 서른세 살일 것이다. 예수가 죽은 나이와 같다.

중요한,
끔찍한, 숭고한

적어도 내가 본 범위 안에서 김기덕의 가장 중요한 주제는 구원Salvation이고, 그를 이해하는 데 가장 유용할 방법론은 구원론Soteriology인 것 같다. 그의 어떤 영화들에는 가장 중요한 장면과 가장 끔찍한 장면과 가장 숭고한 장면이 일치하는 기묘한 순간, 김기덕식 성聖삼위일체가 구현되는 순간이라고 해야 할 마술적인 장면들이 나온다. 가장 중요하고 가장 끔찍하며 가장 숭고하기까지 한 것이 있는가? 그런 것이라면 십자가에서의 죽음에 비견할 만한 것이 있을까. 돌이켜 보면 김기덕의 영화는 가장 비천한 곳에서, 가장 참혹한 자기 처벌의 방법으로, 가장 추악한 것들을 대속하기 위한 몸부림이었던 것인지도 모른다. 김기덕 영화의 모든 주인공이 예수를 반복하고 있다고 말할 수는 없겠지만, 그 어떤 신앙도 갖고 있지 않은 나는, 〈피에타〉의 저 '중요하고 끔찍하고 숭고한' 장면이 안겨준 그 견디기 어려운 감정을 어떻게 달리 표현해야 할지 모르겠다. 물론 김기덕은 완벽하지 않다. 그렇다는 것을 지적하는 것은 전혀 어려운 일이 아니다. 그러나 완벽한 예술가가 어디 있겠는가. 위대한 예술가들은 그들이 각자 도달한 가장 높은 곳에서 서로를 쳐다볼 뿐이다. 김기덕이 도달한 봉우리 주변에는 다른 감독들의 모습이 보이지 않는다.

# 안느,
# 이것은 당신을 위한 노래입니다

홍상수의 〈다른나라에서〉*,
혹은 욕망의 현자가 들려주는 세 편의 우화

서사의 선은 욕망의 선이다. 이 영화에서 그 선은 하나가 아니며 서로 뒤엉켜 있다. 그런 탓에 놓치기 쉽지만, 그래도 서사의 주축이 되는 선은 결국 하나다. 그것은 안느<sup>이자벨 위페르</sup>에게서 출발해 라이프가드<sup>유준상</sup>를 향하는 선이다. 이 안느의 선은 직선을 그리지 못하는데, 다른 욕망의 선들이 그 위를 가로지르는 탓에, 안느의 선이 구부러지기 때문이다. 그 가로지르는 선들은 이 영화에서 '종수'라는 이름으로 등장하는 권해효(1부와 3부)와 문성근(2부)이 긋는다. 권해효는 안느에게 자신의 이름이 '종수'임을 분명히 상기시키지만 안느는 그를 계속 '종'이라고 부른다. '종수'라는 이름에서 탈락해버린 '수'는 문성근의 몫이 되어 그의 이름은 '수'가 된다. 즉, '종수'가 종(권해효)+수(문성근)로 분리돼 있다. 둘의 직업이 동일하게 감독으로 설정돼 있다는 점도 아울러 상기한다면, 우리는 권해효와 문성근이 적어도 서사 내부에서는 구조적으로 동일한 기능, 즉 '종수'라는 기능을 수행한다는 점을 이해할 수 있다. 이 '종+수'의 개입 속에서 안느의 선은 말 그대로 곡절曲折

---

\* 영화 〈다른나라에서〉의 제목은 원래 띄어쓰기가 되어 있지 않다.

을 거쳐, 라이프가드에게 변칙적으로(1부), 상상적으로(2부), 실제적으로(3부) 도착한다.

에피소드 1
―섹스 대신 편지

프랑스인 영화감독 안느가 영화감독 '종권해효'과 그의 아내문소리와 함께 모항 해변에 도착한다.* (수영을 하는 유준상이 잠시 화면에 등장하지만 안느가 그를 보았는지 아닌지는 불분명하다.) 안느와 종이 숙소의 베란다에서 담배를 피우고 들어오자 아내의 갑작스러운 진통이 시작된다. 문소리의 연기는 이 진통이 사실인지 설정인지를 관객이 의심하도록 유도한다. 만약 후자라면 그것은 남편 종의 욕망이 안느를 향하려는 기색을 보이자 그것을 방해하기 위해서 행해진 연기였을 것이다. 이후 안느는 혼자 외출한다. (세 에피소드 모두에서 안느의 외출은 그 자신의 욕망을 출발시키는 기능을 한다.) 그리고 그녀는 갈림길을 만난다. 세 에피소드를 비교해보면 알 수 있는 것이지만, 이 갈림길에서 왼쪽을 택할 경우 (해수욕장 없는 해변과) '등대'가 나오고, 오른쪽을 택할 경우 (해수욕장 있는 해변과) 유준상의 '텐트'가 나온다. 안느는 등대를 보기 원하지만 왼쪽과 오른쪽 중 어느 곳을 택해야 등대가 나오는지 모른다. 여기서 안느는 오른쪽을 택하고 덕분에 해변에서 유준상을 만나 그의 노래를 듣게 된다.

밤이 되어 안느, 종, 그의 아내는 '할 수 있는 것만 하는 삶'과 '해야만 하는 것도 하는 삶'을 주제로 토론을 벌이는데, 이 스쳐가는 대화

---

* 서술의 편의를 위해 이 글에서는 극 중 역할의 이름이 아니라 배우의 실제 이름을 호명하며 쓰기로 한다.

는, 홍상수의 영화에서 흔히 그렇듯, 아이러니하게 배치돼 있다. 이 토론에서 안느는 사람은 결국 자기가 할 수 있는 것만 하며 살 뿐이라며 개방적인(혹은 결과론적인) 입장을 택한다. 그녀는 낮에 유준상을 만나고 돌아왔기 때문에 자신과 그와의 사이에 어떤 욕망의 선이 이어질 수도 있을 가능성을 (무)의식적으로 감지하고 미리 변명을 준비하려 했을 것이다. 한편 좋은 사람은 해야만 하는 것도 하면서 살아야 한다며 도덕적인(혹은 의무론적인) 태도를 취하는데, 이 태도는 그가 고통받는 사람들에 대한 영화를 만들고 싶다는 각오를 약간의 자기애를 드러내며 표명한 것과 잘 어울리는 것이기도 하지만, 더 은밀하게는, 그의 아내가 토론의 현장에서 그를 지켜보고 있었기 때문이었을 수도 있다. 이 토론이 어째서 아이러니하다는 것인가. 이후 서사의 흐름을 보면, 개방적인 입장의 안느는 자신의 욕망을 통제한 반면, 도덕적인 입장을 택했던 좋은 안느를 유혹하려 들기 때문이다.

계속 안느를 따라가 보자. 다음 장면에서 안느는 빌린 우산을 되돌려주러 갔다가 정유미와 유준상의 대화를 엿듣는다. 언뜻 심상해 보이는 이 장면에는 의미가 없지 않다. 안느는 그들의 웃음소리를 들었고, 그 둘의 관계를 어렴풋이 짐작했을 것이며, 그럴 자격이 없으면서도 약간의 실망을 느꼈을 것이다. 그래서 그녀는 이어지는 저녁 식사 장면에서 식사를 방해한다고 비난을 받는 유준상에게 완전히 냉담한 태도를 취하는 데 성공한다. 물론 그렇게까지 할 필요는 없었다. 그리고 그렇다는 사실을 누구보다 그녀 자신이 잘 알고 있을 것이다. 그래서 그녀는 새벽에 베란다에서 유준상에게 전할 편지를 쓴

**다른나라에서**
감독 홍상수, 2012

다. (여기서 다시 권해효의 욕망이 그녀를 향하지만 그녀에게 지금 중요한 것은 유준상이므로 그녀는 권해효와 키스하지 않을 수 있었다.) 그 편지의 메시지는 유준상에게는 불완전하게 전달되지만 "You are a beautiful……"과 "I always asked if you would……"라는 구절이 그 안에 포함돼 있으며 이 불완전한 문장들은 불완전하게나마 그녀의 욕망을 어떤 관객들에게 전달하는 데 성공한다. 이 편지는 어쩌면 이루어질 수도 있었을 섹스를 대체한다. 달리 말하면 그녀는 섹스 대신 편지를 택해 자신을 통제하는 데 성공했다. 앞에서 안느의 욕망의 선이 유준상에게 '변칙적으로' 가닿았다고 말한 이유가 여기에 있다.

에피소드 2
―진실은 꿈속에

프랑스 자동차 회사 한국지부 부사장인 남편을 따라 한국에 왔지만 한국인 영화감독 '수<sup>문성근</sup>'와 몰래 연애를 하는 중인 안느가 먼저 모항 해변에 도착한다. 에피소드 1에서와는 달리 여기에서는 아직 '종+수'라는 기능이 작동하고 있지 않기 때문에 그녀의 외출은 신속히 이루어진다. 이번에도 그녀는 갈림길에 서는데 에피소드 1에서와는 달리 여기서 안느는 왼쪽을 택한다. 그래서 다음 장면에서 그녀는 등대가 보이는 곳에 앉아 '아름다워'를 연발할 수 있었다. 여기서 안느는 '아름다운' 공상에 빠지는데 이 공상은 그녀가 자신의 욕망이 더욱 극적인 지점으로 고양되기를 원하고 있다는 것을 보여준다. 내용인즉슨, 늦을 거라고 말한 '수'가 나타나 그녀를 놀라게 하고, 덕분에 더욱 격정적인 감정에 빠져 키스를 나누는 공상이다. 그러나 실제로는 낯선 남자가 등장해 심리적인 위협을 느끼게 할 뿐이어서 그녀는 서둘러 숙소로 발길을 돌린다. 그렇게 불안한 와중에 안느는 해양구조대원 유준상을 발견하고 (에피소드 2에서 안느가 유준상을 처음 만나는 순간이다) 그의 뒤에 바짝 붙어 걷는다. 이 장면은 왜 중요한가.

안느는 자신의 공상이 깨지면서 그 공상을 충족시켜주지 않은 문성근에게 더 가중된 불만을 느꼈고, 낯선 남자로 인해 불안을 느끼게 되었을 때 잠시나마 유준상에게 의지했다. 이를 통해 안느의 욕망의 구조에는 미세한 균열이 발생했을 것이다. 그리고 그 변동의 내용은 숙소로 돌아와 안느가 꾸는 꿈에서 드러난다. 꿈의 내용은 이렇다. 안느는 핸드폰을 잃어버렸고, 그 핸드폰은 하필 유준상이 보관하고 있으며, 마침 도착한 문성근과 함께 핸드폰을 찾으러 나가게 되고, 그 덕분에 안느는 바다에서 건강한 육체를 드러내고 수영을 하는 유준상과 대화를 나눌 수 있게 된다. 문성근이 이 대화에 질투를 느끼면서 안느에게 젊은 육체를 탐한다고 비난하자, 안느는, 왜 그러면 안 되느냐고, 사실을 말하자면 그와 섹스를 하고 싶을 정도라고 말해 문성근을 자극한다. 물론 이 싸움은 화해로 귀결되지만, 여기서 중요한 것은 왜 안느가 이런 꿈을 꾸어야 했는가를 묻는 일이다. 이 꿈에서 안느는 유준상에 대한 자신의 욕망을 드러내면서 동시에 이를 문성근이 통제하도록 만들었다. 그런 의미에서 이 꿈은 절충적이다. 그러나 이 꿈의 진실은 문성근이 아니라 유준상 쪽에 있으며 안느의 무의식은 다만 그 진실을 억압하기 위해 문성근을 꿈에 등장시켰을 것이다.

꿈에서 깬 안느는 두 번째 외출을 시도한다. 마침 유준상이 그녀 앞에 있다. 안느는 이 장면에서 미묘한 미소를 띠며 유준상을 뒤따른다. 방금 자신이 꾼 꿈에서 그를 만나 대화를 나누었고 심지어 그와의 섹스까지 화제에 올린 참이니 그럴 만한 것이다. 그녀는 유준상을 그의 텐트가 있는 곳까지 따라가서 등대가 어디 있는지를 묻는다. 물론 이 질문은 핑계일 뿐인데, 안느는 이미 등대가 어디에 있는지 알고 있기 때문이다. 여기서 우리는 안느의 욕망의 선이 어디를 향하고 있는지 희미하게 알아볼 수 있다. 이 점을 놓치면 마침내 문성근이 나타나 그녀에게 키스를 할 때 안느가 왜 과장된 톤으로 사랑을 속삭이는지, 그리고 그녀가 왜 뜬금없이 그의 뺨을 때리는지를 이해할 수가 없게 된다. 그 뺨 때리기의 메시지는 이렇다. '당신은 왜 늦게 와서 내가 잠시나마 흔들리도록 내버려두었나요.' 그러므로 표면적인 인상과는 달리 이 두 번째 에피소드에서도 역시 핵심적인 욕망의 선은 (안느와 문성근 사이가 아니라) 안느와 유준상 사이에서, 꿈이라는 형식을 통해, 이어져 있다고 하지 않으면 안 된다. 우리가 앞에서 이 욕망의 선이 '상상적으로' 가닿는다고 말한 것은 이런 이유에서다.

에피소드 3
—가보지 않은 길

세 번째 에피소드는 앞의 두 편과 비교할 때 가장 투명하게 읽힌다. 남편에게 버림받은 안느가 평소 알고 지내던 한국인 교수 '박윤여정'과 모항에 온다. 젊은 한국 여자와 사랑에 빠져 자신을 버린 남편을 잊고 새 출발을 하기 위해서다. 옆방에 투숙해 있는 '종권해효'과 인사를 나누고 저녁을 함께하기로 약속한 뒤 안느와 윤여정은 절(아마도 '내소사'쯤 될 것이다)에 들른다. 비유적으로나마 '번뇌'라는 말의 의미를 배워 자신의 상태를 성찰하게 되었고, 스님을 만나 대화를 나누면 어떨까 생각해보기도 한다. 안느는 지금 약해져 있다. 그래서 그날 저녁에 감독 '종' 내외와 식사를 하고 난 뒤 새벽녘에 그의 유혹에, 비록 완전히는 아니었지만, 쉽게 투항해버린다. 안느에게는 "당신이라는 존재, 한순간의 욕망이 만들어낸 거짓투성이 (…) 당신은 사랑에 빠진 것이 아니고, 잠시 약해졌을 뿐"(황병승의 시 「곰뱀매거진 18호」 부분, 『트랙과 들판의 별』, 문학과지성사, 2007)이라고 말해줄 사람이 필요하다.

그리고 더 나아가 타자의 욕망에 자신을 맡기지 않고 자기 자신의 욕망을 발견하고 그것을 실행할 수 있는 대상으로서의 타자가 필요하다. 그래서 차례로 스님김용옥과 라이프가드유준상가 등장할 것이다.

스님과 안느의 대화 장면은 〈옥희의 영화〉(2010)에서 이선균과 정유미가 교수 문성근에게 쉴 새 없이 질문을 던지는 그 장면을 떠올리게 한다. 자신에 대해 말하길 주저하는 안느에게 스님이 '진짜 질문(real question)'을 해보라고 말하자 안느는 자신이 왜 거짓말을 하고 왜 힘이 들며 왜 무서운지 등을 묻는다. 스님은 지혜롭게도 질문을 되돌려주는 방식으로 답한다. 요약하면 그것은 '당신은 이미 당신의 질문에 대한 답을 알고 있다는 것, 다만 자신이 알고 있다는 것을 모르고 있을 뿐' 정도가 될 것이다. 도움이 안 된다며 안느가 불평을 늘어놓자 스님은 최종적으로 반문한다. "당신은 어렸을 때의 당신으로부터 얼마나 달라졌는가?" 이것은 선가禪家의 오래된 화두 중 하나인 '부모가 태어나기 전 너의 본래면목本來面目은 무엇인가?'를 떠올리게 하는 물음이다. 자아에 대해 집착하는 이에게 당신에게는 애초 집착할 자아라는 게 없다는 것을 알려주는 논법인 셈이다. 스님이 안느의 얼굴을 그리기 시작하는 것도 이런 맥락에서다. 당신 자신을 똑바로 보라는 것, 자신이 아무것도 아님을 아는 순간 비로소 자유로워질 수 있다는 것. 안느는 분명히 무언가를 깨달았을 것이고 마침내 외출을 감행한다. "나는 내가 가보지 않은 길로 가보려고 합니다."

안느가 소주병을 챙겨 외출을 할 때, 전날 저녁 식사 중에 잠간 본 적이 있는 유준상을 처음부터 염두에 두었는지는 확언하기 어렵다. 그러나 그녀가, 그 대상이 누구건, 상징적인 자기 방기의 행위(이를테면 섹스)를 계획하고 외출했다는 것은 분명해 보인다. 멀쩡한 정신으로는 하기 어려웠을 것이고 그래서 소주가 필요했을 것이다. 각 에피소드 모두에 등장하는 그 갈림길에서 안느는 등대가 있는 왼쪽이 아니라 해변과 텐트가 있는 오른쪽을 택한다. 유준상을 만났을 때 그녀는 예의 그 질문("등대는 어디 있나요?")을 던지지만 앞의 두 에피소드에서와는 달리 이내 "됐어요(nevermind)!"라고 말하는데, 왜냐하면 그녀에게는 이미 자신이 가야 할 곳이 어디인지 분명하기 때문일 것이다. 이야기는 예정된 결론을 향해 간다. 그녀는 유준상과 의례ritual적인 성격을 갖는 섹스를 했으니 이제는 남편이 남긴 상처로부터 자유로워질 수도 있으리라. 비도 오지 않는 거리를 우산을 쓰고 걸어가는 안느의 뒷모습은 그녀가 앞으로 자신의 삶에 내리는 비에 어떻게든 대처할 것이라고 믿을 수 있게 한다. 안느에서 출발해 유준상에게 이르는 욕망의 선, 에피소드 1과 2에서는 완전하게 이어지지 못했던 그 선은, 여기에서는 '실제적으로' 이어진다.

라이트하우스
& 라이프가드

최근 홍상수 영화에서 중요한 테마가 '차이와 반복'이라는 것을 잘 알고 있다. 굳이 들뢰즈의 『차이와 반복』을 거치지 않더라도 이 테마는 흥미롭다. 반복이라는 말 자체가 동일한 것의 되풀이를 뜻하는 것인데도 실제로 완전히 똑같은 것의 반복은 우리의 흥미를 끌지 못한다. 어떤 것이 반복되고 있다고 느낄 때 우리는 이것이 이전의 것과 어떻게 다르면서 또 같은지를 반사적으로 따진다. 다름 때문에 같음이 흥미로워진다. 아니, 엄밀히 말하면, '시간과 공간'이라는 숙명 위에 존재하는 우리에게, 완전히 동일한 것의 반복이란 근본적으로 불가능할 수 있다. 내가 정확히 동일한 고백을 동일한 사람에게 했다고 해도 나는 더 이상 스무 살 청춘이 아니고 이 카페는 예전과는 그 분위기가 달라져 있다. 그래서 '모든 반복은 차이의 반복'이다. 〈옥희의 영화〉와

〈북촌방향〉(2011)에서 '시간과 공간'이라는 좌표 위에 '차이와 반복'을 설계하는 홍상수의 솜씨는 (이미 전문가들의 훌륭한 분석이 나와 있거니와) 거의 마술적이다. 이번 영화에서도 그런 독법을 유도하는 장치들은 일일이 지적하기 어려울 정도로 많다. 특히 '소주병'과 '우산'과 '만년필' 등이 세 명의 안느를 가로질러 등장하는 방식은 각 에피소드를 뫼비우스의 띠처럼 꼬아버린다.

그러나 이번 영화에서 나는 홍상수가 이야기를 들려주는 '방식'보다는 그 이야기의 '내용' 자체에 충분히 매혹됐다. 이 세 개의 서사는 내가 '여행 서사'라고 부르는 이 세상의 많은 이야기들이 품고 있는 어떤 원형적 보편성을 생각하게 한다. 치명적인 매력을 내뿜는 세이렌의 노래를 듣고도 살아남아 고향으로 돌아가는 데 성공하는 오디세우스의 이야기(『오디세이아』), 일본의 게이샤에게 욕망을 느끼지만 이내 그녀를 버리고 본국으로 돌아가버리는 어느 서양 군인의 이야기(『나비부인』) 등은 그 여행 서사의 불길한 원형들이다. 남성—주체들은 '다른 나라에서' 여성—대상을 만나 스스로 사랑이라 믿는 욕망에 사로잡히지만, 그 욕망의 대상인 타자가 자신의 정체성을 위협할 정도로 가까이 다가올 때, 미련 없이 '자기의 나라로' 되돌아간다. 이를 각각 '세이렌 콤플렉스'와 '나비부인 판타지'라고 부르면 어떨까. 김승옥의 소설 「무진기행」은 이 둘을 충실히 결합한 사례이고, 카프카의 「세이렌의 침묵」은 '세이렌 콤플렉스'에 대한 여성주의적 반격이며, 데이비드 헨리 황의 희곡 『M. 버터플라이』와 데이비드 크로넌버그 감독의 동명의 영화는 '나비부인 판타지'에 대한 탈식민주의적 반격이다.

이런 계보에서 보자면 홍상수의 이번 영화는 여자가 '다른 나라에서' 남자를 만난다는 것이 의미하는 바가 무엇인가를 성찰하는 여행 서사의 일종처럼 보인다. 세 에피소드 모두에서 안느는 갈림길에 선다. 왼쪽에는 '라이트하우스'가 있고 오른쪽에는 '라이프가드'가 있다.

그녀는 등대를 찾을 수 있을까, 혹은 구조대원을 통해 그녀는 자기 자신을 구원할 수 있을까. 이 물음이 세 에피소드 전체를 관통하고 있어서 이 영화는 보기보다 더 무겁고 진지하다. 이미 열몇 편의 영화를 봐오면서 어렴풋이 느끼긴 했지만 이번에 확연히 알게 된 것은 모럴리스트로서의 홍상수의 면모다. '도덕 이야기'와 '희극과 교훈'이라는 연작을 만든 에릭 로메르가 '도덕'과 '교훈'이라는 말을 사용하는 바로 그런 의미에서, 나는 홍상수의 영화에도 좋은 의미의 '도덕적 교훈'이 담겨 있다고 느낀다. 그런 맥락에서 홍상수가 들려주는 이야기의 유형을 우화寓話라고 해도 좋을 것이다. 그가 직접적으로 도덕적 교훈을 제시하는 것은 물론 아니다. 그러나 그의 영화에는 '라이트하우스'가 없는 삶을 지혜롭게 조감하는 시선이 있고 '라이프가드'를 찾아 헤매는 인간에 대한 연민이 있다. 이 지혜와 연민이 그의 영화를 우화적인 것으로 느껴지게 만든다.

첫 번째 에피소드의 도입부, 그러니까 영화 전체의 도입부이자 예고편으로도 사용된 그 장면에서 유준상이 안느에게 불러주는 그 노래를 들어보라. "안느, 이것은 당신을 위한 노래입니다. 안느, 당신은 아름다운 이름을 가졌군요. 비가 오네요. 그러나 비가 오네요. 안느는 등대에 가고 싶습니다. 그러나 비가 내리고 안느는 춥습니다. 당신은 등대에 가기를 원하나요? 그러나 우리는 몰라요. 우리는 몰라요. 안느, 안느, 안느." 이것은 홍상수가 이자벨 위페르에게 들려주는 노래이면서 이 영화가 안느에 대한 영화임을 분명히 밝히는 선언이기도 하지만, 그와 동시에 이 영화의 우화적 정황을 압축해 보여주는 후렴구이기도 할 것이다. '비가 오고 우리는 춥다, 생의 등대를 찾아야만 한다, 그러나 우리는 그것이 어디 있는지 모른다, 그럴 때 우리는 어떻게 해야 할까.' 이 노래의 끝에서 홍상수는 유준상의 입을 빌려 안느의 이름을 세 번 부른다. 아니, 세 안느의 이름을 한 번씩 부른다. 라이트하

우스가 없는 세계에서 각자가 자신의 라이프가드가 되어야만 하는
우리 모두의 이름은 이 세 안느의 이름 중 하나와 같다.

# 발기하는 인간과
# 발화하는 인간

## 김기덕과 홍상수를 비교하면
## 더 잘 보이는 것들

　　마치 약속이나 한 듯이 1960년에 태어나 1996년에 데뷔한 두 감독, 김기덕과 홍상수의 신작이 비슷한 시기에 개봉되었고 나는 연중행사처럼 두 영화를 보았다. 두 감독의 이전 작품에 대해 이미 한 번씩 다루었기 때문에 반복할 생각이 없었으나, 두 영화를 거의 동시에 보고 나서는 마음이 바뀌었다. 두 사람 각각에 대해서는 다시 할 얘기가 없을지 몰라도 두 사람을 함께 얘기한다면 다른 얘기가 가능하지 않을까 싶었다. 거의 극단적인 고유함을 갖고 있는 두 영화 작가를 비교하는 일은 조심스러울 수밖에 없지만 비교할 때 더 잘 보이는 것이 있다면 해볼 만한 것이다. 이번 영화들에는 특히나 대조적인 데가 있다. 두 감독 모두 욕망에 대해 사유하고 있는데, 김기덕의 〈뫼비우스〉에는 대사가 없고 행위만 있으며, 홍상수의 〈우리 선희〉에는 대사만 있고 행위는 거의 없다. 요컨대 이 두 영화는 욕망에서 몸과 말이 각기 맡고 있는 역할에 대해 생각하게 만든다. 한 사람은 몸을 다루면서 욕망의 순교자가 되고, 다른 한 사람은 말을 다루면서 욕망의 현자가 된다.

발기하는 인간의 비극,
김기덕의 〈뫼비우스〉

놀라운 이야기라는 것을 인정하지 않을 도리가 없다. 납득이 되지
않는 부분들도 있지만(이에 대해서는 다시 얘기하자) 그 납득할 수 없
음조차도 김기덕 영화의 한 부분인데, 실로 김기덕의 영화는, 지적할
가치도 없는 단점들에 비하면 지적할 가치가 있는 어떤 단점은 작품
에 기이한 방식으로 강력한 힘을 부여할 수 있다는 것을 입증하는 희
귀한 사례다. 이 영화에는 '남근을 은유하는 그 무엇'이 아니라 '남근
그 자체'가 나온다. 이 영화의 제목을 홍상수의 근작들처럼 다시 지어
본다면 '남근의 영화'(《옥희의 영화》)나, '누구의 것도 아닌 남근'(《누구
의 딸도 아닌 해원》)이나, '우리 남근'(《우리 선희》) 정도가 될 것이다.
나는 지금 재미없는 농담을 하려는 것이 아니다. 욕망에 대해 말하기
위해 남근을 주인공으로 등장시켜 그것을 자르고 붙이고 또 자르는
김기덕 영화의 이 단순성과 원형성과 저돌성에 대해 말하려는 것이
다. 이에 비하면 불교의 사성제四聖諦인생은 고통이고 그것은 집착에서 오니 이를 멸
해야만 도에 이를 수 있다로 요약될 수 있을지 모를 이 영화의 메시지는 어찌
되든 상관없어 보일 지경이다.

초반 10분을 견뎌낼 수 있다면 영화를 끝까지 볼 수 있을 것이다.
남편의 당당한 외도에 격분한 아내는 남편의 성기를 자르려 하지만
실패한다. 그러자 아내는 놀랍게도 아들의 성기를 거세하고 만다. 아
내가 극도의 심신 불안정 상태임을 감안하더라도 이 선택은 언뜻 납

**뫼비우스**
감독 김기덕, 2013

득하기가 힘들다. (이 장면 이전에 그녀가 자신의 비참한 상황 속에서도 아들을 보며 눈물겨워하는 장면을 두 번이나 보여주었기 때문에 더욱 그렇다.) 이어지는 대목에서 이 행위의 목적이 분명해지기는 한다. 한발 늦게 현장에 도착한 남편이 아이의 절단된 성기를 손에 쥐고 있는 아내를 설득하자, 아내는 맹렬한 적대감과 복수의 환희에 정신을 잃은 눈으로 남편을 노려보면서, '그것'을 입속에 넣고 씹어 먹는다. 그렇다, 이 여성은, 아들의 성기를, 씹는다. 나는 이 장면을 보면서 에우리피데스의 〈메데이아〉 공연을 볼 때 그리스의 관객들이 체험했을 경악과 공포가 어떤 것이었을지 최초로 실감했다. 새장가를 들겠다고 당당하게 선언하는 남편 이아손에게 복수하기 위해 메데이아는 남편과 함께 낳은 제 아이들을 죽였다.

도입부의 이와 같은 강렬한 아수라장 이후에 아내는 집을 나가고 거의 한 시간 동안 영화에 복귀하지 않는다. 그리고 아버지는 자기 때문에 성기를 잘린 아들에게 속죄하기 위해 두 가지를 결행한다. 첫째, 내연녀와 결별하기. 둘째, 장차 가능할지도 모를 성기 이식 수술을 준비하기 위해 자신의 성기를 잘라 병원에 보관하기. 이제 이 영화는 속죄를 완성하기 위해 고뇌하는 아버지와, 그런 아버지를 미워하면서 또 의지할 수밖에 없는(내 성기를 앗아간 것은 그이지만 그것을 되돌려줄 수 있는 사람도 그뿐이므로) 아들이 보여주는, 기구한 부자의 드라마가 된다. 그러나 2인극은 아니다. 아내가 퇴장한 서사 공간에서 내연녀가 중요한 역할을 맡는다. 자신을 찾아온 남자의 아들에게 가슴을 보여주면서 그녀는 이 욕망의 드라마에 끼어들고 이후 남자의 아들과 긴밀한 유대 관계를 맺는다. 왜? 그녀의 냉소적인 표정을 보고 짐작하건대 이 행위는 자신을 버린 남자의 아들을 유혹함으로써 남자에게 복수하기 위한 것처럼 보이고, 일단은 그렇게 이해할 수 있지만, 다른 설명도 가능하다.

그 남자는 자신의 아내만이 아니라 (외도라는 수단으로) 또 다른 여자를 가졌다. 그러니까 그는 자기 몫이 아닌 것을 추가로 누렸는데, 심각하게도, 그 때문에 아들은 거세되고 말았고 자기 몫의 쾌락을 박탈당했다. 말하자면 이 영화에서 아버지의 외도는, 여느 외도와는 달리, 아들의 몫으로 할당돼 있는 장래의 쾌락을 아버지가 당겨쓰는 일이 되고 만 것이다. 그렇다면 이 아버지가 아들에게 속죄할 수 있는 방법은, 애초 자신의 몫이 아니었으나 자신이 향유하고 만 그것, 즉 자신의 여자와 성기를 아들에게 '되돌려주는' 일이 되어야 한다. 앞에서 정리한 아버지의 두 결단이 여기에 대응한다. 그는 여자와 결별함으로써 그녀를 아들에게 넘겼으니(물론 본의 아니게, 결과적으로), 곧이어 성기마저 넘김으로써 자신의 속죄를 완성할 것이다. 성기 없는 쾌락을 탐구해보기도 하고, 아버지가 아닌 다른 남자의 성기를 강탈하려는 시도도 해보는 등의 우여곡절을 겪기는 하지만, 결국, 아버지의 성기는 아들에게 이식되는 데 성공한다. 이것으로 끝인가. 그러나 이런 원상 복구의 서사는 김기덕의 것이 아니다.

김기덕은 우리가 말리고 싶어 하는 그 방향으로 기어이 한 걸음 더 나아간다. 여자에 이어 성기까지 (되돌려) 받았으나 아들의 성기는 발기되지 않는다. 그리고 그때, 기다렸다는 듯이 어머니가 서사에 복귀하고, 아들의 성기는 어머니 앞에서 마침내 발기한다! 급기야 어머니가 성기 없는 남편을 내치고 아들의 발기한 성기를 갈구하며 달려드는 장면에까지 이르면, 이 영화는 비윤리적이어서가 아니라 비논리적이어서 납득하기가 어려워진다. 눈앞의 모자를 견딜 수 없어서 아버지가 아들의 성기를 다시 잘라 오기 위해 칼을 드는 장면까지 보고 나면 우리 눈앞에는 그야말로 지독한 '뫼비우스의 띠' 하나가 완성되는 것이지만(어머니가 아들의 성기를 자르려고 하고 아버지가 이를 말리며 시작됐는데, 70분 뒤에는, 아버지가 아들의 성기를 자르려 하고 어머니가 이를 말리며 끝나가고 있으니), 철사로 된 그 뫼비우스의 띠에는, 감독이 자신의 욕망 이론을 관철시키기 위해 완력으로 무리하게 서사를 꺾은 흔적이 남고 만다. 그러나 김기덕이 아니라면 누가 굵은 철사로 뫼비우스의 띠를 만들 수 있겠는가. 나에게 이 영화는 넌더리가 나는 걸작이다.

발화하는 인간의 희극,
홍상수의 〈우리 선희〉

세 번째 영화인 〈오! 수정〉(2000) 이래로 〈옥희의 영화〉(2010)나 〈누구의 딸도 아닌 해원〉(2013)에 이어 〈우리 선희〉에 이르기까지 홍상수 감독은 귀찮다는 듯이 자주 주인공의 이름으로 제목을 삼았다. 정도의 차이는 있겠지만 대체로 한국인들에게 특별하다는 느낌을 주지 않는 평범한 이름들이다. 1600년대 초반에 셰익스피어는 자기가 누구인지 잘 몰라서 비참해진 자들의 이야기를 쓰고 주인공의 이름을 작품의 제목으로 삼았다. 당연한 얘기지만, 이름이라는 것은 나에 대해 아무것도 설명하지 못하고, 나의 존재에 그 어떤 확실성도 부여해주지 않는다. '너는 누구인가?'라는 실존적인 물음에 '나는 햄릿(오셀로, 리어, 맥베스)이다'라고 답하는 사람만큼 자신에 대해서 잘 모르는 사람도 없을 것이다. 그래서 비참해진 이들이 그들인데, 정작 그들의 이름이 저 비극의 제목이 되었다는 것은 (당시의 흔한 관례였다고는 해도 지금에 와서 보면) 좀 아이러니하다. 홍상수 영화의 제목에 사용된 이름들도 '이 이름들에 아무 의미가 없다는 것만을 의미하는' 기능을 하는 것처럼 보인다.

어쩌면 홍상수의 그것과는 가장 거리가 먼 종류의 이야기를 들려준 사람일 셰익스피어의 이름을 들먹인 것은 〈우리 선희〉가 자기 자신이 누구인지 잘 모르는 사람들에 대한 이야기이기도 하거니와 (이미 이동진이 이 영화에 "내가 누구인지 말할 수 있는 자는 누구인가"라는 〈리어 왕〉의 대사를 20자평으로 얹기도 했지만) 이 영화의 서사 구조가 (그럴 리는 없겠지만) 마치 〈리어 왕〉의 1막 1장의 구조를 확대한 것처럼 보였기 때문이다. 늙은 왕 리어가 은퇴를 앞두고 영토를 분할·증여하기 위해 자신의 세 딸들에게 묻는다. "말해보아라, 나의 딸들아! (…) 누가 짐을 가장 사랑한다 말하겠느냐?" 〈우리 선희〉는 유학을 앞둔 선희가 미래에 불안을 느끼는 와중에 세 남자를 차례로 만나는 이야기다. 그녀는 지금 자기가 누구인지 잘 모르기 때문에 불안한데, 그래서 그녀에게는 이국의 타인들에게 자기가 누구인지 알려줄 수 있는 추천서가 필요한 것이지만, 그 추천서를 읽어야 할 사람은 그 누구보다도 그녀 자신이다. 그래서 선희는 세 남자를 만나 이렇게 묻고 있는 것처럼 보인다. "말해보아라, 나의 남자들아! 누가 나를 가장 잘 안다 말하겠느냐?"

그래서 나에게는 다음과 같은 논평이 전적으로 옳아 보인다. "나는 〈우리 선희〉가 실체를 제대로 포착하지 못하는 말의 한계를 보여주는 영화라는 세간의 평에 동의하지 않는다. 왜냐하면 〈우리 선희〉는 오히려 그 실체라는 것이 말로 따라잡을 수 없는 고정된 무엇이 아니라, 말의 작용, 행로와 함께 변하는 것이라고 믿는 영화에 더 가까워 보이기 때문이다. 선희는 세 남자의 선망을 받으면서도 그 속내를 알 수 없는, 끝내 말로 표현 불가능한 기이한 여인이 아니라, 말의 행로 속에서 자신을 진심으로 알고 싶어 하길 멈추지 않는 여자다."(남다은, '말들의

우리 선희
감독 홍상수, 2013

행로', 〈씨네21〉, 922호) 왜 아니겠는가. 선희의 '실체'라는 것이 과연 있는지 모르겠으나 분명한 것은 그녀 자신도 그것을 모르고 있다는 점이다. 그런데 여기서 더 중요한 것은 '나는 누구인가?'라는 물음은 '나는 존재할 가치가 있는 사람인가?'라는 물음을 뒤에 거느리고 있다는 것이고, 여기서 다시 몇 겹의 막을 걷어내고 나면 애초의 물음은 사실상 '나는 타인이 욕망할 만한 사람인가?'라는 질문의 변형이라는 것이다. 이것은 선희만의 물음이 아니다. 언제나 이것보다 더 절실한 물음이 우리에게 있었던가.

결국 '나는 누구인가?'라는 선희의 물음은 리어의 그것과 크게 다르다고 할 수 없다. "말해보아라, 나의 남자들아! 누가 나를 가장 욕망한다 말하겠느냐?" 이렇게 바꿔 묻는 순간 우리에게 타자의 인정認定이 왜 그토록 중요한지가 또렷해진다. 이 영화에 나오는 모든 등장인물들은 "내가 누구인지 알 수 있으려면 끝까지 파고들어가야 한다"라고 부르짖지만 실제로 그렇게 하는 사람은 아무도 없다. 그들은 자기 안을 향해 수직으로 파고들어가는 것이 아니라, 틈만 나면 타인을 향해 수평으로 귀를 기울인다. 내가 누구인지 말해달라고, 그러니까, 나는 당신이 욕망할 만한 사람인지 말해달라고. (예전에 홍상수의 인물들은 타자의 인정을 통한 자기 긍정을 위해 허망하게도 자주 섹스에 기대었다. 그들도 이야기를 나누지 않은 것은 아니었지만 그것은 섹스를 하는 데 성공하고 나면 치워버려야 할 사다리 같은 것이었다. 적어도 최근 몇 편의 홍상수의 영화에서는 이제 말이 섹스를 대체하고 있는 것처럼 보인다. 이 변화 때문에 홍상수를 김기덕의 반대편에 세워놓고 비교하기가 더 수월해졌다.) 그런데 타자의 말이라는 것, 믿어도 되는 것일까?

그렇지 않다는 것을 홍상수의 영화처럼 잘 보여주는 것도 없을 것이다. 타자라는 존재들은 나에게 내가 누구인지 말해줄 수 있기는커

녕 자기 자신이 누구인지조차 모르는 사람들이다. 영화 전체의 프롤로그가 되는 장면에서 선배 상우<sup>이민우</sup>는 선희에게 최교수<sup>김상중</sup>가 해외 출장을 갔다는 이상한 거짓말을 했다가 이내 들통 나자 농담이라고 둘러댄다. 물론 그것은 농담이 아니다. 왜 그런 거짓말을 했는지 그 자신도 모를 것이다. 아마도 선희에 대한 어떤 욕망이 그의 말을 일그러 뜨렸을 것이다. 이 프롤로그는 이 영화 전체가 욕망에 의해 일그러지는 말들의 풍경을 보여줄 것이라는 사실을 알려준다. 상우에 이어 등장하는 세 남자의 말들이 그렇다. 선희가 내가 누구인지를 물을 때 그녀가 타인의 인정(욕망)을 은밀히 바라듯이, 선희에게 그녀가 누구인지 말하는 남자들 또한 그녀의 인정(욕망)을 은밀히 바란다. 같은 욕망이 말을 끌고 가기 때문에 그들의 말은 다른 사내의 그것을 복제하면서 결국 비슷해지고, 선희가 어떤 여자인가 하는 물음 따위는 어느새 무의미해져버린다.

상우의 말은 명백한 거짓말이었고 그래서 선희는 상우를 향해 왜 거짓말을 하느냐고 (지나치게) 화를 낼 수 있었지만, 선희와 세 남자의 술자리에서 오가는 말들은 취기가 오를수록 더 이상 참과 거짓을 판별할 수 없는 말이 되고 만다. 다른 사람에게서 주워듣고 즉흥적으로 내뱉는 말이라는 점에서는 거짓이라 해야 하겠지만, 그 일그러진 말들이 그때 그들의 욕망을 정직하게 실어 나르고 있다는 점에서는 참이라고 해야 할 것이다. 이 영화에서 이런 상황은 선희의 입장에서나 세 남자의 입장에서나 실패라고 할 수 없다. 그들은 자신이 타자의 욕망의 대상이 될 수 있음을 확인하는 데 성공했고, 그로부터 또 삶을 살아갈 수 있는 힘을 얻었을 것이기 때문이다. 이렇게 욕망과 관련해서 말들은 실패하면서 성공하는데, 그 지긋지긋하면서도 정겨운 순간들에서 같은 노래(《고향》)가 세 번 흘러나올 때, 그 노래는 '다 그런 거다, 어쩌겠는가, 괜찮다'라고 말하는 것처럼 들리고, 그때 이 영화는

'말은 인간의 못난 숙명이지만 그 말들 속에서도 때로는 봄날의 창경 궁처럼 고요한 날들이 있을 것이다'라고 인간을 다독이는 현자의 우화처럼 보인다.

인간의
생일

이제 위에서 언급한 두 편의 영화를 중심으로 김기덕과 홍상수의 세계를 비교해보려고 한다. 욕망과 관련해서 김기덕은 몸의 실패를 다루고 홍상수는 말의 실패를 다루는데, 김기덕은 몸의 실패를 비관적으로 심화시키고 홍상수는 말의 실패를 낙관적으로 다독인다. (누가 더 강자인지 나는 모르겠다.) 김기덕에게 인간의 삶이 멀리서 본 비극이라면(그래서 〈뫼비우스〉는 대사 없는 영화로 만들어졌다), 상대적으로, 홍상수에게 인간의 삶은 가까이에서 본 희극에 가깝다(말의 뉘앙스가 그에게는 언제나 그리고 가장 중요하다). 김기덕이 원형적인 인간을 다룬다면, 홍상수는 전형적인 인간을 다룬다. 원형은 과장된 것처럼 보이고 전형은 쇄말적인 것처럼 보인다. 그러나 욕망의 진실은 원형에도 있고 전형에도 있을 것이다. 김기덕 감독이 자신의 영화에 '피에타'나 '뫼비우스' 같은 상징적인 제목을 붙이는 것은 자신이 다루는 날것의 원형성을 형이상학적인 뉘앙스로 눅이는 효과를 낳고, 홍상수가 자신의 영화에 평범한 일상어나 의미 없는 고유명사를 자주 제목으로 붙이는 것은 자신이 다루는 전형성이 쇄말성이라 비판당할 수 있는 여지를 미리 차단하는 효과('의도와 달리 사소해진 것이 아니라, 내 영화는 원래 사소한 것들을 위한 영화다')를 낳는다.

이런 거친 비교로 둘을 멀찍이 떨어뜨려놨으니 이제 다시 포개놓으면서 글을 끝내려고 한다. 최초의 인간 아담의 생일이 언제인지 모르고 그것이 날짜로 표기될 수 있는 것인지도 잘 모르지만, 여하튼 그날이 바로 인간의 생일이 될 것이다. 나는 김기덕과 홍상수라는 두 명의 영화 작가가 (대체로) 1년에 한 편씩 만들어 보여주는 영화들이 마치 해마다 돌아오는 '인간의 생일'을 기념하기 위한 짓궂은 선물처럼 느껴진다. 인간의 조건(즉, 욕망)을 탐구한 결과인 그것들, 잊을 만하면 우리가 인간임을 다시 상기하게 만드는 선물. 조물주라는 존재가 있다면 그가 인간에게 욕망이라는 것을 만들어 넣은 것은 인간이 계속 살아나갈 수 있게 하기 위해서였겠지만, 그는 인간의 삶이 그 욕망과 더불어 장차 행복할지 불행할지는 미리 계산하지 못했거나 안 한 것 같다. 그 계산을 대신 해주는 사람들이 있는데, 그들을 우리는 예술가라고 부른다. 나는 그동안 한 번도 하지 않은 이 상투적인 말을 딱 한 번 진심을 다해 하려고 한다. 김기덕과 홍상수, 이런 예술가들과 동시대를 함께 살아갈 수 있다는 것은 다행스러운 일이라고.

# 우울하므로,
우울함으로

라스 폰 트리에는 왜
〈멜랑콜리아〉를 두 개의 장으로 나눴는가?

　　리들리 스콧의 〈프로메테우스〉(2012)와 라스 폰 트리에의 〈멜랑콜리아〉를 각각 '기원의 서사'와 '종말의 서사'로 명명하고 두 영화를 함께 읽어보겠다는 것이 애초의 계획이었다. 인간은 자신이 잉태되는 성스러운 순간에 참여할 수 없고, 죽은 뒤의 세상에 미리 입회할 수 없다. 인간은 자신이 알지 못하는 것들이 주는 불안을 견뎌내기 위해 이야기라는 것을 만들어왔다고 했던가. 그렇다면 '탄생'과 '죽음'은 이 세상 모든 이야기들의 어쩔 수 없는 두 뿌리다. 그것이 인류와 우주의 층위로 확대되면 바로 '기원'과 '종말'의 서사가 구축될 것이다. 이를 감히 '서사의 서사'라 칭해도 될까. 당대의 거장들이 바로 그 이야기를 들려준다고 해서 나는 긴장했다. 그러나 〈프로메테우스〉를 보고 나서는 애초의 계획을 포기해야 했다.

　　안타깝게도 〈프로메테우스〉는 '기원의 서사'라는 명칭에 힘 있게 부응하는 작품이 아니었다. 이 영화의 기술적 성취가 어느 정도인지를 평가할 식견이 내게는 없다. 영화 장인의 위대한 걸작일 수도 있을 것이다. 그러나 서사론narratology의 시야에서 볼 때 이 영화가 '문제와 해결'을 설정하는 방식은 의외로 관습적이었다. '문제'의 근원을 거대

기업 소유주의 탐욕에 설정하고, '해결'의 방법을 선량한 인간들의 숭고한 자기희생에서 찾는 발상은 맥이 풀리는 클리셰에 가깝다. 관습적인 설정들을 구원해줄 예외적인 캐릭터도 찾기 어려웠다. 힘을 실은 대사들이 더러 있었지만, 심오한 질문은 서사 전체가 던지는 것이지 주인공의 대사 한두 마디가 던지는 것이 아니다.

〈멜랑콜리아〉는 달랐다. 어떤 물음이 들러붙어서 떨어지지 않았다. 설사 이것이 속임수라 하더라도 기꺼이 속아주고 싶다고 생각했다. 줄거리는 이렇게 짧게 정리될 수도 있다. 멜랑콜릭으로 분류될 만한 증상이 있는 저스틴커스틴 던스트이 부조리한 행동들로 자신의 결혼식을 엉망으로 만든다(1부). 얼마 후 멜랑콜리아라는 이름의 행성이 지구와 충돌해 지구가 멸망한다(2부). 말하자면 임상적 범주로서의 멜랑콜리아와 지구를 향해 돌진하는 행성 멜랑콜리아가 차례로 등장하는 이야기다. 억지를 좀 부린다면, 별개의 두 이야기라고 해도 좋다. 그런데 왜 붙어 있는가. 내게는 이런 물음이 남았다. '우울을 얘기하기 위해서 종말을 끌어들인 것인가, 종말을 얘기하기 위해 우울을 전제한 것인가?'

저스틴을
어떻게 이해할 것인가

1부가 보여주는 저스틴의 모습은 관객을 고통스럽게 한다. 결혼식을 치르는 날인데, 그녀는 마치 몇 겹의 감옥 속에 갇혀 있는 것처럼

**멜랑콜리아** Melancholia
감독 라스 폰 트리에, 덴마크 외, 2011

보인다. 그녀는 두렵고 고통스럽다. 그 자신도 이유를 명확히 설명할 수 없으니 더욱 끔찍하다. 언니 클레어샤를로트 갱스부르에게 토로한 대로 그녀는 "간신히 버티고" 있다. 결혼식 도중에 조카의 옆에서 잠을 자고, 드레스를 입은 채로 목욕을 하며, 결혼식장 바깥 골프장에서 오줌을 눈다. 그리고 무엇보다 견디기 힘든 장면은, 흔히 결혼식의 관습적 귀결로 간주되는 남편과의 초야를 유예한 그녀가, 직장 동료인 팀과 돌발적인 섹스를 감행하는 장면일 것이다. 그녀는 왜 이런 행동들을 하는가. 그녀가 그녀 자신을 이해하지 못하는데, 우리가 그녀를 이해하는 일이 가능할까?

이쯤에서 나는 그녀를 이해하는 가장 손쉬운 관점 하나를 우선 기각하고 이야기를 시작하려고 한다. 2부까지 본 뒤에 다음과 같이 생각하는 것은 확실히 가능하다. 그녀는 지구의 종말을 이미 예측하고 있지 않았는가, 그런 와중에 결혼식 따위가 무슨 소용이 있었겠으며 과연 상식적인 행동을 할 수 있었겠는가, 라는 생각 말이다. 즉 1부의 우울은 2부의 종말에 미리 영향을 받은 것이라는 관점이다. 그러나 이런 관점은 1부가 한 시간 동안 재현하는 저스틴의 고통에 거의 감응하지 못한 관객에게만 설득력을 가질 것이다. 그녀는 자신이 왜 모든 것을 견딜 수 없는지를 알지 못했기 때문에, 또 그런 와중에도 어떻게든 잘해내려고 애썼기 때문에 그토록 고통스러웠다. 그녀가 곧 닥쳐올 종말 때문에 현재를 완벽히 허망한 것으로 느끼고 있었던 것이라면, 그녀에게 무슨 고통이 있었을 것이며 또 잘해보려는 그 어떤 의지가 있었겠는가.

이렇게도 기각할 수 있다. 저스틴의 태도를 최선을 다해 이해하려고 노력하면서도 결국은 "가끔 네가 죽도록 미워!"라고 말하고 마는 언니 클레어의 양가적인 태도, 이는 동생의 그런 모습을 오랫동안 지켜봐온 언니만이 보일 수 있는 태도이며, 이를 통해 보건대 저스틴의 우울은 그 연원이 깊은 것으로 보인다는 것. 게다가 저스틴이 별자리의 변화에 예민하게 반응하는 장면이 두어 번 나오지만, 그녀 역시 무언가를 이미 알고 있다기보다는 다소 예민한 호기심을 보이는 정도에 머문다는 것. 그러니 이 영화의 1부는 그 자체로 충분히 숙고될 가치가 있는 '우울의 서사'라고 봐야 한다. 그렇다면 다시, 그녀를 이해하는 일은 가능할까? 다행히 우리에게는 이 우울의 문을 열 수 있는 몇 개의 열쇠가 있다.

그 첫 번째 열쇠는 당연하게도 프로이트의 논문 「애도와 우울」(1917, 국역본 제목은 '슬픔과 우울증')에서 찾을 수 있다. 애도mourning와 우울melancholy은 사랑해오던 대상을 상실했을 때 주체가 보이는 반응이라는 점에서는 일단 같다. 그러나 애도가 대상의 상실을 받아들이고 그 대상에 쏟았던 에너지(리비도)를 철회하여 일상으로 복귀하는 것이라면(그래서 '애도 작업'이나 '애도 기간' 같은 말이 성립될 수 있다), 우울은 대상의 상실을 인정하지 않고 자신을 그 대상과 동일시하면서 자기 파괴적인 무력감에 사로잡히는 경우다(그래서 애도와 달리 우울은 병리적인 현상이며 치료의 대상이 된다). 세부 논증은 생략하더라도 분명한 것은, 우울의 경우 '상실'과 '자학'이 맺고 있는 이 기묘한 관계는 섬세한 해석의 대상이 돼야 마땅하다는 점이다.

그래서 정신분석학자들은 오늘날 제도적인 정신의학이 우울melancholy을 우울증depression이라는 명칭으로 진단하고 약물 치료에 의존하는 것에 회의적이다. 라캉학파 분석가인 대리언 리더는 말한다. "인간 내면을 탐구하는 일이 정신위생이라는 고정관념으로 대체되고 있다. 문제를 이해하는 것이 아니라 제거하는 것이다. 우울증을 바라보는 이러한 시선이 문제 자체의 일부분은 아닐까?"(『우리는 왜 우울할까』, 우달임 옮김, 동녘사이언스, 2011, 8~9쪽) 누구의 방식이 올바른가를 따지는 일은 내 능력을 벗어난다. 내게 중요한 것은 라스 폰 트리에가 '멜랑콜리아'라는 제목의 이 영화에서 저스틴이라는 인물을 통해 '우울'을 어떤 시각에서 재현하고 있는가, 우리가 어떤 관점을 택할 때 이 텍스트를 더 정확하게 이해할 수 있는가 하는 물음에 답하는 일이다.

자, 그렇다면 저스틴의 증상을 프로이트적인 의미에서의 우울, 즉 상실과 자학의 불행한 상호작용 사례라고 할 수 있을까? 그런데 문제는 그녀가 상실한 대상이 무엇인지를 우리가 명확히 알 수 없다는 점에 있다. 여기서 할 만한 질문. 왜 저스틴의 우울은 하필 결혼식을 배경으로 재현되는가. 동성끼리의 결혼이 금지된 사회에서 결혼식은 이성애적 정체성을 공적으로 선언하고 확인받는 의식이다. 『젠더 트러블』(1990)에서 주디스 버틀러는 유아기에 우리가 최초로 맞닥뜨리는 금기는 근친상간 금기가 아니라 동성애 금기라고 말한다. 동성 부모라는 '사랑의 대상'을 '상실'해야만 정상적(=억압적)으로 형성되는 우리의 이성애적 젠더 정체성은 그래서 '본질적으로 우울증적'이라는 것이 그의 논변이다. 이것이 우리가 쥘 수 있는 두 번째 열쇠다.

반드시 위의 논변과 일치하지는 않더라도, 어쩌면 저스틴은 자신의 '여자-임'을 스스로에게 납득시키는 일에 곤란을 겪고 있는 것은 아닐까. 이런 추정에 근거가 없지는 않다. 1부의 도입부는 신혼부부를 태운 긴 리무진이 좁은 시골길을 통과하지 못해 애를 먹는 상황, 그래서 남편과 아내가 번갈아 운전대를 잡는 모습을 이상한 불안감 속에서 보여준다. 이 장면이 그날 밤의 성관계가 곤란에 봉착할 것임을 암시한다는 것은 굳이 지적하기도 멋쩍다. 저스틴의 부모들도 그녀가 겪고 있는 모종의 곤란을 전혀 이해하지 못하거나 안 한다. 어머니는 결혼식을 혐오한다는 말로 딸의 '여자-됨'의 시간을 조롱하고, 아버지는 딸에게 남긴 쪽지에서 딸을 '저스틴'이 아니라 '베티'(두 하객의 이름)라고 잘못 호명하기까지 하는 부주의한 무기력을 보여준다.

알레고리로서의
멜랑콜리아

그러나 이런 해석이 이 텍스트를 더 두껍게 만드는 것 같지는 않다. 저스틴의 멜랑콜리아를 임상적 사례나 정체성의 문제로서가 아니라 더 큰 범주의 의미를 함의하는 알레고리로 이해해볼 수는 없을까. 이것이 우리의 세 번째 열쇠다. 멜랑콜리아에 대한 연구의 역사는 고대 그리스의 피타고라스학파로 거슬러 올라간다. 그들의 체액설은 인간을 네 유형으로 분류하는데, 그들은 그중 '흑담즙'에 지배되는 우울한 체질을 멜랑콜리아라 명명했다. 이후 이 학설은 점성술과 결합하였고, 각각의 체질은 그것에 영향을 준다고 간주되는 행성들과 짝을 맺게 되는데, 멜랑콜리아는 토성Saturn의 영향을 받는 것으로 규정됐다. 이후 멜랑콜릭들은 병리적인 존재로서만이 아니라, 자신의 저 예외적인 우울함 속에서, 세계의 이면을 투시하는 특별한 존재로 간주되기에 이른다.

저스틴을 하나의 알레고리로 본다는 것은 멜랑콜리아에 적재되어온 의미, 즉 '신비로운 반사회성의 소유자' 혹은 '진실의 예외적 투시자'라는 의미를 그녀가 대리하고 있는 것으로 본다는 것이다. 같은 말을 더 사회학적인 방식으로 말하면 이렇다. "근대가 창출한 사회적 모더니티가 국민국가, 자본주의 그리고 시민사회를 축으로 하는 공적 제도의 영역에서, 베버의 표현을 빌리자면 '정신Geist 없는 전문가'와 '가슴 없는 향락자'들을 양산했다면, 사회적 모더니티의 지배적 가치들에 저항하는 미적 기획에 다름 아닌 '문화적 모더니티'는, 진보하는 부르주아의 공적 세계가 엄폐한 사적 공간에서 되살아난 우울의 신 사투르누스Saturnus의 힘에 복속된 '토성의 아이들'을 탄생시켰다."(김홍중, 『마음의 사회학』, 문학동네, 2009, 215쪽)

말하자면 멜랑콜리아는 사회적 모더니티의 항체로 존재하는 문화적 모더니티의 근본 정조라는 것. 이렇게 본다면 이 영화의 배경이 어째서 그토록 으리으리한 저택이었어야 했는지를 이해할 수 있게 된다. 세상과는 동떨어져 있는 듯한 그 공간은 오늘날 각 나라의 최상류층들이 거주하는 그들만의 세계를 표상하는 것처럼 보인다. 그리고 바로 그곳에서 저스틴은 지금 특히 극심한 우울을 앓는다. 그녀의 멜랑콜리아는 어쩌면 이 세계 자체를 견디지 못해 생겨난 증상일 수도 있을 것이다. 더 밀고 나가 본다면, 그녀의 우울이 결혼식을 파탄에 이르게 하는 이 설정의 알레고리적 함의는, 근대 부르주아적 가치관을 내부에서 무너뜨리는 멜랑콜리아의 부정적인 위력에 대한 옹호, 바로 그것이라고 해야 하지 않을까. 그렇다면 저스틴은 앓음으로써 싸운 것이 아닌가.

　한 가지를 덧붙이자. 근대 부르주아적 가치관의 총집결지라고 할 수 있는 그곳의 소유주는 물론 저스틴의 형부 존<sup>키퍼 서덜랜드</sup>이지만, 그곳의 본질을 선명하게 드러내기 위해서는 한 명의 캐릭터가 더 필요했는데, 그는 바로 저스틴의 직장 상사 잭<sup>스텔란 스카스가드</sup>이다. 결혼식장에서까지 저스틴에게 업무를 강요하고 새로 뽑은 직원에게 저스틴을 따라다니며 카피를 받아내라고 종용하는 그의 행태는 상식적으로 납득하기 어렵다. 병리적이라는 측면에서는 저스틴 못지않아 보이는 그의 모습은, 그러나 오늘날 자본주의 세계체제의 병리성 그 자체의 재현이 아닌가. 저스틴이 그에게 마지막으로 '무(nothing)'라는 단어를 건네줄 때, 이는 저 '정신 없는 전문가'와 '가슴 없는 향락자'들의 세계의 허망함을 통렬히 공박하는 것처럼 보인다. 당신들은 아무것도 아니다, 라고.

종말을 상상하는
서사의 불길한 매혹

이야기는 2부로 넘어가고 언니 클레어가 중심에 선다. 그녀는 한편으로는 상태가 더욱 악화된 저스틴을 돌보고, 다른 한편으로는 행성 멜랑콜리아의 접근에 노심초사한다. 저스틴의 우울의 서사가 클레어의 종말의 서사로 이어졌다. 1부의 도입부와 결말부에 저스틴이 하늘을 올려다보고 천문天文의 변화를 읽어보려 애쓰는 대목이 나오기는 하지만, 적어도 '멜랑콜리아'라는 행성의 이름은 2부에서 처음으로 갑자기 등장한다. 이 물음을 이제 물 때가 됐다. 어째서 두 이야기는 붙어 있어야 했던 것일까. 그러니까 왜 저스틴의 멜랑콜리아가 결혼식을 망친 뒤에 행성 멜랑콜리아는 지구를 향해 달려올 필요가 있었던 것일까. 더 간단히 물어볼까. 왜 그 행성의 이름은 하필 멜랑콜리아인 것인가.

2부는 종말에 대처하는 자세들의 유형을 보여준다. 존은 종말을 부인하고 클레어는 종말을 걱정하며 저스틴은 종말을 수락한다. (나는 '기다린다'라고 썼다가 고쳤다. 가족들에게 닥칠 종말을 그녀가 슬퍼하지 않는 것은 아니므로.) 2부의 도입부에서는 자신은 행성 따위를 두려워할 정도의 바보는 아니라며 종말에 의문을 제기하던 저스틴이 2부의 후반부에서는 종말이 돌이킬 수 없는 것임을 단언한다. "우울한 인물은 죽음의 그림자에 쫓기고 있기 때문에, 세상을 어떻게 읽어야 할지 가장 잘 아는 사람은 바로 우울증 환자다. 혹은, 세계는 다른 누구도 아닌 우울한 인간의 관찰에 스스로를 내맡긴다고 할 수 있을 것이다. 사물에 생명이 없으면 없을수록 그것을 숙고하는 정신은 더욱 강력하고 영민해진다."(수전 손택, 『우울한 열정』, 홍한별 옮김, 이후, 2005, 77쪽) 이 말 그대로다. 그렇다고는 해도, 그녀는 어찌 그리 의연

할 수 있는 것일까.

여기서 눈여겨봐야 할 것 중 하나는, 1부에서 존이 이 저택의 골프장에는 18번 홀까지 있다는 사실을 두 번이나 강조했음에도, 종말 직전 아들 레오를 붙들고 비틀거리는 클레어의 옆으로 19번 홀을 표시하는 깃발이 보란 듯이 펄럭이는 장면이다. (이 장면은 프롤로그에서도 미리 등장하는데 물론 거기에서도 19라는 숫자는 분명하게 보인다.) 이 의도적인 착오는 우리로 하여금 어디까지가 현실이고 어디부터가 환상인지를 순간적으로 분별하기 어렵게 한다. 더 나아가 우리가 보고 있는 종말의 서사가 저스틴의 우울증적 비전vision일 수도 있겠다는 추정으로 우리를 유도한다. 돌이켜 보면 이 영화의 첫 장면은 저스틴의 얼굴을 클로즈업한 장면이며(그녀는 무언가를 본다), 프롤로그를 수놓고 있는 움직이는 이미지들 역시 멜랑콜릭의 시선이 세상을 인지하는 방식을 영상으로 구현한 것처럼 보이지 않는가.

말하자면 2부의 종말이 1부의 우울을 만든 것이 아니라(우리가 앞서 기각했듯이), 1부의 우울이 2부의 종말을 초래한 것이다. 그래서 2부의 행성은 멜랑콜리아라는 이름을 저스틴으로부터 내려 받아야 했다. 2부가 클레어를 중심으로 진행되기는 하지만 그보다 더 중요한 것은 이 종말의 서사를 내부에서 지켜보고 있는 저스틴의 눈이다. 감독은 지금 어디에 있는가. 바로 저스틴의 눈 속에 있다. "지구는 사악해. 우리는 지구를 위해 비통해할 필요가 없어.(The earth is evil. We don't need to grieve for it.)" 이것은 라스 폰 트리에의 복화술이다. 그는 지금 멜랑콜릭의 시각에서 지구의 종말을 상상한다. '내게 이 세계는 이미 죽어 있는 무의미한 세계다, 그러니 당장 지구의 종말이 온들 호들갑을 떨 일이 뭐 있는가.' 이를 '멜랑콜리아의 세계관'이라고 불러도 좋을 것이다.

일본의 젊은 사상가 사사키 아타루는 『잘라라, 기도하는 그 손을』

(2010)의 한 대목에서 소위 종말론자들을 신랄하게 조롱한다. 종말론
자들의 욕망의 논리는 이렇다. '나는 어차피 죽는다. 그러나 나만 죽
는 것은 싫다. 세계 전체를 끌어들여 다 함께 죽고 싶다.' 자신의 죽음
과 세계의 죽음을 일치시키려는 욕망, 즉 세계와 함께 자살하려는 이
욕망은 나약하고 유치하다. 종말론자들의 이 욕망은 사이비 종교와
그 광신도들의 열정을 통해 얼마나 끔찍한 파국을 초래해왔던가. 그
러나 라스 폰 트리에가 보여주는 종말의 비전은 이런 비판으로부터
자유로울 것이다. 우리가 '멜랑콜리아의 세계관'이라고 부른 그것은
일종의 방법론이며, 종말이라는 지평 위에서 현재를 바라보는 시선의
다른 이름이다. 영원한 진보에의 확신을 단숨에 무('nothing')로 돌리
는 그 사유의 지평이야말로 급진적인 것일 수 있다는 것이 이 감독이
궁극적으로 하려던 말은 아니었을까.

마지막 물음을 묻자. 영화의 대단원에서 우리 대부분이 느낀 저 불
길한 매혹의 정체는 무엇일까. 단지 아름다운 영상의 속임수일까? 혹
은 저것은 영화일 뿐이라는 안도감? 아닐 것이다. 혹자는 이 영화에
서의 종말이 '완벽'하기 때문이라고 말한다. 그래, 이 세계의 모든 불행
과 비참이 철저히 차별적인 데 반해 이것은 모두에게 완전히 평등한
종말이고, 타협적으로 희망을 남기는 여느 종말 서사들과는 달리 일
말의 가능성도 남기지 않는 깨끗한 종말이다. 이렇게, 모두가, 동시에
사라질 수 있다는 보장만 있다면, 우리에게는 필사적으로 이 세계의
종말을 막아야 할 간절한 이유가 과연 얼마나 있는 것일까? 영화관을
나와서 그제야 눈물을 흘린 몇몇 관객들은 아마도 그 이유를 찾는 데
실패했기 때문에 울었을 것이라고, 나는 짐작한다.

# 세상의 종말보다
# 더 끔찍한 것

## 불안의 영화 〈테이크 셸터〉가
## 선택한 결말에 대한 한 생각

맞다. 〈테이크 셸터〉도 세상의 종말을 근심하는 영화다. 부쩍 이런 영화가 많아졌다고 느껴진다면 그것은 한 해 먼저 개봉된 라스 폰 트리에 감독의 〈멜랑콜리아〉의 여운이 아직 남아 있어서일지도 모른다. 그래서인지 이 영화를 보러 극장을 찾는 분들이 많지는 않은 것 같다. 혹시 이 훌륭한 영화가 〈멜랑콜리아〉와 비슷할 것이라 짐작해서 보지 않고 있는 분들이 있다면 그러실 필요 없다고 말씀드려야 하겠다. 서사의 뼈대가 유사해도 그것이 산출하는 정동情動 affect은 전혀 다를 수 있다. 〈멜랑콜리아〉의 정동이 '우울'이라면, 〈테이크 셸터〉의 그것은 '불안'이다. 우울과 불안이 다른 정도만큼 두 영화는 다르다. 물론 이 말은 이 글의 결론이 아니라 서론이어야 한다. 불안에도 여러 종류가 있기 때문이다. 불안의 영화 〈테이크 셸터〉는 '무엇에 대해' 불안해하고 있는가? 내가 보기에 이 영화는 이 물음과 관련해 한순간도 흔들린 적이 없으며 그 답도 분명히 제시했다. 이 영화의 인상적인 결말은 더할 나위 없이 정확한 마침표로 보인다.

## 망상과 계시
## 사이에서

굴착 공사 현장에서 일하는 서른다섯 살의 남자 커티스마이클 섀년는 사만다제시카 채스테인의 남편이자 해나토바 스튜어트의 아빠다. 딸 해나의 청각 장애가 이 부부의 근심거리이긴 하지만 남들이 보기에는 이만하면 행복한 가정이다. 그런데 어느 날부터 커티스는 악몽에 시달리기 시작한다. 외상trauma으로 인한 악몽의 특징은 동일한 정황의 꿈이 집요하게 반복된다는 것인데, 그와 달리 커티스가 꾸는 악몽은 회를 거듭할수록 상황이 더 끔찍한 방향으로 발전한다는 점이 특이하다. 이 악몽은 마치 어떤 최종 목적지를 향해 전진하고 있는 것처럼 보이는데, 만약 그렇다면 이 악몽은 커티스에게 무언가를 (이를테면 세상의 종말을) 계시하고 있는 것인지도 모른다. 단지 한밤의 악몽뿐이라면 수면제가 해결책이 될 수도 있을 것이다. 그러나 꿈속에서 느낀 육체적 고통이 꿈에서 깨어난 이후에도 계속 이어지는 데다가, 환각과 환청까지 가세해 낮의 일상까지 엉망이 되고 있으니, 커티스와 함께 관객은 심각하게 묻지 않을 수 없게 된다. 커티스는 그저 미쳐가고 있는 것인가, 아니면, 창세기의 노아처럼 세상의 종말을 미리 고지받는 중인 것인가.

커티스 자신도 둘 중 어느 쪽인지를 확신할 수가 없다. 그래서 두 가지 선택지 중 어느 것도 포기하지 않는다. 자신이 미쳐가고 있을지도 모른다는 가정하에 정신 상담 및 약물 치료를 시도하고, 동시에,

---

**테이크 셸터** Take Shelter
**감독 제프 니컬스, 미국, 2011**

악몽이 신의 계시일 가능성을 배제할 수 없으므로 그간 방치된 방공호를 정비하기 시작한다. 이 원인 불명의 불안을 스스로도 이해할 수 없는 터라 그는 애초 타인의 이해를 기대하지 않는다. 그는 점점 이상한 사람이 되어가고, 결국 지역·직장 공동체에서 고립되고 만다. 그를 품어주는 사람은 아내 사만다뿐이지만 그녀라고 남편의 불안을 완전히 납득할 수 있는 것은 아니어서 오직 사랑의 힘으로 자기 몫의 고통을 견뎌나간다. 어느 날 밤, 마침내 심판의 날이 온 것처럼 폭우가 쏟아지고, 이 가족은 방공호로 대피해서 하룻밤을 보낸다. 다음 날 아침 커티스는 극도의 불안을 느끼며 바깥으로 나가기를 거부하고, 사만다는 지금 이 순간 커티스가 직접 방공호의 문을 열도록 돕지 않으면 안 된다는 것을 안다. 이 영화의 서사적 절정에 해당하는 순간, 즉 모든 것이 '망상'인지 '계시'인지를 마침내 확인해야 할 그 순간을 맞아, 커티스는 힘껏 방공호의 문을 열어젖힌다. 결론은?

　세상은 여전히 거기에 있다. 한밤의 폭우는 여느 때와 다름없는 것이었다. 이제 커티스는 자신의 악몽, 환각, 환청이 단지 망상이었을 뿐 그 무슨 계시 따위가 아니라는 것을 인정하지 않을 수 없게 된다. 전문가의 입원 치료 명령을 거부할 명분도 이제는 없다. 입원 전에 떠난 마지막 가족 여행의 풍경이 이 영화의 종장終章을 이룬다. 이렇게 이 영화는 끝나려는가. 그런데, 바로 그때, 바다 저편에서 거대한 폭풍우가 밀려오고 악몽 속의 그 갈색 비가 내리기 시작한다. 이번에는 커티스 혼자가 아니다. 딸 해나와 아내 사만다도 지금 같은 것을 보고 있다. 그렇다면 이것은 망상이 아니라 현실이지 않은가. 역시 모든 것은 계시였던 것일까. 뒤엉켜버린 머릿속을 우리가 미처 정리하기도 전에, 가차 없다 싶을 정도로 단호하게 영화는 끝나버린다. "근래 가장 고민스런 대단원"(김혜리, 〈씨네21〉 20자평)이라는 토로를 이끌어낸 이 마무리를 어떻게 받아들여야 할까. 이 영화를 어떤 각도에서 읽건 그 독법이 이 당혹스러운 결말을 납득할 수 있는 방식으로 끌어안지 못한다면 불완전한 것이라고 하지 않을 수 없을 것이다.

앞에서 우리는 이 작품을 '불안의 영화'라고 명명하고 이것이 과연 '무엇에 대한' 불안인가를 물었다. 다음 기사는 그 물음에 대한 유력한 답 하나를 소개한다. "〈테이크 셸터〉가 처음 공개되었을 때, 미국의 평자들은 이 영화를 미국 중산층의 위기와 병적인 불안에 대한 알레고리로 이해했다. 대출금도 갚지 않은 집을 담보로 방공호를 짓고, 닥쳐올 위험에 대한 불안을 안고 버둥거리는 커티스의 모습은 분명 미국 사회를 강타했던 경제 위기의 일면을 연상케 한다. 그러나 이 공포는 미국 바깥의 우리에게도 매우 가까운 현실감을 준다. 제프 니컬스 감독은 사소한 일상의 흔들림이 숨통을 조여오는 전 과정을 차분히 주시하며, 결국 묵시록적인 메시지까지 설득해낸다."(김효선, '멸망의 전조 〈테이크 셸터〉', 〈씨네21〉, 900호) 이 영화가 묘사하는 재앙은 경제적 파탄의 은유로 볼 수 있으며 따라서 여기서 문제가 되고 있는 불안은 '중산층에서 빈민층으로의 추락 가능성이 초래하는 불안' 정도로 읽는 것이 온당하다는 시각은 다른 지면에서도 자주 눈에 띈다. 이런 식의 독법은 언제나 조금씩은 맞지만, 그래서 언제나 충분히 맞지는 않다.

텍스트를 읽는다는 것은 세 단계를 차례로 밟아가는 일이다. 그 세 단계를 각각 '주석' '해석' '배치'라고 명명할 수 있다. 우리는 우선 텍스트가 다루고 있는 것들의 '사실' 관계를 확인해야 하고(주석), 확인된 사실에 근거해서 텍스트의 '의미'를 추론해내야 하며(해석), 이렇게 추론된 의미가 어떤 '의의'를 갖는지를 평가하면서 그 텍스트가 놓일 가장 적절한 자리를 찾아주어야 한다(배치). 특별할 것도 없는 이런 정리를 시도해본 것은 이 세 작업의 몫을 혼동하거나 작업의 단계를 무시하는 사례들이 더러 있어서다. 예컨대 밝혀지지 않은 사실 관계 앞에서 고된 실증 작업을 생략하고 상상력을 발휘해 공백을 메우거나(주석을 해석으로 대체하는 경우), 지난한 해석의 노동을 건너뛰고 신속히 텍스트를 분류한 다음 그것으로 해석이 완료됐다고 믿거나(해석을 배치로 대체하는 경우) 하는 일들 말이다. 우리가 이 영화를 두고 '금융 대란 이후 중산층의 불안'을 다룬다고 말할 때 우리가 하고 있는 일은 이 텍스트를 더는 '해석'할 필요가 없도록 신속히 '배치' 해버리는 일이다. 그러나 그보다 먼저 해야 할 일을 충분히 한 사례는 아직 많지 않은 것 같다.

아무것도 뒤집지 않은,
반전

커티스의 불안이 어디에서 기인한 것인지를 짐작할 수 있게 하는 단서들은 여러 곳에 있지만 그중 가장 중요한 것은 그의 유년기 체험일 것이다. 커티스가 열 살이 되던 해 그의 어머니는 커티스를 마트 주차장에 내버려둔 채 갑자기 사라졌고, 1주일 후 발견된 그녀는 길거리에서 쓰레기를 주워 먹고 있었다. 커티스의 아버지는 아내를 정신병원에 입원시켰고 이후 커티스는 오로지 아버지에게만 의지하며 성장해야 했다. 중요한 것은 어머니에게서 아들로 분열증적 기질이 유전되었는가의 여부가 아니라 그 체험이 어린 커티스에게 어떤 상처를 남겼는가 하는 물음이다. 어머니에게 분열증 증상이 나타난 것은 그녀가 무책임한 남편 대신 아들 형제를 홀로 키우다 더 이상 그 고통을 견뎌낼 수 없었기 때문이었다. 아내에게 무책임했던 남편이 아들 형제에게 훌륭한 아버지였을 것이라고 믿기는 어렵다. 어린 커티스는 자주 불행했을 것이고, 그럴 때마다 가족이라는 공동체가 와해되는 일이 구성원들에게 미치는 영향에 대해 심각하게 생각했을 것이다. 더 나아가서,

자신이 누군가의 남편과 아버지가 되어 있을 미래에 대해서도.

그로부터 25년이 지나 커티스는 누군가의 남편이자 아버지가 되었다. 이는 그가 이제 가족 구성원에게 상처를 받는 위치에 있는 것이 아니라 상처를 줄 수도 있는 위치에 와 있다는 것을 의미한다. 20대에서 30대로 넘어오면서 그는 좋은 남편이자 좋은 아빠가 되지 않으면 안 된다고 여러 번 다짐했을 것이다. 물론 이것은 전혀 병리적인 태도가 아니다. 그러나 낙관적 다짐('되어야 한다!')이 강박적 불안('될 수 있을까?')을 통제할 수 없게 되면 그것은 병리적이다. 계기는 무엇인가. 커티스의 딸 해나가 그리 오래되지 않은 시점부터 청각 장애 증상을 보이기 시작했다는 것("아직도 믿기지 않아"), 그리고 부친이 최근에 돌아가셨다는 것("지난 4월"). 그의 삶에 생긴 이 두 가지 변화가 그간 잠복해 있던 25년 전의 충격과 상처를 다시 활성화시킨 것이 아닌가. 어머니가 분열증 증상을 보이기 시작한 때가 지금 자신의 나이 무렵이라는 사실도 새삼스럽게 그를 짓눌렀을 것이다. '비슷한 불행이 반복되어서는 안 된다. 어떤 일이 있어도 가족과 헤어지는 일이 있어서는 안 된다.' 아이러니한 것은 이렇게 결연하게 각오를 할수록 그의 불안은 더 커진다는 것이다.

커티스가 자신의 불안에 대처하기 위해 두 가지 모순되는 행동을 동시에 하는 것도 이런 맥락에서 이해가 된다. 그는 자신이 미쳐가고 있다고 믿는 사람처럼 정신의학 분야의 전문 서적을 탐독하고 상담사를 정기적으로 찾는다. 또 그는 세상은 미쳤지만 자신만은 예외라는 듯이 묵묵히 노아의 방주를 만들기도 한다. 미친 것은 그인가 세상인가. 그에게 중요한 것은 내가 미쳤는지 세상이 미쳤는지를 확정하는 일이 아니다. 유일하게 중요한 것은 단지 가족일 뿐이다. 분열증이 극심해져서 자신이 어머니처럼 격리 수용된다면 그로 인해 가족과 헤어져야 할 테니 문제이고, 자기가 아니라 세상이 미친 게 맞아서 실제로

'그날'이 오면 그로 인해 가족들이 죽게 될 테니 그것도 문제다. 두 경우 모두 가족의 파괴라는 결과에 이를 것이라는 점에서는 차이가 없다. 어느 쪽이 정답인지는 아무래도 상관없는 것이다. 분명한 것은 어느 쪽이건 그것은 가족에게 일어나서는 안 되는 일이라는 점이다. 그래서 그는 두 가지 대책 중 어느 하나도 포기할 수 없다. 그의 노력은 저 유일한 목적의 두 가지 수단이다.

그렇다는 사실을 완전히는 아니더라도 어렴풋하게나마 이해하는 것은 아내 사만다다. 두 개의 사례를 들자. 라이온스 클럽 지역 모임에서 친구 듀워트와 시비가 붙자 커티스는 처음으로 자제력을 잃고 사람들을 향해 외친다. "태풍이 오고 있다." 물론 이것은 예언자의 포효가 아니라 자신의 불안을 억누르다 지친 이의 울분에 가까운 말이다. 그야말로 외톨이 미치광이가 되어버린 커티스를 사만다는 말없이 안아주고 남편은 아이처럼 운다. 그리고 방공호에서 하룻밤을 보낸 뒤 바깥으로 나가기를 거부하는 커티스가 그저 미안하다는 말만 무력하게 반복할 때, 사만다는 그녀 스스로 문을 열고 커티스를 끌어내지 않고, 남편이 자신의 불안을 스스로 이겨낼 수 있도록 참을성 있게 기다리면서 그에 대한 신뢰를 포기하지 않는다. 커티스의 불안이 '가족에 대한' 것이므로 이 상황은 오직 '가족을 통해' 극복할 수밖에 없다는 것을 사만다는 알고 있었을 것이다. 이 영화를 상투적인 의미에서 감동적인 영화라고 말하기는 어렵지만 이 장면들은 충분히 감동적이며 이 영화의 진정한 주제가 무엇인지를 생각하게 한다.

이제 결말에 대해 말하자. 결국 모든 것이 커티스의 불안 망상인 것으로 판명이 되고, 그제야 찾아간 정신과 전문의는 커티스에게 가족을 떠나 입원 치료를 받으라고 권유한다. 그러자 커티스는 얼떨떨한 표정으로 묻는다. "당신의 말은 제가 가족을 떠나야 한다는 뜻입니까?(You mean I have to leave my family?)" 이 반문은 커티스의 내면을 투명하게 보여준다. 앞에서 말한 대로, 관객인 우리가 궁금해하는 물음(망상인가 계시인가)은 커티스 자신에게는 중요하지가 않다. 그에게 중요한 것은, 오로지, 가족과 함께 있을 수 있는가 없는가 하는 문제다. 그러므로 그가 며칠 뒤에 장기 입원을 해야 한다는 통보를 받는 일은 며칠 뒤에 세상이 멸망할 것이라는 예고와 다르지 않다. 아니, 어쩌면 전자가 더 끔찍한 것일지도 모른다. 종말의 순간에는 헤어지지 않을 수도 있으니까. 그렇다면 차라리 세상이 멸망하는 편이 낫다! 그리고 이 영화는 바로 그 길을 간다. 결말의 반전은 커티스의 이런 바람을 실현시켜주기 위해 필요한 것이 아니었을까. 그렇다면 이 최후의 폭풍우는 이 영화의 유일한 실제 재앙인 것이 아니라 역시 커티스의 마지막 망상이라고 해야 하리라. 그래서일 것이다. 비현실적이게도, 휴가철의 해변에 이 가족을 제외하고는 아무도 없었던 것은.

타인의 불행을
해석한다는 것

많은 훌륭한 이야기들의 원천이 대체로 인간의 행복이 아니라 불행인 것은 왜인가. 말년의 프로이트는 인간이 행복하기보다는 불행해지는 데 더 많은 재능을 타고났다는 사실을 착잡하게 인정해야만 했다. "인간을 행복하게 하려는 의도는 '천지창조'의 계획에 포함되어 있지 않다고 말하고 싶을 정도다."(『문명 속의 불만』, 1930, 2장) 세 종류의 고통이 우리를 지속적으로 위협하기 때문이라는 것. 자주 고장 나고 결국 썩어 없어질 '육체', 무자비한 파괴력으로 우리를 덮치는 '세계', 그리고 앞의 두 요소 못지않게 숙명적이라 해야 할 고통을 안겨주는 '타인'이 그것들이다. 그러고 보면 최근에 본 영화들만을 생각해봐도 〈아무르〉는 육체 때문에, 〈라이프 오브 파이〉는 세계 때문에, 〈더 헌트〉

는 타인 때문에 불행해진 인간들을 그렸다고 할 만하다. 이런 식이니까 비평적 글쓰기라는 것은 많은 경우 타인의 불행에 대해 왈가왈부하는 일이 되고 만다. 이 난감한 일을 계속해 나가기 위해서는 어떤 원칙이 필요하지 않을까? 이를테면 '불행의 해석학'이 갖추어야 할 '해석의 윤리학'이라는 것이 있을 수 있지 않을까?

"결혼을 한 뒤 과연 내가 영화를 만들면서 가장의 역할을 할 수 있을지 불안감이 생기기 시작했다. 게다가 부시 정권에 대한 불신이 싹텄고, 미국 경제가 무너지고 있었다. 이런 느낌을 담아 시나리오를 쓴 것이다. 말하자면 커티스는 당시의 나다."('위기의 중산층', 〈씨네21〉, 831호) 제프 니컬스 감독이 이렇게 말하기도 했으니, '금융 대란 이후 중산층의 불안을 표현한 영화'라는 일각의 지적이 틀렸다고 할 수는 없을 것이다. 그러나 이런 표현들과 함께 하나의 텍스트는 너무 빨리 보편화되고 만다. 앞에서 사용한 개념을 다시 가져오자면, '주석'은 최대한의 정확성을, '해석'은 최대한의 단독성을, '배치'는 최대한의 보편성을 추구하는 작업이다. 어떤 텍스트가 최대한의 보편성을 가질 수 있도록 '배치'할 필요가 있는 것은 당연하지만, 그보다 먼저 해야 할 일은 그 텍스트를 세상에서 하나뿐인 것으로 만드는 작업이며, 그것이 바로 '해석'이라 불리는 행위의 이상理想일 것이다. 특히 그 텍스트가 타인의 불행을 다룬 것일 때는 더욱 그렇다. 타인의 불행을 놓고 이론과 개념으로 왈가왈부하는 일이 드물게 용서받을 수 있는 길 중 하나는 그 불행이 유일무이한 것으로 남을 수 있도록, 그래서 쉽게 분류되어 잊히지 않도록 지켜주는 일이다.

부기: 이 영화에 자막을 입힌 분은 몇몇 대사를 자유롭게 의역했다. 두 개의 사례만 지적하자. 듀워트를 집까지 바래다주고 늦게 귀가한 커티스는 잠들어 있는 해나를 물끄러미 바라본다. 이때 커티스가

아내에게 하는 말은 이렇다. "난 아직도 그녀(해나)가 깰까 봐 신발을 벗어.(I still take off my boots not to wake her.)" 내가 제대로 메모한 것이 맞는다면 영화관 자막에는 이렇게 나왔다. "해나가 이렇게 된 것이 믿기지가 않아." 그리고 영화 중반부에 심야의 도로를 달리다가 천둥과 번개가 치자 커티스는 차를 세우고 하늘을 올려다보면서 이렇게 중얼거린다. "이걸 보고 있는 사람은 없나?(Is anyone seeing this?)" 내가 본 자막은 이랬다. "세상이 끝날 텐데." 영화 자막 제작은 출판물 번역과는 달리 고려해야 될 사항이 많으며 내용을 있는 그대로 옮기는 것이 물리적으로 불가능할 경우도 많다는 것을 모르지 않는다. 그러나 이런 사례가 그런 경우라고 하기는 어렵지 않을까. 작가와 감독이 공들여 적었을 대사를 왜 시와 소설의 한 문장만큼이나 최선을 다해 옮겨서는 안 되는 것일까. 그러니까, '요지'가 아니라 '표현'이 전달될 수 있도록 말이다.

필사적으로 무죄추정의 원칙 고수하기

**윤리와 사회**

# 필사적으로
# 무죄추정의 원칙 고수하기

### 〈더 헌트〉에서
### 기소, 변론, 선고의 순간들

 

덴마크에서 만들어진 이 지독한 영화를 본 날 밤에는 잠이 오지 않아서, 나는 내가 알고 있는 한 줌의 덴마크에 대해 생각해보았다. 나에게 이 나라는 『죽음에 이르는 병』을 쓴 철학자 키르케고르와 「바베트의 만찬」을 쓴 소설가 이사크 디네센(본명은 카렌 블릭센)의 나라다. 17세기 이래 이 지역에 경건주의Pietism라 불리는 종파가 큰 영향력을 행사했다는 것, 루터 정통파의 교조주의와 관료주의에 반발해 소규모 공동체의 형태로 금욕주의를 고수하고 실천윤리에 헌신하는 것이 그 종파의 지향이라는 것 등은 최근에 새로 알게 됐다. (영화 〈바베트의 만찬〉(가브리엘 악셀, 1987)을 보면 이 종파가 어떤 무늬의 공동체를 만드는지 엿볼 수 있다.) 〈더 헌트〉의 배경이 되는 곳을 저 옛날식 경건주의가 지배하고 있는 것은 물론 아니지만, 토박이들로 이루어진 이 소규모 마을 공동체는 현대 대도시의 집단적 삶에서 쉽게 볼 수 없는 가족적 유대감과 도덕적 신실함으로 결합돼 있다. 문제는 이것이다. 어디서건 열릴 수 있는 지옥의 문이 하필 그런 곳에서 열릴 때 그 지옥은 가장 끔찍해진다는 것. 이 영화에서 그 문은 기소, 변론, 선고의 단계를 차례로 거치고 난 뒤에도 끝내 닫히지 않는다.

기소
—합리적으로 부조리한

이 마을의 평화로운 한때를 보여주는 도입부 장면에서 남자들은
알몸으로 강물에 뛰어든다. 이 지역 공동체의 중심인물인 브룬(늘 모
자와 안경을 쓴다), 단순하고 다혈질인 요한(얼굴이 희고 덩치가 크
다), 그리고 테오토마스 보 라르센와 루카스마스 미켈센. (브룬의 집에 걸려 있
는 그들의 유년 시절 사진이 알려주듯이) 그들은 이 마을에서 함께
나고 자랐다. 죽마고우여서 서로의 알몸에 거리낌이 없고, 수없이 뛰
어든 강이어서 수심을 걱정하지 않는다. 그들 중 테오와 루카스는 특
히 막역한 사이여서 서로 숨길 것도 없고 숨길 수도 없다. 전처와의 관
계가 원만하다고 둘러대는 루카스에게 테오는 말한다. "거짓말 티 나.
거짓말을 할 때마다 네 눈이 씰룩거리거든." (이 대사는 중요한데, 후
반부에 나오듯이, 누명을 쓴 루카스가 테오에게 자신의 무죄를 입증
하기 위해 보여줄 수 있는 것은 자신의 눈밖에 없기 때문이다.) 클라
라안니카 베데르코프는 테오의 딸이다. 상상력이 풍부하다는 평을 받고 있
고, 경미한 강박증이 있어서 바닥에 그어진 선을 밟지 않고 걸으며,
불편한 상황에서는 입을 씰룩이며 말하는 이 소녀가 하필 아빠의 친
구이자 유치원 선생님인 루카스에게 특별한 애정을 느끼게 되면서 비
극은 시작된다.
　클라라가 루카스에게 아이답지 않은 애정을 표하자 루카스는 그
소녀를 부드럽게 거절한다. 상처를 입은 이 예민한 소녀는 유치원 원
장 선생님에게 루카스가 싫다고 투정을 부리는 와중에 (며칠 전에 그
녀의 오빠 친구가 보여준 성인 남성의 성기 사진을 떠올리며) 루카스
의 성기를 보았다고 말한다. 이 즉흥적인 거짓말은 이제 마을 전체를
혼란에 빠뜨릴 것이다. 루카스가 클라라를 성추행했다고 판단한 원장

은 그가 생각하기에 가장 합리적인 방식으로 일련의 조치를 취하기 시작한다. 아동심리 전문가를 불러 클라라를 인터뷰하고, 루카스에게 출근 정지 명령을 내리고, 학부모 회의를 열어 추가 범죄 여부를 조사한다. 상황은 최악으로 치닫는다. 마치 '거짓기억증후군false memory syndrome'의 경우에서처럼, 유치원의 다른 아이들이 자신도 유사한 일을 겪었노라고 제 부모에게 고백하기 시작했으니 말이다. (필 멀런의 『프로이트와 거짓기억증후군』에 따르면, 정신 치료나 상담을 받은 사람들이 실제로는 일어나지 않은 어린 시절의 성추행을 '기억'해내는 이 기이한 증상은 1990년대 초반부터 보고되기 시작했다.) 상황의 심각성을 깨달은 루카스가 유치원 원장에게 뒤늦게 항의하지만 누구도 그의 말을 들으려 하지 않는다. 루카스는 이미 아동 성범죄자로 확정되었으니 이제는 그의 말을 들을 필요가 없다.

이 영화에 대해 말하는 이들이 흔히 그렇게 하듯이 이것을 그냥 '마녀사냥'이라고 부르면 되는 것일까? 아닌 게 아니라 이 영화의 제목은 '사냥'이니까 말이다. 루카스는 자기를 믿지 못하는 연인 나디아에게 자신이 "변태"로 보이냐고 묻는다. 그렇다면 이 마을에서 벌어진 일은 '변태사냥'인 것인가. 이 두 종류의 사냥에 확실히 공통점이 있기는 하다. 중세 마녀사냥에서 가장 어리석은 것 중의 하나는 그 엉터리 해석학이다. '그녀를 불과 물로 테스트해보라. 그 결과로 나타나는 현상은 저 여자가 마녀인지 아닌지를 알려주는 신의 메시지다. 그것을 해석하면 된다.' 메시지가 불확실하면 해석의 단계에서 많은 것이 자의적으로 결정된다. 신의 메시지는 불확실하므로 해석자인 사제

**더 헌트** Jagten
감독 토마스 빈터베르, 덴마크, 2012

의 권력은 그만큼 막강하다. 비슷한 일이 이 영화에서도 벌어진다. 아이(신)의 메시지는 불분명하므로 그것을 해석할 줄 안다고 간주되는 전문가(사제)에게 의지할 수밖에 없다. 이 영화에서 아동심리 전문가로 짐작되는 남자는 유도 질문loaded question을 던지고 클라라의 예스를 끈기 있게 유도해낸다. "클라라, 고마워. 지금 내 질문에 아주 잘 대답해주고 있단다."

　해석의 단계에서만큼은 저 두 종류의 사냥이 유사해지기는 하지만 이 공통점이 차이점만큼 중요하지는 않다. 결정적인 차이가 있다. 중세의 마녀사냥이 '광기'의 산물이라면 이 영화의 그것은 '이성'의 결과라는 것. 중세의 사제를 비난할 수는 있어도 이 영화의 전문가를 비난할 수는 없다. 후자의 행동은 아동 성범죄라는 끔찍한 범죄로부터 돌이킬 수 없는 상처를 받은 아이들에게 또다시 상처를 주는 일을 막기 위해서 그 분야의 전문가들이 최상의 선의와 최선의 지혜를 발휘해 만들어놓은 매뉴얼을 따른 것일 뿐이다. 다른 사건에서라면 이 매뉴얼은 우리의 시행착오를 막아줄 나침반이 되어주었을 것이다. 항의하는 루카스에게 유치원 원장은 말한다. "아이들은 거짓말을 하지 않아요." 자신이 거짓말을 했음을 뒤늦게 실토하는 클라라에게 그녀의 엄마는 말한다. "끔찍했던 기억을 네 무의식이 차단한 거야." 이런 믿음에는 어떠한 악의도 포함돼 있지 않다. 모두가 차분하게 자신의 이성을 사용한다. 그런데, 누구도 잘못하고 있지 않은데, 모든 것이 잘못된 방향으로 흘러간다. 이 영화에서 우리를 고통스럽게 하는 것은 바로 이와 같은 이성의 역설이다. 이 역설을 '합리적 부조리'라고 불러야 할까.

변론
—자신을 입증하는 진실

그러니까 이것은 광기의 지옥이 아니라 이성의 지옥이다. 이 상황을 그저 마녀사냥이라고만 하면 이 영화가 진정으로 끔찍한 이유를 놓치게 된다. 마녀사냥을 개탄하며 비난하는 것은 어렵지 않다. 지금은 중세가 아니며 우리에게는 이성이 있지 않은가. 그렇기 때문에 현대판 마녀사냥들을 볼 때마다 우리는 이성을 사용할 줄 모르는 이들의 무지와 몽매를 답답해하며 조롱할 수 있었다. 한 연예인의 학력을 집요하게 문제 삼은 극소수의 네티즌들에게 그랬고, 정치계·문화계 인사들에게 '종북從北'이라는 딱지를 붙이고 다니느라 목하 분주한 우리 시대의 매카시들에게도 그러고 있다. 그러나 이 영화에는 우리가 마음껏 비난하고 조롱할 수 있는 사람이 단 한 명도 나오지 않는다. 그래서 이 영화는 단지 '복장이 터지는' 종류의 답답함만을 느끼게 하는 것이 아니라, 선한 인간들의 집합적 이성이 상황을 최악으로 몰고 가는 '합리적 부조리'의 상황을 보여줌으로써 바닥없는 벼랑을 바라보는 막막함 같은 것을 느끼게 한다. 이성은 때로 방황할지언정 끝내 빛의 출구를 찾을 것이라는 기대가 무너지고, 그 자리에는, 이성의 오작동은 언제 어느 곳에서든 일어날 가능성이 있으며 그것을 막는 일은 결코 쉽지 않다는 깨달음이 들어선다.

그러므로 이어지는 이야기에서 궁금해지는 것은 이것이다. 광기의 창궐로 열린 지옥의 문은 이성으로 닫을 수 있지만, 이성의 집단적 사용이 자체의 한계 때문에 열어버린 지옥의 문은 무엇으로 닫을 수 있을 것인가. 루카스는 침착함을 잃지 않으면서 법을 통해 진실을 밝히는 길을 선택한다. 이성의 지옥에 맞설 수 있는 권능도 일단은 이성에서 찾을 수밖에 없다고 그는 생각했을 것이다. "자넨 너무 참아서 탈

이야." 루카스를 믿고 돕는 브룬이 이렇게 힐난을 하지만, 루카스로서는 달리 할 수 있는 일이 없다고 생각했을 것이다. 아버지를 대신해서 아들 마쿠스가 아버지의 친구들과 클라라를 만나보지만 소용이 없다. "아버지의 죗값을 네가 대신 치를 필요는 없어." 이 차분한 충고가 알려주고 있듯이, 그들은 지금 자신들이 가장 합리적인 방식으로 사건을 처리하는 중이라고 믿고 있기 때문이다. 다행히 경찰 조사 결과 아이들의 어떤 공통된 진술 중 하나가 사실무근임이 밝혀지면서 루카스는 자신의 무죄를 입증할 수 있었고 집으로 돌아온다. 그러나 이 공동체의 구성원들은 자신의 '이성적' 판단으로는 법원의 판결을 납득할 수가 없다. 그래서 루카스의 집에 돌을 던져 유리창을 박살 내고, 그에게는 가족과도 같은 개를 살해하고, 마트에서는 린치를 가하는 식으로 급기야 비이성적인 모습을 드러내기 시작한다. 법적 이성의 판단을 신뢰하지 않는 이들을 이제는 무엇으로 설득해야 하나.

크리스마스이브에 루카스는 자신의 집에서 피를 흘리며 앉아 있다. 세상의 죄인들을 구원하기 위해 예수가 태어난 날이지만 지금 여기에는 구원의 가능성이 없어 보인다. 그래서 루카스는 자신을 스스로 구원하기로 결심하는데, 그것은 가짜 진실에 포박돼 있는 마을 사람들을 구원하는 길이기도 할 것이다. 성탄 예배가 진행되고 있는 마을 교회로 갈 때 루카스는 망가진 안경을 그럭저럭 손봐서 쓰고 가지 않고 그냥 간다. 클라라의 입에서 시작된 거짓말이 수많은 사람들의 입을 거쳐 가짜 진실이 되었고, 루카스가 이에 맞서서 자신을 변론할 수 있는 최후의 수단은 그의 눈이기 때문이다. 누구나 동의할 테지만 루카스가 눈물을 흘리며 테오를 바라보는 장면은 이 영화의 절정이다. 루카스가 테오를 세 번 바라보았을 때 시력이 나쁜 루카스의 눈에 테오의 눈은 보이지 않았을 것이다. 루카스는 테오를 보고 있는 것이 아니라, 테오에게 자신의 눈을 보여주고 있는 것이다. "내 눈을 봐.

내 눈을 보라고. 뭐가 보여? 뭐가 보이기나 해? 없어. 아무것도 없어. 그러니 그만 괴롭혀." 루카스의 눈에는 다른 것은 아무것도 없었지만 진실이 있었다. 다행히 테오는 그것을 놓치지 않는다.

신이 아닌 인간의 이성이 과연 진실에 도달할 수 있는가에 대해 회의적인 태도를 취하던 이 영화는 이제 다른 가능성 하나를 제시한 것처럼 보인다. 진실은 스스로 자신을 증명하는 능력이 있다는 것. 그 능력은 때로 이성의 영역을 뛰어넘어 발현될 수 있다는 것. 그를 통해 인간은 서로를 구원할 수도 있다는 것. 일단은 그렇게 된 것처럼 보인다. 그날 밤 클라라와 테오가 비로소 이런 말을 주고받게 되니까 말이다. "일어나지 말았어야 할 일이 일어났어요." "세상은 무수한 악으로 가득하지만 힘을 합쳐 막으면 물리칠 수 있단다." (사실 이 대사들은 좀 기이하게 들린다. 클라라의 말은 아이답지 않은 말투여서 마치 다른 누군가가 이 소녀의 입을 빌려 말하는 것 같거니와, 테오의 말도 이 시점에서 적절해 보이지는 않는데, 루카스가 '악'이 아닌 것으로 밝혀졌다고 해서 이제 와 마을 사람들이 '악'으로 지탄받는 것도 자연스럽지는 않기 때문이다. 이 석연치 않은 느낌들이 어떤 의도의 산물인지 아니면 번역 과정에서 우발적으로 생겨난 것인지는 판단하지 못하겠다.) 이 대화 이후 테오는 결심한 듯 루카스를 찾아가 침묵의 화해를 한다. 이제 이 고통스러운 재판은 끝난 것인가.

선고
—유죄추정의 원칙

아직 끝나지 않았다. 루카스는 자신을 기소한 클라라를 한번은 다시 만나야 하고, 법원과 무관하게 판결을 내린 이 세계 전체와도 한번은 대면해야 한다. 그럴 수 있는 기회는 루카스의 진실이 세상에 알

려진 그 크리스마스이브로부터 열 달이 지난 이듬해 10월 14일에 온
다. 루카스의 아들 마쿠스가 사냥허가증을 발급받게 된 것을 축하하
기 위해 브룬의 저택에 모두가 모였을 때, 루카스와 클라라는 복도에
서 재회한다. 복도에는 촘촘한 선이 그어져 있어서, 언제고 선을 밟지
않고 걸어야만 하는 클라라는 걸음을 떼지 못하고 망연히 서 있다.
"난이도가 높구나. 선이 얽히고설켜 있네." 클라라에게뿐만 아니라 루
카스에게도 이것은 '난이도가 높은' 순간이다. 클라라가 그 복도를 지
나갈 수 있도록 그녀를 안아 올려도 되는 것일까. 이것은 그 소녀가
자신의 삶의 한 고비를 무사히 통과할 수 있게 도와주는 일이기도 하
고, 루카스가 자신의 상처를 극복하기 위해 스스로 거쳐야 할 통과의
례이기도 할 것이다. 이 쉽지 않은 일을 그는 해낸다. 이제 테오와 클
라라와 루카스는 다시 예전으로 돌아간 듯 보인다. 그러나 세계도 그
러할까?

그렇지 않다는 말을 마지막 장면에서 한 발의 총성이 대신한다. 사
냥터인 숲 속에서 얼굴이 보이지 않는 누군가가 루카스를 겨냥해 총
을 쏘았다. (총을 쏜 사람은 누구일까? 물론 이것은 쓸데없는 질문
이지만, 이 질문에 굳이 답을 해야 한다면 나는 요한이라고 말할 것
이다. 도입부 물놀이 장면에서 물에 빠져 허우적대는 친구를 루카스
가 도와준다. 그가 요한이다. 루카스가 구해준 요한이 오히려 루카스
를 쏘았다는 식으로 생각해보는 것은 이 서사에 아이러니를 부여하
기 때문에 해볼 만한 일이다. 또 루카스가 유치원 원장에게 항의를 하
러 갔을 때 그곳에서 원장과 상의를 하고 있다가 루카스를 완력으로
제지하는 것도 요한이고, 루카스의 아들 마쿠스가 테오의 집을 방문
했을 때 마쿠스와 주먹다짐을 벌인 이도 요한이다. 그는 단순하고 정
의롭고 저돌적이다. 테오와 브룬을 제외하면 루카스의 친구들 중에서
이 정도만큼이나 성격을 부여받은 인물은 요한뿐이다. 좋은 이야기는

어떤 인물에게 성격을 부여하느라 투자한 노력을 대개는 회수한다.)
이 총성은 그 총이 발사되기 전까지 이 서사가 쌓아온 일말의 긍정적
인 전언마저 모두 날려버릴 만큼 절망적이다. 어째서 그런가.

마을 사람들은 법원의 판결을 받아들이지 않았다. 그것이 진실이
아니라고 생각했기 때문이다. 그러나 교회에서의 최후 변론을 통해 사
건의 진실은 이제 완전히 밝혀졌다고 해야 한다. 그런데도 저 총성은
아직 재판이 끝나지 않았다고 말한다. 이제 진실이 무엇인지는 더 이
상 문제가 되지 않는다. 지금 문제가 되고 있는 것은 진실 자체가 아
무런 힘이 없다는 사실이다. 진실로도 설득할 수 없는 것을 무슨 수로
설득할 수 있단 말인가. 타인들과 더불어 사는 인간의 삶에서 이것보
다 더 절망적인 결론을 상상하기는 쉽지 않다. '네가 누구건, 무엇이
진실이건, 그것은 우리에게 조금도 중요하지 않다. 중요한 것은 네가
유죄라는 것이다.' 이 메시지는 어쩔 수 없이 또 카프카를 떠올리게
만든다. 그는 우리에게 무엇을 알려주었던가. 인간은 자신의 죄가 무
엇인지 알지 못하는 상태에서 기소되기도 한다는 것. 자신의 무죄를
입증하기 위해 필사적으로 노력하지만 그 재판은 영원히 끝나지 않는
다는 것. 그렇다면 이것은 시작되는 순간 반드시 질 수밖에 없는 절망
적인 재판이라는 것. 이것이 그야말로 부조리한 전언들인 이유는 무
엇인가. 이 카프카적 세계에는 진실이라는 가치가 들어설 자리가 없
기 때문이다. 어쩌면 우리가 살아가고 있는 이 세계도 그와 다를 바
없다는 것을 이 영화의 마지막 총성이 알려준다.

언제나 가능하지는 않지만
불가능한 것은 아니므로

진실이 무력한 세계에서 우리가 피고인의 자리에 서게 되는 비극

을 용케 피해 간다 하더라도, 자신도 모르게 배심원의 자리에 서서 무고한 자에게 유죄 선고를 내리는 데 기여할 수 있는 가능성은 여전히 남는다. 진실에 도달하는 이성의 능력에 근본적으로 한계가 있다면 저 불행한 가능성을 원천적으로 차단하는 일은 불가능하다. "세상은 무수한 악으로 가득하지만 힘을 합쳐 막으면 물리칠 수 있단다." 테오의 이 말은 그가 루카스의 진실을 알기 이전에 마을 사람들과 모인 자리에서 했다 해도 전혀 이상할 것이 없는 말이다. 그래서 김혜리의 다음과 같은 질문은 정곡을 아프게 찌른다. "이 영화의 관객은 루카스의 아동 성추행 혐의가 누명이라는 사실을 안다. (…) 하지만 만약 소녀와 루카스 사이의 진실을 보여주는 신scene들을 가리고 영화를 본다면? 우리는 여전히 주민들보다 우월한 자리에 서서 무죄추정의 원칙을 지킬 수 있을까."('물의 나라에서', 〈씨네21〉, 893호) 내가 어떤 글에서 한 말이지만, 우리는 '타인은 단순하게 나쁜 사람이고 나는 복잡하게 좋은 사람'이라고 믿는다. 그래서 쉽게 '유죄추정의 원칙'에 몸을 싣는다. '아니 땐 굴뚝에 연기 나랴'라는 속담은 유죄추정의 원칙이 대체로 옳다고 우리를 오도한다는 점에서 혐오스럽다.

비록 이 영화가 비관적이기는 하지만 비관적 결론이 거절하는 것은 낙관이지 희망이 아닐 것이다. 낙관의 논리는 '언제나 가능하다'는 것이고 희망의 논리는 '불가능하지 않다'는 것이다. 진실에 도달하는 일이 언제나 가능하지는 않지만 불가능하지도 않다. 불가능하지 않으므로, 필사적으로 무죄추정의 원칙을 고수하기 위해 노력해야만 한다. 나는 다시 서사의 힘에 대해 생각한다. 좋은 서사는 언제나 한 인간을 이해하게 만들고, 모든 진정한 이해는 성급한 유죄추정의 원칙을 부끄럽게 만든다. 예컨대 『롤리타』라는 소설을 읽지 않아도 된다고 착각하게 만드는 '롤리타콤플렉스'라는 말이 있지만, 그 말은 한 인간을 이해하는 말이 아니라 오해하는 말이다. 이 소설의 주인공인 사내를 이해하는 길은 오로지 그 소설을 처음부터 끝까지 읽는 방법밖에 없다. 제대로 읽기만 한다면 우리는 '롤리타콤플렉스'라는 말을 집어던질 수 있게 될 것이고, 무죄추정의 원칙을 새삼 되새기게 될 것이다. 그리고 깨닫게 될 것이다. 타인은 단순하게 나쁜 사람이고 나는 복잡하게 좋은 사람인 것이 아니라, 우리 모두가 대체로 복잡하게 나쁜 사람이라는 것을.

# 양미자 씨가 시가 아니라
# 소설을 썼더라면

<시>를 『도가니』『속죄』와
함께 생각하기

　'어떻게 살아야 하는가?'라는 물음을 둘러싼 일련의 논의들을 넓은 의미에서의 '윤리학'이라고 규정할 수 있다면, 그 논의의 장에 개입하는 모든 종류의 글쓰기는 '윤리학적 텍스트'를 생산할 것이고, 그 하위 범주 중 하나로 '윤리학적 문학 텍스트'를 또한 생산할 것이다. 이런 종류의 문학작품을 쓰는 데 필요한 특별한 자질이 있을까? 윤리학적인 의제를 활성화시키는 효과적인 서사 구조를 창조해내는 능력을 나는 '윤리학적 상상력'이라고 부른다. 내가 보기에 '윤리학적 상상력'은 다음 세 가지 요소를 서사 내부에 절합節合해내는 능력이다. 사건, 진실, 그리고 응답. 첫째, 그 일이 있기 전으로 되돌아갈 수 없는 어떤 존재론적 단절의 계기로서의 사건이 발생한다. 둘째, 주체가 미처 그 의미를 확정할 수 없었던 사건의 진실이 뒤늦게 밝혀져 주체에게 압력을 행사한다. 셋째, 진실의 압력 속에서 그 진실에 충실하기 위해 주체는 모종의 응답을 시도한다. 여기서 특히 중요한 것은 응답이라는 심급이다. 이 단계에서 작가는 세계를 향해 그가 아껴둔 마지막 말을 건넨다.
　이창동 감독의 영화 <시>는 근래 우리가 만난 가장 진지한 '윤리학적 상상력'의 결과물이다. 특히 주인공 양미자<sub>윤정희</sub>의 '응답'을 보여주는 후반부 20분은 압도적인 압력으로 관객의 윤리학적 상념을 촉발한다. 양미자가 성폭력 사건의 가해자 중 하나인 손자를 경찰에 신고한 다음 날, 상황을 전해 듣고 급히 찾아온 것으로 보이는 양미자의 딸이 황망한 표정으로 그녀의 어머니를 부를 때, 양미자는 집에 없다. 그녀는 어디로 갔는가? 바로 그 순간 보이스 오버 내레이션으로 양미자의 시가 낭독되기 시작한다. 그때 카메라는 무엇을 찍는가? 영화 초반부에 양미자가 올려다본 나무, 양미자의 연립주택 앞에서 훌라후프를 돌리는 아이들, 학교 운동장을 가로질러 가는 한 소녀, 영어 수업이 한창인 교실…… 등을 차례로 보여주는 영상은 이것이 바로 양미자의 시점쇼트라는 것을, 지금 관객이 보고 있는 것은 집을 나간 양미자가 거쳐간 공간들이라는 것을 알게 한다. 양미자의 행로는 여중생 희진이 몸을 던진 그 다리 위에까지 이른다. 그리고 바로 여기에서, 이 영화에서 진정으로 영화적인, 결정적인 장면이 등장한다.

시점쇼트 바깥에서 희진이 화면 안으로 들어오고, 양미자가 그녀의 뒷모습을 보고 있을 때, 그녀가 문득 양미자를 향해 얼굴을 돌려 희미한 미소를 짓는다. 지금 무슨 일이 벌어진 것인가? 과학적인 시간의 논리로는 이해할 수 없는 조우가 이루어졌다. 이것은 곧 희진의 죽음에서 양미자의 응답이 있기까지 흐른 시간, 그 회피와 자책과 고통의 시간을 뛰어넘어, 두 사람이 결국은 같은 곳에서 만나는 데 성공했다는 것을 의미한다. 덕분에 우리는 시 낭독을 듣는 동안 화면으로 본 것이 양미자의 마지막 하루일 뿐만 아니라 희진의 마지막 하루이

**시**
감독 이창동, 2010

기도 하다는 것을 깨닫게 된다. 이미 양미자는 '시 창작 교실'에서 소녀 시절을 회상하면서 자신의 정신적 시간을 희진의 나이에 맞춘 바 있거니와, 시를 낭독하는 목소리의 주인이 양미자에서 희진으로 넘어가면서 두 사람이 하나가 되는 순간은 그 논리적인 귀결이다. 양미자의 '응답'은 결국 그 자신이 직접 희진이 되는 것이었다. 그러므로 강에서 시작한 영화가 다시 강에서 끝날 때 우리는 (이 영화가 직접 보여주지는 않은) 양미자의 자살을 논리적으로 확신할 수 있게 된다. 손자를 경찰에 넘기고 빈집에서 희진을 화자로 채택한 시를 쓰기 전에, 양미자는 이미 죽음을 결심했을 것이다. 양미자의 마지막 시는 그녀의 유서이면서 희진이 못다 쓴 유서이기도 하다.

이창동 감독이 제시한 이런 '응답'은 시에 대한 특정한 관념의 소산이다. 시는 바로 '이런' 것이므로, 그 상황에서 다른 누구도 아닌 시인은, 바로 '저런' 응답을 할 수밖에 없다는 것. 달리 말하면 이 영화에서 윤리학적 응답의 주체는 양미자라는 인물이 아니라 시라는 장르 자체다. 시가 어떤 것이기에? "시를 쓰는 게 어려운 게 아니라 시를 쓰겠다는 마음을 갖는 게 어려워요. 시를 쓰는 마음." 극 중 김용탁 시인의 이 말에서 '시'의 자리에 '소설'을 대체해 넣기는 어렵다. 시야말로 '마음'과 특권적인 관계를 맺는 장르라는, 꽤 오래된, 그러나 여전히 영향력이 있는 그 관념을 이 영화는 거의 전적으로 수용한다. 시는 마음의 투명한 재현을 추구하는 1인칭의 독백이다, 시에 어떤 화자가 등장하건 그는 곧 시인 자신이다, 그러므로 거짓된 삶에서 진실한 시가 나올 수는 없다, 삶과 시는 일치되어야 한다, 라는 명제들이 그 관념을 구성한다. 이제 막 시 쓰기를 배운 양미자는 이 관념을 의심하거나 변용할 기회를 미처 갖지 못했다. 그래서 그와 같이 응답할 수밖에 없었을 것이다.

이 영화의 거의 모든 것은 시의 본질에 대한 이와 같은 관점 위에 구축돼 있다. 개별 시편(poem)이 중요한 것이 아니라 장르로서의 시 자체(poetry)의 이런 본질이 중요한 것이다. (이 영화의 영문 제목은 'Poetry'다.) 이 관점이 정당한 것인지에 대한 판단은 유보하고, 일단 이를 전제한 다음, 이런 질문을 던져보기로 하자. '영화 〈시〉의 주인공 양미자가 시 쓰기가 아니라 소설 쓰기를 배웠다면?' 앞서 언급한 대로 영화 〈시〉에서 양미자의 '응답'은 시 장르 자체의 응답이다. 이 응답은 '자연인=시인=화자'라는 도식을 전제한다. 한편 그녀가 소설 쓰기를 배웠다면 그녀의 응답은 '소설적'이었을 것이다. 그 응답은 '자연인≠소설가≠서술자'라는 도식을 전제한다. 이를 근거로 주어진 논제에 미리 대답하면 이렇다. 양미자 씨가 소설 쓰기를 배웠다면 자살로 응답하지 않았을 것이다. 대신 소설을 썼을 것이다. 어떤 소설을? 이것은 시와는 구별되는 소설의 본질을 묻는 질문이기도 하다. 나는 두 종류의 소설이 가능했을 것이라고 가정한다.

'소설적인 것'의 두 가지 사례
—공지영의 『도가니』와 이언 매큐언의 『속죄』

공지영의 『도가니』(창비, 2009)는 영화 〈시〉와 마찬가지로 성폭력 사건을 다룬다. 이 소설은 청각 장애인들을 위한 특수학교인 광주 인화학교에서 벌어진 실제 사건에 근거해 쓰였다. 교장과 직원이 청각 장애인 소녀들을 10여 년에 걸쳐 상습적으로 성폭행했다. 그러나 2000년과 2003년에 제기된 진정陳情은 해당 학교와 지역 권력자들의 결탁 속에서 묵살되었다. 2005년에 비로소 대책위가 구성될 수 있었다. 이후 경과는 이렇다. 대책위 구성 이후 그해 6월에 이 사건은 공론화되었고, 국가인권위원회와 시민사회단체들이 힘을 보태 가해자들을 법정에 세웠으며, 2008년에 마침내 중형 선고를 이끌어냈으나, 항

소심에서 모두 집행유예로 풀려났고, 심지어 일부 복직하는 일까지 벌어졌다. 공지영의 소설은 대책위가 구성되기 직전부터 판결이 내려진 직후까지의 기간을 다룬다. 이 소설의 목표는 분명하다. 말할 수 없는 이들의 진실을 세상에 대신 말해야 한다는 것. 상당 분량을 차지하는 '수화'와 '통역' 장면은, 지금 이 소설이 하고 있는 일을 보여주는, 일종의 자기-지칭적self-referential 은유라고 해도 좋을 것이다. 비평적 개입이 필요한 곳은 바로 여기다. 이 '통역'은 성공적인가?

문학 텍스트에서는 흔히 '사실'과 '진실'이 구별된다. 실화에 근거한 것으로 알려진 소설을 읽기 시작하는 독자는 우선은 객관적인 '사실'을 제공받기를 원하겠지만, 궁극적으로는, 문학 텍스트만이 제시해줄 수 있다고 간주되는 어떤 '진실'까지를 기대할 것이다. 이 소설은 사실관계를 성실하게 확인하여 효과적으로 폭로한다. 그렇다면 이 소설은 그 과정에서, 사실을 상회하는 모종의 깨달음, 즉 진실을 제공하는가? 장애인 매체 〈에이블뉴스〉에 기고된 한 칼럼에서 김덕중은 은폐된 사실을 널리 알린 이 소설의 성취를 일단은 인정하면서도, 이 소설의 타깃 독자가 "운동 이력이 있는 비장애인 386세대"인 것처럼 보인다는 소감을 피력한다. 무슨 뜻인가. 소위 386세대인 주인공 강인호의 내면은 이 작가 특유의 정서적 호소력에 힘입어 충실하게 복원된다. 김승옥의 소설 「무진기행」의 프레임을 도입한 것도 효과적이다. 사건의 현장에서 도망치는 자의 부끄러움을 부각시키기 위한 이 설정은 우리 시대의 강인호들에게 윤리적인 메시지를 발신하는 것이 이 소설의 목표 중 하나임을 숨기지 않는다. 반면, 장애인들은 대체로 증언자로만 존재하며 그들의 내면은 주로 (악인들에 대한) 두려움과 (선인들에 대한) 고마움이라는 두 정서로만 채워진다는 것이 위 칼럼의 지적이다.

이 작품이 실패했다는 얘기를 하려는 것이 아니다. '타자'의 '진실'을 '통역'하는 일이 그토록 어렵다는 당연한 얘기를 반복하려는 것도 아니다. 다음과 같은 질문을 던지기 위해서다. 피해자들을 대변하기 위해 시작된 소설이 오히려 그들을 둘러싼 다른 인물의 내면에 더 깊숙이 들어가게 된 이 아이러니는 어떤 구조적인 요인에 의해서 발생한 것이 아닐까? 영화 〈시〉는 양미자가 다름 아니라 '시'를 썼기 때문에 희진과 일체화되는 일이 가능했다고 믿고 있는 것처럼 보인다. 앞서 지적했듯이, 양미자의 시를 희진이 낭독하는 대목, 희진이 고개를 돌려 양미자를 바라보는 장면 등은 그런 믿음의 결과다. 이 장치들은 현실적으로 불가능한 것을 이룩해내는 시, 시인, 시적인 삶의 윤리적인 힘에 대한 감독의 신뢰를 보여준다. 그 일이 소설에서도 가능한가? 양미자가 소설을 썼다면 그녀는, 『도가니』가 강인호의 내적 고뇌를 그리는 데 더 몰두한/성공한 것처럼, 희진과 동일시하기보다는 자신을 포함한 가해 학생의 학부모들의 내면 쪽으로 더 깊숙이 끌려 들어가지 않았을까. 그리고 이것은 시적인 것과 구별되는 소설적인 것 자체의 인력이 아닐까. 피해자-되기로서의 시, 그리고 가해자-되기로서의 소설.

『도가니』의 작가와는 달리 양미자는 그 자신이 직접 가해자 측에 연루돼 있다. 그렇다면 그가 쓰는 소설은 『도가니』의 경우보다 소설적인 것의 인력에 더 강하게 끌릴 가능성이 높다. 가해자의 위치를 더 전면적으로 수락할 경우 어떤 종류의 소설이 가능할 수 있을까. 이언 매큐언의 『속죄』(문학동네, 2003)가 그 사례로 적당해 보인다. 언니의 남자 친구를 그와 무관한 성폭행 사건의 범인으로 몰아세워 그의 인생을 나락에 빠뜨린 소녀 브리오니가 있다. 그 소녀는 어른이 되어가면서 자신이 도대체 무슨 짓을 저질렀는지 깨닫게 된다. 그래서 지난날의 잘못을 속죄하기 위해 고난의 길을 자처하고, 늦게나마 억울한 누명을 풀어주기 위해 사실관계를 정확히 밝히는 소설도 쓰기 시작한다. 그러던 어느 날 그녀는 언니와 그의 남자 친구를 다시 만난다.

자신 때문에 오랜 시간을 고통받았지만 두 사람이 끝내 사랑을 지켜내는 데 성공한 모습을 보고 안도한다. 비록 과거의 자기 잘못을 용서받지는 못했지만 브리오니는 그 둘의 행복을 기원하며 발걸음을 옮긴다. 여기까지가 소설의 본문을 이루는 내용이다. 그런데 이 소설에는 놀라운 반전이 있다.

반전을 두 가지로 분류해볼 수 있다. 모든 문제를 단번에 해결하는 반전과 모든 해결을 다시 문제로 만들어버리는 반전. 에필로그에는 이 소설의 주인공인 브리오니가 갑자기 1인칭 화자로 등장해서 독자들이 지금껏 읽은 것은 바로 자기의 소설이라고(즉, '소설 속의 소설'), 소설의 내용과 실상은 다르다고 고백해서 읽는 이를 놀라게 한다. 언니와 그녀의 남자 친구는 자신이 행한 철없는 무고 때문에 결국 생이별을 해야 했고 끝내 재회하지 못한 채 2차 대전 중에 각자 쓸쓸히 죽었다. 그들은 다시 행복할 기회를 얻지 못했고 브리오니는 용서를 빌 기회를 갖지 못했다. 그러니 달리 어찌할 수 있었을 것인가. "지난 오십구 년간 나를 괴롭혀왔던 물음은 이것이다. 소설가가 결과를 결정하는 절대적인 힘을 가진 신과 같은 존재라면 그는 과연 어떻게 속죄를 할 수 있을까?"(521쪽) 브리오니는 기꺼이 소설가의 권한을 남용하기로 작정하고 우리가 읽은 것과 같은 그런 소설을 썼다. 두 사람이 역경을 딛고 행복을 되찾는 내용의 허구를 창조해서 현실에서 그들이 겪은 불행의 해원을 도모하겠다는 것이 브리오니의 절박한 의도였을 것이다. 『도가니』의 목표가 말하지 못하는 자들을 말하게 하는 것이었다면 이 소설의 경우는 이렇다. 죽은 자가 살지 못한 삶을 살게 해주어야 한다는 것.

양미자가 이런 유형의 소설을 썼다면 그 소설 속에서 희진은 죽지 않았을 것이고 양미자가 창조한 허구 속에서 행복한 삶을 살았을 것이다. 『도가니』의 경우와는 사뭇 다른 『속죄』의 이런 발상은 놀랍게 느껴진다. 어쨌거나 이것은 사실을 왜곡하는 일이지 않은가. 그러나 브리오니에게 다른 대안이 있었을까? "소설가가 의지하거나 화해할 수 있는, 혹은 그 소설가를 용서할 수 있는 존재는 없다. 소설가 바깥에는 아무도 없다. 소설가 자신이 상상 속에서 한계와 조건을 정한다. 신이나 소설가에게 속죄란 있을 수 없다. (…) 소설가에게 속죄란 불가능하고 필요 없는 일이다. 중요한 것은 그럼에도 불구하고 그가 속죄를 위해 노력했다는 사실이다."(521쪽) 용서해줄 존재가 없을 때 속죄란 원칙적으로 불가능하다. 누구도 자기 자신을 스스로 용서할 수는 없기 때문이다. 그러니 이 속죄에는 끝이 있을 수가 없다. 다만 끝없는 노력이 필요할 뿐이고, 만약 당신이 소설가라면, 끝없는 다시 쓰기가 필요할 뿐이다. 브리오니의 '허구 창조를 통한 속죄'는 용서해줄 사람을 잃어버린 그녀가 택할 수 있는 거의 유일한 속죄의 형식이었다. 브리오니는 한 편의 소설을 평생 동안 고쳐 썼다. 양미자가 소설을 썼다면 그녀도 그렇게 했을 것이다.

시와 소설은
얼마나 다르지 않은가

양미자는 시에서 가장 중요한 것이 '시 쓰는 마음'이라고 배웠고 그것은 그녀에게 삶과 시를 일치시키지 않으면 안 된다는 압력으로 작용했다. 대다수의 사람들에게는 그저 하나의 이상으로 받아들여지기 일쑤인 그 말을 양미자는 글자 그대로 실천했다. 희진의 목소리로 발화하는 시를 쓰기 위해서는 삶에서도 희진과 하나가 되어야 한다고 생각했다. 그렇지 않다면 그 시는 거짓이 되기 때문이다. 그 논리적 귀결은 무엇인가. 희진이 자살했으므로 그녀도 그래야 하는 것이었다. 그러므로 그녀의 자살은 (이 영화가 제시하고 있는 것으로서의) 시의 본질 자체의 논리적 귀결이다. 이는 그가 시 쓰기가 아니라 소설 쓰기를 선택했더라면 죽지 않았어도 됐을 것이라는 얘기가 되는가? 논리적으로는 그렇다. 죽는 대신에 그는 소설을 썼을 것이다. 죽은 희진이 못다 한 말을 대신 하는 소설을 쓰려고 했을 것이다. 그 과정에서 시에서와는 달리 그녀와의 동일시가 구조적으로 쉽지 않다는 것을 발견하게 되었을 것이다. 소설적인 것의 본질은 오히려 가해자의 위치에 서는 데 있는 것임을 발견하게도 될 것이다. 혹은 희진이 못다 한 삶을 살게 하는 허구를 창조하는 것이 그녀 평생의 과업임을 깨닫게 될 수도 있을 것이다.

이상의 논의는 영화 〈시〉가 제시하고 있는 시에 대한 관념을 그대로 수용했기 때문에 가능했다. 시적인 것의 본질과 소설적인 것의 본질이 여하간 다르다는 결론에 이르기 위해 논리를 통제할 때만 가능한 논의라는 뜻이다. 그런데 과연 이것은 여전히 유효한 관념인가? 소설적인 것이 전혀 없는 시와 시적인 것이 전혀 없는 소설이란 일종의 논리적 가상이 아닌가? 가장 최근에 나온 『시론』의 저자는 '시인=화자'의 도식에 이렇게 이의를 제기한다. "저자가 텍스트를 낳는 것이 아니라 텍스트가 저자를 낳는다. 전자를 받아들이면 모든 텍스트는 저자의 의도와 작심의 결과가 된다. 후자를 받아들이면 모든 텍스트는 그것의 후행적인 효과로서 가정된 발화자들을 낳는다. 어떤 것이 생산적일까?"(권혁웅, 『시론』, 문학동네, 2010, 29쪽) 한편 소설의 경우 '소설가≠서술자'의 도식은 이미 20세기 초 일본의 사소설 담론, 즉 "사소설이 단일한 목소리로 작자의 '자기'를 '직접적'으로 표현한 것이고, 거기에 쓰인 말은 '투명'하다고 상정하는 읽기 모드"(스즈키 토미, 『이야기된 자기』, 생각의나무, 2004, 31쪽)에 의해 이미 오래전부터 흔들리기 시작했던 것이 아닌가? 그러므로 애초에 주어진 논제를 우리는 이런 말로 되돌려 보내야 할지도 모른다. '시와 소설은 이미 서로에게 오염돼 있다.'

# 진실과 대면해야 한다는
# 고요한 단언

〈청포도 사탕: 17년 전의 약속〉이
상처와 성장에 대해 물은 것과 답한 것

나쁜 이야기들에는 몇 가지 공통점이 있는데 그중 하나는 그런 이야기들이 인간을 기능적으로 다루는 데 거리낌이 없다는 점이다. 성실한 주인공이 있으면 어수룩한 동료가 있고 우유부단한 배신자가 있으며 비정한 악당이 있다. 몇 가지 전형적인 성격의 구현체인 인물들이 서사의 질주를 위해 필요한 대목마다 호출되고 소비되고 버려진다. 이런 식이라면 제아무리 많은 인물이 등장해도 우리는 거기서 오직 한 사람의 인물, 즉 창작자 자신만을 만날 수 있을 뿐이다. 인간이라는 존재의 깊이와 넓이에 대해 생각해본 적이 별로 없는, 혹은 생각해봤더라도 절망에 빠져서 좌절해본 적이 없는, 그런 창작자 말이다. 그러나 좋은 이야기들에는 인간에 대한 겸허함이 있어서 이런 말들이 들린다. "나는 나를 잘 모른다. 그러므로 너에 대해서도 잘 모른다. 그런 내가 나에 대한 이야기를 들려주려고 한다. 그리고 감히 너에 대해서도 이야기를 해보려고 한다. 내가 나의 진실을 은폐하고 너의 진실을 훼손하지 않았는지 두렵다. 아마 나는 실패하리라. 그러나 멈추지 않고 계속 이야기할 것이다. 그것이 이야기를 하려는 자의 숙명이기 때문이다."

김희정 감독의 전작 〈열세 살, 수아〉(2007)를 나는 2012년 초에 봤는데, 뒤늦게나마 그 영화를 보지 않았더라면 그녀의 두 번째 작품인 〈청포도 사탕: 17년 전의 약속〉(이하 〈청포도 사탕〉)을 보기 위해 개봉 전에 영화제를 찾아가게 되는 일은 벌어지지 않았을 것이다. 아버지를 여읜 소녀가 자신의 진짜 엄마는 다른 사람이라고 믿으며 그녀를 찾아 떠났다가 귀가하는 이야기였다. 보다시피 프로이트의 '가족로망스Familienroman' 개념(자신의 친부모는 내 곁에 있는 이 사람이 아니라 다른 고귀한 사람들이라고 간주하며 자신의 혈통을 변경하기 위해 상상적으로 만들어내는 이야기)과 공명하는 서사인데, 그 소녀가 결국 아버지의 죽음을 받아들이고 엄마의 존재를 인정하면서 성장의 한 고비를 넘기는 데 성공하는 과정을 지켜보면서 나는 그 소녀를 진심으로 응원하고 말았다. 대형 화면에 어울리는 이야기가 아닐지도 모른다. 그러나 열세 살 소녀의 내면도 우리의 짐작과는 달리 충분히 복잡하기 때문에 섬세하게 들여다볼 가치가 있다고 믿는 그 겸허한 시선은 쉽게 잊기 어려운 것이었다. 나는 〈청포도 사탕〉이 전작과 닮아 있기를, 그러면서 또 전혀 다른 영화이기도 하기를 바라는 이상한 마음으로 영화를 봤다.

2011년

결혼을 앞두고 있는 선주박진희와 지훈최원영은 이미 집을 마련해서 함께 살고 있다. 출근하는 차 안에서, 선주가 갑자기 지훈의 손을 잡고, 그들의 온전한 첫 대화가 시작된다. "앗, 차가워"(지훈) "아, 따뜻해"(선주) 같은 대상 혹은 사건을 서로 달리 느끼고 받아들일 때 흔히 '온도 차'라는 말을 쓴다. 그 말 그대로, 두 사람이 결혼에 대해 갖고 있는 태도에는 미묘한 온도 차가 있다. 결혼 준비가 지나치게 급히 이루어지고 있지 않은가 하는 지훈의 우려에 선주는 단호하게 반박한다. "난 괜찮아, 하루라도 빨리 해야지. (…) 벌써 30대야, 우리. 언제까지 애가 아니라고. 애도 가져야 하고." 상식적인 대답처럼 보이지만 이 대사에서부터 이미 선주의 생각의 패턴 혹은 삶의 방식 같은 것이 감지될 수도 있다. 남들이 가는 길을 제때 번듯하게 따라가는 것이 중요하다는 것. 그렇다고 지훈에게 예민한 자의식이 있다고 하기도 어렵다. 그가 느끼는 것은 결혼을 앞둔 남자들이 한 번쯤 느낄 만한 가벼운 망설임 정도다. 두 사람의 내밀한 차이는 아직 문제가 될 정도는 아닌 채로 잠재돼 있다. 그러나 모든 파국의 출발은 본래 고요하지 않던가.

선주가 안정과 평화를 유독 강하게 원하는 것처럼 보인다면 그녀에게 그럴 만한 이유가 있을 것이라고 생각해봐야 한다. 그 이유를 선주 자신은 모르는데 그것을 찾아 과거로 떠나는 것이 이 영화의 뼈대다. 초반부에 선주의 직장 동료인 은지가 선주에게 해주는 이야기에서 이 영화의 핵심 모티프가 무심히 소개된다. 특이한 기억상실에 관한 이야기 말이다. 은지에게는 영지라는 친구가 있는데 호주에 워킹비자를 받아 들어갔다가 거기서 남자를 만나 "불같은 사랑"에 빠져 결혼했지만 1년도 안 돼서 이혼했다는 것. 그런데 이상한 것은 그녀가, 이혼 직후 1주일 동안은, 아무것도 기억나지 않는 블랙아웃 상태에 빠져버렸다는 것. 심지어 이혼을 했다는 사실 자체도 기억하지 못했다는 것. 이 얘기를 전하는 은지는 그 현상을 "영화 같은 데에서 화면이 까매지는 것"에 비유하고, 이 얘길 전해 듣는 선주는 "그런 일도 있구나. 왠지

청포도 사탕: 17년 전의 약속
감독 김희정, 2012

소설 같다"라고 응답한다. 아이러니하게도 바로 선주 자신이 그와 같은 특이한 기억상실 상태에 놓여 있다. 선주의 경우는 자신이 무언가를 잊고 있다는 것 자체를 모르고 있다는 것이 다를 뿐이다.

우리라고 다른가. 그렇지 않다. 프로이트의 개념 중에 '덮개기억(Deckerinnerung)'이라는 것이 있다. Decke(덮개)와 Erinnerung(기억)의 합성어로 '어떤 중요한 기억을 덮기 위한 사소한 기억'을 뜻한다. (영어판 전집에서는 이를 '스크린 메모리(screen memory)'라 옮겼고, 한국어판 전집(『일상생활의 정신 병리학』)에서는 '은폐기억'이라 옮겼다. '덮개기억'이라는 번역어는 라플랑슈·퐁탈리스의 『정신분석 사전』(열린책들, 2005)의 옮긴이인 임진수의 것이다.) 사소하고 무의미해 보이는 것을 유독 생생하게 기억하고 있다면 그것은 정작 중요하고 본질적인 어떤 기억을 가리기 위한 것일 수 있다는 것. 이 발견의 메시지는 "우리의 기억 작용이 예기치 못한 목적성을 갖는다"(『일상생활의 정신 병리학』, 4장)는 것이다. 얼마간 그렇지 않은 사람이 있는가. 잊고 싶어도 잊지 못하는 일이 있다는 것은 고통스러운 일이지만, 잊고 싶은 일을 까맣게 잊어버리기도 한다는 것은 다행스러운 일이다. 그러나 그 '잊고 싶은 일'이라는 것이 미처 정산이 끝나지 않은 채로 버려진 진실이라면 그것은 언젠가는 다시 되돌아와서 계산을 끝내려 든다. 그것은 두려운 일이다. 소위 '억압된 것의 귀환'이다.

갑자기 나타난 소라박지윤는 바로 과거로부터 날아온 진실의 전령사여서 그녀 때문에 선주의 삶은 흔들리기 시작한다. 선주가 소라의 책을 넘기다 손을 베는 것이 출발점이다. 서점에 걸려 있는 현수막에서 소라의 얼굴을 처음 본 이후 선주는 울면서 학교를 뛰쳐나오는 옛날의 자신의 모습을 기억해낸다. 그리고 이어지는 것은 브람스의 〈레퀴엠〉에 대한 설명이다. 과거에 어떤 죽음이 있었다는 것, 그리고 그것이 선주를 울게 했다는 것, 울면서도 도망쳐 나와야 할 어떤 일이었다는 것. 이렇게 진실이 점점 다가오자 선주에게서 한쪽 귀에 이명이 들리는 육체적 증상이 나타나기 시작하는 것도 자연스럽다. 그리고 약혼자 지훈의 교통사고를 계기로 마침내 선주와 소라는 대면하게 된다. 결혼을 앞두고 있다는 얘기를 듣고 소라는 묻는다. "그래서, 행복해?" 이 질문에는 이상한 것이 없지만 이에 대한 선주의 대답은 꽤 이상하게 들린다. "행복? 우리는 그냥 자연스러운 건데." 이 장면에서 선주는 마치 "행복하니?"라는 질문이 무슨 뜻인지를 이해하지 못하는 사람처럼 보인다. 그녀는 자신의 삶이 행복한지 어떤지를 물어본 적이 별로 없었을 것이다.

"행복하니?"라는 질문의 다음 단계는 "기억하니?"다. 소라는 자신의 책을 직접 선주에게 건네주면서 속지에 이렇게 적는다. "1994년 가을, 소녀들에게 대체 무슨 일이 있었던 걸까?" 소라의 입을 빌려 진실이 묻기 시작한다. 너는 지금 행복한가? 행복하다면 그것은 어떤 진실을 은폐했기 때문에 가능해진 행복이 아닌가? 그래서 얻은 행복이라면 그것은 가짜가 아닌가? 진짜 행복이라는 것이 있다면 그것은 진실과의 대면 이후에나 겨우 가능한 것이 아닌가? 선주는 소라의 등장과 함께 1994년의 어느 날로 되돌아가기를 강요받지만, 그녀는 그 시절의 어떤 진실과 대면하는 일이 자신의 안정된 삶을 무너뜨릴지도 모른다는 막연한 두려움을 느낀다. 그러나 1994년의 '그 일'을 기억하지 못하므로 그녀의 두려움은 다른 방향으로 뻗어나간다. 친구 소라가 약혼자 지훈을 유혹하고 있으며 지훈 역시 흔들리고 있다는 의심. 마침내 선주는 소라와 함께 부산으로 떠난다. 소라와 지훈의 진실을 알고 싶어서 떠난 것이겠지만 실상 선주를 기다리고 있는 것은 자기 자신의 진실이다. 그녀는 부산이 아니라 1994년의 가을로 가고 있다.

1994년

　이 영화를 두 부분으로 나눌 수 있다면 바로 이 부산행이 분기점이 될 것이다. 언뜻 의아해 보이기도 한다. 굳이 그럴 필요까지 있는 것인가. 의심이 문제였다면 원래 소라를 부산까지 데려가기로 한 지훈을 못 가게 하는 것으로 족하지 왜 선주 자신이 직접 차를 몰기까지 해야 하나. 선주가 운전대를 잡는다는 사실에는 생각보다 중요한 상징적 의미가 담겨 있는지도 모른다. 결국 자기 자신을 분석할 수 있는 것은 그럴 용기를 가진 주체 자신이기 때문이다. 부산으로 내려가는 고속도로에서 로드킬로 죽어 있는 짐승을 보고 소라는 충격을 받지만 선주는 흔히 볼 수 있는 장면이라며 무심히 넘긴다. 선주가 가져야 할 용기란 단지 고속도로를 달리는 데 필요한 용기, 죽어 있는 짐승을 무심히 보아 넘길 수 있을 정도의 용기가 아닐 것이다. 직접 동물을 치고서도 그 상황을 직시하고 자신을 추스를 수 있는 용기 정도는 돼야 한다. (이후 선주는 실제로 유사한 교통사고를 겪는다.) 선주의 용기가 온전한 결실을 얻기 위해서는 세 단계를 통과해야 한다. 소라를, 여은의 언니인 정은김정난을, 그리고 죽은 여은을 차례로 넘어가야 한다.
　1단계는 부산에 도착한 직후 바닷가 장면에서 펼쳐진다. 거기서 소라는 처음으로 과거의 그 일을 직접적으로 거론하며 선주를 다그친다. "그날 말이야, 우리 중학교 때 그 사고 있었던 날, 왜 수돗가에 안 나왔어?" 물론 선주는 소라의 질문을 피하고 말지만 그 덕분에 자신이 기억하지 못한 1994년의 이어달리기 장면을 떠올리는 데 성공한다. 2단계는 죽은 여은의 언니 정은을 만나는 대목이다. 이 단계에서 정은을 만나 선주가 얻은 것은 별로 없어 보이지만 정은을 만나는 것 자체가 선주에게는 혼란스러운 일이어서 선주는 길을 잃고 만다. 3단계에 해당되는 것은 선주가 길을 잃고 헤매다가 갑자기 앞으로 뛰어드는 사슴의 환영을 보고 나무에 차를 들이받는 장면이다. 말할 것도 없이 이 사슴은 죽은 여은의 환영이다. 진실과의 대면이라는 일이 어떤 형식으로 이루어지는지를 비유적으로 보여주고 있는 장면일 것이다. 진실과의 대면은 늘 그렇게 '충돌'의 형식으로 이루어진다는 것. 선주의 이마가 찢어지는 것은 결국 종이에 손이 베이면서 시작된 흐름의 마지막 귀결이다. 선주는 이렇게 소라, 정은, 여은을 차례로 만났다.

이제 남은 것은 선주의 기억이 완전히 회복되는 일일 것이고 서사는 그렇게 흘러간다. 여기서 놓치기 쉬운 것은 이 과거로의 여행이 오로지 선주만을 위한 것은 아니라는 점이다. 꿈속에서 여은의 슬픈 눈을 본 이후로 소라 역시 여은과 관련된 정산이 끝나지 않았음을 깨닫고 자신만의 여정을 시작했다고 보아야 한다. 교통사고 이후로 운전을 할 수 없게 된 소라가 선주의 부상 때문에 스스로 운전대를 잡게 되는 것은 그래서 사소한 일이 아니다. 소라 역시 자신의 상처를 넘어서고 있으니까 말이다. 한편 죽은 여은의 언니인 정은에게도 동생의 옛 친구인 두 사람의 예기치 않은 방문은 그녀 스스로 잊고 있었다고 말한 과거의 그 상처와 다시 대면하는 일이 된다. 그녀에게는 시한부 판정을 받은 엄마 때문에 힘들었을 여은을 언니로서 감싸 안아주지 못했던 것이 상처로 남아 있던 터였다. 세 사람 모두에게는 여은을 다시 만나야 할 이유가 있었고 당시에 미처 못다 한 각자의 애도를 완수해야만 했다. 그 완수의 순간에 사슴 한 마리가 세 사람 앞에 나타났다가 사라지는 (보기에 따라서는 다소 인위적일 수 있을) 장면은 서사의 논리로서는 필연적인 마무리인 셈이다.

이제 2011년의 서울로 다시 돌아와야 할 시간이다. 선주가 경험한 일이야말로 '사건'이라고 불러야 마땅한 것이다. 서사는 사건을 다룬다. 당연해 보이는 말이지만 이 세상의 모든 영화들이 다 진정한 의미에서의 사건을 다루는 것은 아니다. 어떤 일을 겪은 주인공이 그 일이 있기 이전으로 되돌아갈 수 없게 되었을 때에만 그 일은 사건이다. 내가 어딘가에 쓴 문장을 변용해서 말하자면, 사건은, 내가 결코 되찾을 수 없을 것을 앗아가거나 끝내 돌려줄 수 없을 것을 놓고 간다. 그러므로 사건 이후 자신이 누구인지를 알았고 덕분에 새로운 존재가 된 선주가 지훈에게 다음과 같은 말을 하는 것은 돌발적이되 논리적이다. "우리 헤어져. 생각해보니까, 아주 잘 생각해보니까, 난 널 사랑했던 게 아니야. 그냥 세상에 혼자 남겨지기 싫었던 거야. 단지 그뿐이야." 결국 이 영화는 결혼을 한 달 앞둔 선주가, 갑자기 나타난 소라와 더불어 자신이 은폐했던 한때의 기억과 다시 조우하고, 마침내 파혼을 결심하게 되기까지의 과정을 보여주는 영화이기도 하다. 그 결혼과 파혼 사이에서 선주가 겪은 일을 '성장'이라고 불러도 틀리지 않을 것이다.

마지막 장면이다. 케냐의 세렝게티 동물원을 소개하는 다큐멘터리 화면이 보인다. 그것을 보며 선주는 미소를 짓고 있다. 왜일까. 선주는 부산으로 내려가는 차 안에서, 소라가 외국에서 혼자 살아본 경험이 있다는 사실에 경탄하며 이런 말을 한 적이 있다. "그게, 바보같이 들리겠지만, 난 외국에서 생활하는 거 한 번도 생각해본 적이 없거든. 더군다나 혼자서는." 그때 소라는 말한다. "아마존 정글이나 아프리카 초원에서 사는 거 아니고서는 도시에서 사는 건 다 비슷한 거 같아." 그리고 초원을 그리워하며 힘들어하던 케냐 친구가 있었다고, 자연 없이 사는 게 형벌인 이들도 있더라고 덧붙인다. 아마도 지금 TV를 보며 미소 짓고 있는 선주는 소라가 얘기해준 그 케냐 출신 룸메이트를 떠올리고 있는지도 모른다. 그리고 이제는 관행적인 삶의 행로에 의심 없이 몸을 싣던 자기 자신과 작별할 준비가 되어 있으니 선주 또한 케냐의 초원으로 훌쩍 떠날 수도 있으리라. 그런 그녀를 격려하듯이 함께 밥을 먹던 친구 은지는 어딘가로 떠나고 싶다고 말한다. 그들이 도달하기를 꿈꾸는 것은 특정한 장소가 아니라 '새로운 나' 혹은 '진정한 나'일 것이다.

윤리적인 것과
사회적인 것

단지 두 편의 영화만을 내놓았을 뿐이지만 김희정 감독은 자신만의 고유한 물음이 무엇인지를 분명하게 보여준 것 같다. 〈열세 살, 수아〉와 〈청포도 사탕〉의 구조는 근본적인 층위에서는 거의 같다고 해도 과언이 아니다. 이 둘은 모두 한 여성이 가족 혹은 친구의 죽음이라는 사건을 어떻게 자신의 삶 속으로 통합해내면서 성장해 나가는가를 애정 어린 마음으로 지켜보는 서사다. 그리고 그 통합과 성장의 과정에서는 '진실과의 대면'이라는 단계를 반드시 통과해야 한다고 고요하게 단언하는 서사다. 그러나 〈청포도 사탕〉의 세계는 전작보다 서사적으로는 보다 심화된 세계라고 해야 한다. 두 가지 항목이 추가되었기 때문이다. 첫째, 전작에는 없었던 주체의 책임이라는 문제가 도입됐다. 수아가 아빠를 여읜 것은 그녀의 책임이 아니었지만 선주가 친구를 잃는 과정에는 그녀 자신이 개입돼 있기 때문이다. 둘째, 전작의 서사가 가족 바깥으로 나가지 않는 반면에 이번 영화는 성수대교 붕괴라는 한국 사회의 집단적 상처를 서사의 주요한 계기로 들여놓는다. 말하자면 '윤리적인 것'과 '사회적인 것'이 가세했다고 해야 할 것이다.

서사의 두께가 더 두꺼워지기는 했지만 이 영화에 아쉬움이 없는 것은 아니다. '잃어버린 기억을 찾아서'로 요약될 이 영화의 플롯은 고전적인 것인데, 이런 플롯을 채택한 서사에서는 현재와 과거를 오가는 과정의 치밀함이 서사적 설득력의 관건이 될 것이다. 이 경우 정보의 배분은 매우 중요하다. 관객이 너무 조금 알아도 곤란하고 너무 많이 알아도 곤란하다. 이 영화에서는 주요 정보들이 영화가 거의 끝나갈 무렵에 한꺼번에 전달된다. 주어진 정보가 부족한 탓에, 배우들의 연기는 정서적 강도를 높이는데도 관객은 이를 따라잡을 수 없어 오히려 뒤로 물러나버리는 일이 벌어진 것은 아닐까. 그래서 선주의 정서적 불안정은 가끔 과장돼 보였고, 소라의 집요한 의지는 무엇을 위한 것인지 의아할 때가 있었으며, 서사의 절정인 정은의 오열도 관객이 동참하기에는 너무 갑작스럽게 느껴졌다. 그러나 비록 이 영화에 어떤 약점이 있다 하더라도 나는 이 영화가 '영화로 윤리적인 질문을 던지는 태도'에는 기꺼이 지지를 보내려고 한다. 나는 그런 한국 영화가 매우 드물다고 느끼는데, 그것은 내가 그만큼 영화에 기대하는 것이 많아서일 것이다.

# 타자, 낭만적 사랑,
## 그리고 악

### 〈늑대소년〉의 세 층위,
### 안 한 것과 너무 한 것과 못한 것

　　〈늑대소년〉은 싫어하기가 쉽지 않은 영화다. 영상은 아름답고 리듬은 유려하며 대사는 생생하고 연기는 사랑스럽다. 그리고 무엇보다도 인간에 대한 선의를 한순간도 포기하지 않는 착한 영화다. 그러나 전적으로 동의하기가 어려운 영화이기도 하다. 나는 언제나 울 준비가 돼 있는 관객이고 때로는 울기 위해서 심야 영화관 제일 구석 자리에 앉기도 하지만 이 영화를 보면서는 눈물을 흘리는 데 실패했다. 이 영화에 전적으로 동의하는 데 성공한 많은 관객들의 여운을 깨고 싶은 생각은 전혀 없지만, 내가 동의할 수 없었던 대목들을 적어보는 일이 이 영화에 대한 애정을 표현하는 한 가지 방법일 수 있을 것이라고 믿어보려 한다. (조금도 애정을 느낄 수 없는 텍스트였다면, 대체로 그래왔듯이, 아무것도 쓰지 않는 편을 택했을 것이다.) 이 영화는 주요 인물 세 사람 중에서 누구에게 초점을 맞추느냐에 따라 세 가지 측면에서 읽을 수 있는 영화인 것으로 보인다. 내가 보기에 이 영화는 철수<sup>송중기</sup>에 대해서는 어떤 것을 안 했고, 순이<sup>박보영</sup>에 대해서는 어떤 것을 너무 많이 했으며, 지태<sup>유연석</sup>에 대해서는 어떤 것을 못했다.

한 소년이 있었네
—타자의 서사

이 소년은 도대체 누구인가. 굶주린 철수가 삶은 감자를 먹기 위해 처음으로 등장할 때 이 소년은 『정글북』(러디어드 키플링, 1894)의 늑대소년 모글리처럼 '야생과 문명'이라는 대립 구도 위에서 움직이는 '인류학적' 캐릭터처럼 보인다. 그런데 이 영화가 몇 개의 소도구들을 동원해서 당시의 반공反共 열기를 슬쩍 보여줄 때 이 늑대는 어쩌면 빨치산의 은유가 아닌가 하는 생각이 들고, 그래서 그는 '적군과 아군'이라는 대립 구도 위에서 움직이는 '역사학적' 캐릭터일지도 모른다는 생각도 하게 된다. 그러나 이 소년이 실제로 늑대로 변하면서 저 오래된 늑대인간werewolf의 계보에 돌연 합류하는 순간 그는 '야성과 이성'이라는 대립 구도 위에서 움직이는 '철학적' 캐릭터, 혹은 '마성과 신성'이라는 대립 구도 위에 놓여 있는 '종교학적' 캐릭터처럼 보인다. 그러다 이 소년이 한국전쟁 당시 남한 정부의 비윤리적인 비밀 프로젝트가 낳은 돌연변이임이 밝혀질 때 이 캐릭터 주변에는 '권력과 희생양'이라는 대립 구도가 갖춰지고 그는 '정치학적' 캐릭터가 되기에 이른다.

우리는 방금 네 가지 층위를 지적했다. 보다시피 늑대소년 철수라는 인물 안에는 네 개의 '캐릭터-모티프' 층위가 뒤엉켜 있다. 하나를 제대로 탐구하는 것도 쉬운 일이 아닐, 그만큼 제각각 오랜 역사를 갖고 있는 캐릭터-모티프 층위들을 이 영화는 가볍게 넘나든다. 이미 20년 전에 제출된 프레드릭 제임슨의 포스트모더니즘론을 다시 참고한다면, 고유한 역사를 갖고 있는 것들을 종횡무진 뒤섞어버리는 이 영화의 전략이 가져오는 효과는 바로 역사성 그 자체의 폐기다. 도무지 1960년대 한국의 산골 마을이라고 믿기 힘들 정도로 당대의 역사성이 지워져 있는 화면 속에서 그래도 가끔은 등장하는 1960년대의 기호들은 당대의 역사적 현실을 지시하는 기능을 잃어버리고 어떤 이국적인exotic 뉘앙스마저 품는다. 나는 지금 리얼리스트의 자리에서 이 영화의 탈역사성을 비판하려는 것이 아니다. 이런 비판은 이제 너무 낡아서 비평가의 자기만족 외에는 아무것도 아닌 것이 되어버렸다. 감독이 하려고 하지 않은 것을 왜 하지 않았느냐고 비판하는 것은 재미없는 일이다. 하려고 한 것을 어떻게 해냈는지를 물어야 한다.

철수가 모글리(인류학)도 아니고 빨치산(역사학)도 아니고 울프맨(철학/종교학)도 아니고 엑스맨(정치학)도 아니라면, 이 중 어느 하나가 아니라 이 모든 것이라면, 이 모두를 포괄할 수 있는 명칭은 그냥 '타자'일 것이다. 이 영화가 보여주려 한 것이 어떤 보편적인 타자의 형상이라면, 이 영화를 '타자의 서사'로 읽어주는 것이 온당한 독법이겠다. 편의상 '타자의 서사'라고 불러본 이런 유형의 서사에는 세 개의 국면이 있다. 첫째, 질문. 이방인이 공동체를 문득 방문할 때 그는 하나의 질문이 된다. 이 타자를 어떻게 처리해야 하는가 하는 난감한 물음이 공동체 내부에 잠재돼 있던 어떤 질문을 끄집어내기 때문이다. 둘째, 오해. 그러나 공동체는 질문과 정확히 대면하는 데 실패한다. 타자의 다름은 불온하게 여겨지고 그의 선의는 악의로 오해되기 때문이다. 셋째, 진실. 질문을 오해한 공동체는 필연적으로 오답을 내놓을 수밖에 없고 그 과정에서 타자는 처단되거나 추방된다. 그러나 공동체는 그동안 그들이 은폐해온 그들 자신의 진실을 얼핏 목격하게 되고 다시는 그 이전으로 돌아갈 수 없게 된다.

**늑대소년**
감독 조성희, 2012

철수를 이런 의미에서의 타자라고 볼 수 있을까. 한 비평가의 답은 부정적이다. "문명을 이해하지 못하고 막무가내로 천진난만한 철수는 '펫'에 가깝다. 사랑하고 교감하는 반려견이 나만 바라보는 미소년으로 환생한다면, 이라는 10대 소녀의 백일몽이 현현한 형상이다."(김혜리, '미소년으로 환생하다 〈늑대소년〉', 〈씨네21〉, 877호) 다른 한 비평가의 답은 긍정적이다. "근대의 정상성이라는 괴물에 맞서다."(이용철, 〈씨네21〉 20자평) 내게 철수는 이 두 비평가가 말한 것들 사이의 어디쯤에 서 있는 것으로 보인다. 그가 애완견에 불과하다는 지적을 과장이라고 할 수는 없지만 그는 확실히 늑대이기도 해서 '질문으로서의 타자'라는 역할을 전혀 하지 않는 것은 아니다. 여하튼 그런 역할을 하고 있기 때문에 후반부의 서사가 진행되는 것이다. 그렇다고 해서 그가 "근대의 정상성"에 맞설 수 있을 정도로 불온한 타자인 것 같지는 않다. 그는 산골 마을 소규모 공동체의 넉넉한 환대를 받을 만큼은 충분히 '정상적'이다. 위에서 인용한 20자평은 이 영화가 할 수도 있었을 어떤 것에 대한 요약이지 실제로 해낸 것에 대한 평가라고 할 수는 없을 것이다. 왜 철수는 이렇게 어정쩡한 타자성의 소유자인 것일까.

소녀가 소년을 사랑했네
—낭만적 사랑의 서사

말할 것도 없이 이 영화의 진정한 주인공이 순이이기 때문이다. 그는 순이의 사랑을 받을 만큼은 '우리와 같아야' 하지만, 누군가의 미움을 받을 수도 있을 만큼은 '우리와 달라야' 한다. 그래야만 그는 환대받으면서도 '동시에' 박해받을 수 있기 때문이다. 그럴 때 사랑은 가능하면서 '동시에' 불가능해진다. 가능한 동시에 불가능한, 그래서 영원한 사랑을 가리키는 개념은 바로 '낭만적 사랑romantic love'이다. 우리가 앞서 지적한 네 캐릭터-모티프의 잠재적 가능성들은 사실상 낭만적 사랑이라는 더 강력한 모티프로 대부분 빨려 들어간다. 낭만적 사랑의 서사에도 세 국면이 있다고 말할 수 있다. 첫째, 운명. 자신들의 만남이 운명이라고 믿는 연인이 있다. (그러나 반복되는 우연은 우연의 반복일 뿐 필연이 아니다.) 둘째, 금지. 그 연인들은 자신들의 사랑을 방해하는 힘과 맞닥뜨리게 된다. (그러나 그 방해가 오히려 그들의 사랑을 북돋우는 긍정적 요인이라는 것을 그들은 모른다.) 셋째, 죽음. 그들은 실제로 죽거나 죽음과도 같은 이별을 경험함으로써 비극의 주인공이 된다. (그러나 그 죽음이 그들의 사랑을 영원한 것으로 완성한다.)

지난 세기의 끝에 전 세계를 사로잡은 낭만적 사랑의 서사인 〈타이타닉〉(1997)은 그 범례다. 별 볼일 없는 청년 잭리어나도 디캐프리오이 운 좋게 도박에서 이기지 않았더라면 호화 유람선을 어찌 탈 수 있었을까. 그러므로 이것은 '운명'이다. 그러나 로즈케이트 윈즐릿에게는 약혼자가 있었으니 이 '금지'가 오히려 두 남녀를 더 강력하게 묶었고 둘의 차이를 잊게 만들었다. 그들이 무사히 육지에 착륙해 도망이라도 쳤다면 그들은 이내 이런저런 차이를 절감하고 권태와 환멸과 싸워야 했을 것이다. 그러나 둘 중 하나가 죽었기 때문에, 잭과 로즈는, 트리스탄과 이졸데 그리고 로미오와 줄리엣의 뒤를 이어 사랑의 만신전에 오를 수 있었다. 잭과 로즈의 영원한 사랑을 위해 타이타닉은 침몰해야만 했다. (그런 의미에서 〈타이타닉〉의 속편은 이미 나와 있다고 해야 한다. 두 주연 배우가 10년 만에 함께 찍은 〈레볼루셔너리 로드〉(2008)는 결혼 생활의 권태와 환멸이 어떻게 낭만적 사랑을 파괴하는지를 거의 자연주의적으로 보여준다. 잭과 로즈의 '10년 후'를 상상하는 노고를 덜어주는 영화다.)

수없이 많은 사례 중에 왜 하필 〈타이타닉〉인가. 많은 관객들에게 그러했겠지만 〈늑대소년〉은 〈타이타닉〉을 떠올리게 한다. 노년의 순이가 47년 만에 옛집으로 돌아가는 도입부와 노년의 로즈가 70년 만에 인양된 타이타닉에 오르는 도입부는 많이 닮았다. 즉 두 영화의 (흔히 '액자소설'이라고 할 때의 그) 액자가 거의 동일하다는 얘기다. 액자 내부의 이야기도 근본적으로는 유사하다. 낭만적 사랑 서사의 공통 문법을 거의 그대로 따르고 있으니 당연한 일이다. 로즈에게 약혼자가 있었듯이 순이에게도 자신을 약혼자라고 믿는 지태가 있고 이들은 악당의 역할을 떠맡아 본의 아니게 운명적 사랑의 조력자가 된다. 또 잭과 로즈의 영원한 사랑을 위해 잭이 죽어야 했듯이 철수와 순이의 영원한 사랑을 위해 철수는 버려져야 했다. 〈타이타닉〉과는 달리 〈늑대소년〉에서는 남녀의 관습적인 성역할이 전도돼 있다는 차이점을 지적해보는 것도 흥미로울 수 있겠지만(전자에서는 잭이 로즈를 모델로 그림을 그리고, 후자에서는 순이가 철수에게 글쓰기와 말하기를 가르친다) 이 차이는 거대한 공통점을 무너뜨릴 정도로 강력하지는 않다.

이 영화가 철수라는 캐릭터의 입체적 가능성을 상당 부분 포기하면서 얻은 것이 관습적인 낭만적 사랑의 서사라는 사실을 타박하려는 것이 아니다. 이 영화는 처음부터 바로 이것을 하려고 했을 것이다. 다시 말하지만, 애초에 할 생각이 없었던 것을 하지 않았다고 비판하는 것은 무익한 일이다. 그러나 이 영화는 자신이 하려고 한 것을 너무 많이 해버린 것은 아닌가. 적어도 결말부만 보자면 〈늑대소년〉은 〈타이타닉〉보다 훨씬 더 강력하게 낭만적이기를 원하는 것처럼 보인다. 노년의 로즈를 기다리는 것은 죽은 잭이 아니라 목걸이지만, 노년의 순이를 기다리는 것은 여전히 그곳에 있는 철수다. 그는 다시 오겠다는 순이의 말을 믿고 47년을 기다렸다. 노인이 된 순이에게 철수가 "아니에요, 똑같습니다"라고 말하는 장면까지는 받아들일 수 있었다. 그러나 순이가 자신이 한평생을 부족함 없이 잘 살았노라고 자책하는 장면에서 나는 저 대사가 더 이상 이어지지 않기를 바랐다. 철수가 47년을 기다린 것이 아니라 순이가 47년 동안 철수를 버린 것이다. 그러나 저 말들을 통해서 소녀는 자신의 47년을 단숨에 용서받으려 했고 결국 용서받은 것이 아닌가. 냉소적으로 말하자면, 가장 바람직한 연인은 내가 그를 떠났으면서도 죄의식을 느낄 필요가 없게 해주는 연인일 텐데, 우리 모두 알다시피 그런 연인은 거의 없다. 철수가 바로 그런 연인이다. 이것은 너무 과도한 판타지가 아닌가.

한 사람이 더 있었네
—악의 서사

아직 한 사람이 남았다. 그리고 그는 이 영화에서 앞의 두 사람보다 결코 덜 중요하지 않다. 〈청포도 사탕〉을 보고 쓴 글에서 나는 서사의 원활한 진행을 위해 등장인물을 기능적으로 소비해버리는 이야기들에 대해 불만을 제기한 적이 있는데, 이 영화에서는 지태가 바로 그런 캐릭터가 되고 말았다는 아쉬움을 표명하려고 한다. 순이의 입장에서 보자면 지태는 무려 세 겹의 악당이다. 원수의 아들(과거)이고 가짜 아빠(현재)이며 끔찍한 남편(미래)이다. 지태는 그 악당의 자리에서 조금도 벗어나지 못한다. 아니 점점 더 악당이 되어간다. 문제는 그 과정에서 납득할 만한 설명이 충분히 제공되지 않는다는 데 있다. 위에서 이 영화의 과도한 결말부에 대해 아쉬움을 제기했지만, 사실 그 이전인 영화의 3분의 2 지점에서부터, 더 구체적으로는 지태가 직접 철수를 죽이려고 총을 잡고 이를 막는 순이를 마구 걷어차는 장면에서부터 나는 마음이 좀 차가워졌다. 이 영화의 규약code에 기꺼이 동의하면서 호의적으로 이야기를 따라왔던 터였지만, 바로 그 대목에 이르러서는, 이렇게까지 밀어붙이면 더 이상 이 이야기를 따라갈 자신이 없다는 생각도 얼핏 했다.

지태라는 인물에게서 아무런 문제점을 발견하지 못했다고 말하는 이가 있다면 그는 이 인물이 충분히 논리적이라고 판단해서 그렇게 말하는 것이 아니라 애초 이런 '악당'에 대해 무슨 논리적 설명이 필요하냐는 식의 냉소적인 관대함으로 그렇게 말하는 것일 터다. 이것은 이 영화에 대한 은밀한 모독이다. 이 영화는 그런 냉소적인 관대함의 대상이 될 만한 영화가 아니다. 가족의 일상과 서투른 연인을 그리는 이 영화의 시선은 대체로 섬세하다. 그런데 유독 지태라는 인물에 대해서만은 그렇지 않다는 것은 이상하지 않은가. 일단 그는 권력과 사랑의 악순환에 사로잡혀 있는 인물처럼 보인다. 그는 권력으로 사랑을 얻을 수는 없다는 것을 반복적으로 학습하면서도 도무지 자신의 전략을 수정할 생각을 하지 않고 오히려 점점 더 폭력적으로 권력을 행사하는 길로 나아간다. 그가 어쩌다가 그런 악순환에 포획됐는지, 관객이 던지는 질문을 그 자신은 왜 스스로에게 던지지 않는지 우리는 알 수가 없다.

그러나 그는 이 이야기에 악당이라는 역할이 필요하다는 이유 때문에 바로 자신이 그 악당이 되기로 결심한 것처럼 행동하다가 끝내 자기 자신에 대해 충분히 해명할 기회를 얻지 못한 채 죽어버리고 만다. 그도 여하튼 순이를 사랑했던 것이 아닌가. 그러나 그는 어떤 후천적인 성격적 결함 때문에 사랑하는 방법을 몰랐던 것이 아닌가. 그래서 자신이 갖고 있는 유일한 무기인 권력에 의존할 수밖에 없었던 것이 아닌가. 이 영화에서 말을 못하는 것은 철수이지만, 지태야말로 말할 기회가 없었던 것이 아닌가. 좀 더 과감하게 말한다면 이 영화는 철수가 괴물이 아님을 보여주기 위해 지태를 괴물로 만들어버린 것은 아닌가. 이를테면 이런 문장과 함께 지태에 대해서 좀 더 깊이 생각해봐도 좋지 않았을까. "자신의 의도와는 상관없이 주어졌거나 어느 날 문득 자신을 덮쳐왔던 사랑들에서의 균열과 상처가 인간동물들로 하여금 사랑의 일정한 상태를 작위적 방식으로라도 도출시킬 수 있기를 염원하도록 할 때 권력에의 욕망이 발생한다."(이종영, 『사랑에서 악으로』, 새물결, 2004, 199쪽) 말하자면 그의 "균열과 상처"에 이 영화가 좀 더 섬세했더라면 이 영화에 동의하기는 더 쉬워졌을 것이다.

어떤 영화의 태도가 윤리적인지 아닌지를 판단하는 기준 중의 하나는 그 영화가 (선이 아니라 오히려) 악에 어떤 입장을 취하고 있는가에 있을 수 있다고 나는 생각한다. 우리를 윤리적인 혼란에 빠뜨리는 일들은 대체로 선과 악이 서로 번지고 섞이는 불투명한 경계 지점에서 발생한다. 선과 악 사이에 만리장성을 쌓는 서사들은 선과 악은 본질적으로 다른 것이기 때문에 선한 우리는 악해질 수가 없을 것이라고 안심하게 만든다. 그러나 낭만적 사랑이라는 판타지 못지않게 이것 역시도 일종의 윤리적 판타지일 수 있다. 진정으로 윤리적인 태도는, 선의 기반이 사실상 매우 허약하다는 것을 냉정하게 직시하고 악의 본질이 보기보다 복합적이라는 사실을 겸허하게 수용하면서, '선의 악'과 '악의 선'을 섬세하게 읽어내는 태도일 것이다. 물론 이것은 악에도 다 이유가 있으니 이 세상에 이해 못할 악은 없다고 단언하면서 다 같이 윤리적 상대주의의 불지옥 속으로 뛰어들자는 얘기가 결코 아니다. 대부분의 악은 자신이 한 번도 악이었던 적이 없다고 믿는 자들에 의해 행해진다. 적어도 이야기라는 장르에서만큼은 이 세상의 모든 단호한 경계들에 대해서 확신보다는 회의를 품는 것이 훨씬 더 가치 있는 결과를 낳을 것이라고 나는 믿는다.

부기: 조성희 감독 자신이 이 영화를 일종의 동화라고 간주한 마당에 이와 같은 문제 제기들은 과도하게 진지한 것이 아니냐고 할 분들

이 있을지 모르겠다. 그러나 동화니까 눈감아줘야 된다는 식의 발상은 이 영화에 대한 옹호라기보다는 차라리 동화에 대한 모독이다.

# 마르크스, 프로이트,
## 그리고 봉준호

### 〈설국열차〉의
### 서사적 엔진

1895년 12월 28일 뤼미에르 형제가 상영한 최초의 영화 열 편 중의 하나가 〈기차의 도착〉이었으니, 기차는 영화사에서 최초의 주인공인 셈이다. 그 이후로 기차가 주연으로 활약한 많은 영화들이 있었고 봉준호 감독의 〈설국열차〉는 가장 최근 사례다. 이 영화에 대해서는 이미 너무 많은 글들이 쓰였다. 얼마 전에 문득 다음과 같은 물음이 머릿속에 떠오르지 않았다면, 이 글을 시작할 엄두를 못 냈을 것이다. 마르크스주의자, 프로이트주의자, 그리고 신화학자가 〈설국열차〉를 함께 본 뒤 각자 이 영화를 한 문장으로 요약한다면? 마르크스주의자가 입을 연다. "기차가 얼음을 뚫고 앞으로 전진하는 이야기더군요." 이어 신화학자가 반론을 제기한다. "아니, 기차가 지구를 순환하면서 1년에 한 번씩 제자리로 돌아오는 이야기지요." 그러자 프로이트주의자가 말한다. "글쎄요, 이것은 기차가 절정의 순간에 폭발하는 이야기가 아닙니까?" 일단 이런 농담을 한 뒤에 이들은 진지한 이야기를 시작했을 것이다. 그 이야기를 짐작해서 적어보려 한다. 이번 글은 이미 발표된 뛰어난 작품론들 옆에 주변적 읽을거리 정도로 놓일 만한 글이 될 것 같다.

그런데 왜 기차이고, 왜 마르크스와 프로이트인가. "오늘날 문명국이 철도 건설에 쏟는 열의와 성의는 몇 세기 전의 교회 건축에 비견될 수 있다." 이것은 생시몽주의자 미셸 슈발리에가 1853년에 한 말이다. 그리고 이 시기를 조망하면서 수잔 벅 모스는 이렇게 적었다. "철도는 지시물이었고, 진보는 기호였다. 공간적 운동은 역사적 운동 개념과 너무나도 긴밀하게 연결되어 있었기 때문에 철도와 진보는 더 이상 구분될 수 없었다."(『발터 벤야민과 아케이드 프로젝트』, 김정아 옮김, 문학동네, 2004, 126쪽) 보다시피 19세기 이래로 기차는 진보의 은유였고 진보는 곧 근대성의 핵심 이념 중 하나였다. 그러니 '기차=진보=근대성'이라는 도식이 사람들을 지배한 것은 자연스러운 일이다. 상황이 그랬으니 근대성의 해부자인 마르크스와 프로이트가 기차에 대해서 아무 말도 하지 않았다면 오히려 이상한 일일 것이다. 아니, 과장해서 말하면 그들이 쓴 모든 책은 기차에 대한 책이다. 『자본』은 자본주의 근대라는 기차의 설계도를 분석한 책이었고 『꿈의 해석』은 기차 객실 가장 깊숙한 곳에서 벌어지고 있는 은밀한 일들을 해석한 책이기 때문이다.

마르크스의
기차

마르크스가 전복하려 한 것은 자본주의라는 체제일 뿐 진보라는 이념은 아니었기 때문에 그 역시 진보의 상징인 기차의 은유를 받아들였다. "혁명은 역사의 기관차다." 출처 표기 없이 자주 인용되는 이 말은 마르크스가 1848년 프랑스 2월혁명의 전개 과정을 분석하기 위해 쓴 긴 논설문인 「1848년에서 1850년까지의 프랑스에서의 계급투쟁」(1950)의 3장에 나온다. 당시 프랑스에서 선거권자의 절대 다수는 보수적인 농민계급이었기 때문에 여러 정파들이 농민계급을 포섭하기 위해 그들이 알아들을 수 있는 말로 선전에 매진했다. "그러나 가장 쉽게 알아들을 수 있도록 말해준 것은 농민계급이 선거권을 사용하면서 획득한 경험들 자체, 즉 급박하게 진행되는 혁명 속에서 연이어 농민계급을 엄습한 환멸들이었다. 혁명은 역사의 기관차다. 농민들이 점차 변화하고 있음은 여러 가지 징후 속에서 나타났다."(『칼 맑스 프리드리히 엥겔스 저작 선집 2』, 박종철출판사, 1997, 88쪽) 농민계급을 바꾼 것은 다른 누구의 선전이 아니라 자신들의 경험 그 자체였다는 것이다. 잇따른 혁명의 환멸이 그들을 바꾸었는데, 바로 그들이 당시 역사라는 기차의 전진 동력이 됐다는 것.

위 문장이 특별히 유명해질 수 있었던 것은 발터 벤야민 때문이기도 했을 것이다. 물론 그는 비판하기 위해 인용한 것이지만 말이다. 「역사의 개념에 대하여」(=「역사철학테제」)라는 글을 쓰기 위해 적어둔 메모를 모은 「'역사의 개념에 대하여'—관련 노트들」에 이런 말이 나온다. "마르크스는 혁명이 세계사의 기관차라고 말했다. 그러나 어쩌면 사정은 그와는 아주 다를지 모른다. 아마 혁명은 이 기차를 타고 여행하는 사람들이 잡아당기는 비상 브레이크일 것이다."(『벤야민 선집 5』, 최성만 옮김, 길, 2008, 356쪽) 당시의 벤야민에게는 '진보에 대한 신화적 믿음'이 가장 큰 위험으로 보였다. "진보의 의미론은 테크놀로지의 변화와 사회 개선을 무매개적으로 동일시하며, 진보의 이미지는 지상−천국을 불가피한 어떤 것처럼 제시한다."(수잔 벅 모스, 같은 책, 128쪽) 이런 미혹에 빠져 있는 동안 역사는 오히려 파국으로 치달

**설국열차**
감독 봉준호, 2013

고 있는지도 모를 일이었다. 벤야민은 마르크스조차도 계몽주의 이래로 사람들을 지배해온 이 진보에 대한 맹신을 의심하지 않았다고 판단했다. 그래서 마르크스의 기차 은유를 위와 같이 뒤집어야만 했다. 기차를 멈추는 것이야말로 혁명이라고.

마르크스와 벤야민의 기차 은유를 알고 있었던 사람이라면 〈설국열차〉를 보고 저 두 문장을 쉽게 떠올렸을 것이다. 압제자 윌포드에드 해리스의 객차 앞까지 도달하는 데 성공했으나 거기서 커티스크리스 에반스와 남궁민수송강호는 대립한다. 혁명이란 무엇인가. 엔진을 장악하고 기차를 접수하는 것인가, 아니면 기차를 멈추고 밖으로 나가는 것인가. 단순화를 무릅쓰고 말한다면, 저 장면은 마치 마르크스와 벤야민의 논쟁처럼 보인다. 이때 윌포드의 객차 문이 열리면서 논쟁은 잠시 유보되고, 커티스는 윌포드와 대면해서 충격적인 진실을 알게 된다. 마르크스는 혁명이 피지배계급의 학교라고 생각했지만, 이 영화에서 기존의 혁명으로부터 무언가를 배운 이들은 오히려 지배자들이었다. 그들은 시스템을 유지하는 데 혁명이 유용하다는 것을 깨닫고 그것을 시스템의 내부로 흡수해둔 터였다. 아이러니하게도 혁명이 설국열차를 계속 달리게 했던 것이다. 이 대목에서 이 영화는 '혁명은 역사의 기관차다'라는 마르크스의 말을 이상한 방식으로 승인하면서 그것을 조롱하고 있는 셈이다. 이와 더불어, 앞서 유보되었던 논쟁은 결국 남궁민수의 의견을 따르는 것으로 결론이 나는데, 그렇다면 이 영화는 벤야민의 손을 들어주고 있는 것일까? 남궁민수가 하려고 하는 일이야말로 기차의 비상 브레이크를 당기는 일처럼 보이니까 말이다.

그러나 영화를 끝까지 보고 나면 그렇다고 답하기가 어려워진다. "커티스와 윌포드의 대결이 기차―근대라는 시스템 안에서의 대립이라면, 커티스―윌포드 커플과 남궁민수―요나 부녀 사이의 차이는 시스템과 그 외부 사이의 그것이다."(변성찬, '봉준호의 두 가지 길', 〈씨네21〉,

916호) 이 글의 필자는 '남궁민수-요나'가 표상하는 외부에의 지향이 이 영화의 핵심이며 "탈근대적이고 정치적이고 영화적인 상상력"이라고 높이 평가한다. 설득력 있는 분석과 평가이기는 하지만 선뜻 동의하기 어려운 것은 영화의 결말 때문이다. 남궁민수-요나 부녀가 주장한 바대로 기차를 멈추고 '외부'를 향한 것은 맞다. 그런데 그 결과는? 기차가 탈선했고 박살이 났다. 두 명의 생존자가 있다는 사실에 감격하느라 잊어버리기 쉽지만 그 둘을 제외한 나머지는 모두 죽은 것이 아닌가. 이것은 꽤 심각한 결론이다. 순진하게 반문하자면, 이 영화는 이 구제불능의 자본주의 시스템을 폭파해서 우리는 모두 죽어버린 뒤에, 다음 세대에게 새로 시작할 기회를 주자고 말하는 것인가? 봉준호 감독은 희망을 말하려 했다고 하지만, 우리는 희망도 절망도 아닌 기이한 선택과 만난다.

이 영화의 마지막 선택이 혼란스럽다고 느낀 이들이 꽤 많은 것 같다. 그 이유를 남궁민수라는 캐릭터의 불확실성에서 찾는 이는 이렇게 말한다. "그는 환각 혹은 죽음의 충동에 사로잡힌 마약중독자와 진실의 유일한 목격자 어느 쪽에도 고정되지 않는다. 이 자리가 고정되지 않으면 우리는 〈설국열차〉가 제시간에 목적지에 도착했는지도 알 수 없다."(허문영, '봉준호 바깥의 봉준호?', 〈씨네21〉, 917호) 또 어떤 이는 "서구에서 발원한 장르 규범에 도전하고 반역하는 힘을 강조하면서 내셔널 시네마의 '제3의 장소'를 개척해온" 것이 봉준호 감독의 미덕인데 이번 영화에서는 장르 문법과 대결해서 찾아낸 '제3의 장소'가 어딘지 모호하며, "해방인지 추방인지 모호한" 이 영화의 결말은 바로 그와 연결돼 있다고 지적한다.(장병원, '해방인가 추방인가', 〈씨네21〉, 917호) 또 다른 이는 〈설국열차〉에는 커티스의 이야기와 남궁민수의 이야기가 따로 놀다가 결말에 이르러 설득력 없이 결합되기 때문에 그 결합 이후의 최종 결말이 희망인지 파국인지를 따지는 것이 무의미해 보인다는 요지의 말을 하기도 했다.(남다은, '두 이야기는 결국 만나지 못했는데', 〈씨네21〉, 918호)

　서로 각도는 다르지만 세 사람 모두 이렇게 묻고 있다. 〈설국열차〉는 지금 어디에 도착한 것인가, 애초 의도한 곳에 도착한 것이기는 한 것인가, 잘못 도착했다면 운행 경로에 문제가 있었던 것은 아닌가. 내식대로 말하자면 이 영화는 '마르크스냐 벤야민이냐'를 묻고는 갑작스럽게 제3의 선택지를 택해버린 것처럼 보인다. 앞문을 열자고 한 것은 커티스였고, 옆문을 열자고 한 것은 남궁민수였지만, 다 죽고 아이들 둘만 살리자고 말한 사람은 아무도 없었다. 이것은 그 누구의 것도 아닌 봉준호의 선택이다. 그런데 그의 선택은 우리를 절망인지 희망인지를 판별할 수 없는 상황에 던져놓았다. 이와 같은 해석의 곤경에서 빠져나가는 길은 여기서 해석을 더 진전시켜 무언가를 선택할 수 있다고 가정하지 않고 지금 우리가 도달한 이 지점이 해석의 끝이라고 간주하는 것뿐이다. '이 영화는 절망도 희망도 선택하지 않은 것이 아니라, 선택할 수 없음 그 자체를 선택한 것이다.' 커티스가 타락한 시스템을 떠맡는 결론을 우리는 '도덕적으로' 용납할 수 없었을 것이고, 모든 승객이 기차 밖으로 나오는 데 성공하는 결론을 우리는 '현실적으로' 수긍할 수 없었을 것이다. 실로 지금 이 시대가 체념도 낙관도 모두 허용하지 않는 시대인 것이라면, 이 열차가 이상한 곳에 도착했기 때문에 우리는 정확한 현실 인식에 도착한 것일지도 모른다.


프로이트의
기차


기차에 대해서라면 프로이트도 할 말이 많을 것이다. 『꿈의 해석』

에는 기차에 대한 언급이 여러 차례 나오는데 특히 '툰 백작 꿈'(5장 2절)이나 '홀트후른 꿈'(6장 7절)에 대한 그의 분석을 읽어보면 당시 기차라는 공간이 어떤 의미를 가졌는지를 얼마간 이해할 수 있게 된다. 그 대목들을 읽기 전에 19세기의 기차 구조를 미리 알아두면 좋을 것이다. 당시 기차는 지금처럼 넓은 객차에서 하나의 '좌석'을 차지하고 앉는 구조가 아니라 하나의 '객실'에 몇 사람이 함께 머무는 구조였다. 그 객실은 다른 객실과 완전히 단절돼 있었는데, 이 폐쇄성 덕분에 당시의 기차는 두렵고 에로틱한 공간이 될 수 있었다. 객실 안에서 끔찍한 살인 사건이 일어나거나 혹은 에로틱한 행위가 벌어져도 그로 인해 발생하는 비명 혹은 신음 소리는 기차가 내는 소음 때문에 묻혀버렸기 때문이다. 그래서 기차는 이와 관련된 환상이 투사되는, 정신분석학적인 공간이 될 수 있었다. (이 단락에서 언급한 내용에 대한 보다 상세한 논의는 김종엽의 「프로이트와 기차」(《창작과비평》 2000년 겨울호)를 참조.) 프로이트가 〈설국열차〉를 봤다면 어떤 점에 주목했을까.

분명한 것은 프로이트가 이런 말은 농담으로라도 하지 않았을 것이라는 점이다. "터질 듯한 긴장감으로 팽팽하던 기차가 마침내 폭발하고 마는 장면은 사정射精을 상징합니다." 프로이트식으로 말한다는 것은 '기차는 남근, 터널은 질' 운운하는 것이어서는 안 된다. (설사 봉준호 감독이 그런 이야기를 했다고 해도 그것은 그런 식의 해석에 대한 한발 앞선 희화화라고 생각하는 편이 좋을 것이다.) 그런데 애석하게도 이 영화에는 기차가 터널을 통과하는 장면이 한 번 나온다. '예카테리나 다리'를 통과하면서 '해피 뉴 이어'를 외친 다음 기차는 터널에 진입하고 그 어둠 속에서 피의 살육이 자행된다. 기차, 터널, 피. 여러모로 불길한 설정이라고 하지 않을 수 없다. 아니나 다를까, 이 장면을 '첫 경험과 처녀막의 파열'을 상징하는 것으로 읽어낸 글을 어디선가 볼 수 있었다. 이런 해석은 틀렸다기보다는 무익한 것이다.

마르크스에 대한 오용이 글쓴이 자신을 답답한 사람으로 보이게 하는 데 그친다면, 프로이트에 대한 오용은 글쓴이만이 아니라 프로이트조차 답답한 사람으로 보이게 만든다는 점에서 그 해악이 더 크다.

잘 알지 못하지만 감히 말하건대, 프로이트적인 해석은 모든 사물을 성적 상징으로 변환하는 기술이 아니라, 이성과 의지의 산물인 것처럼 보이는 행위와 사건들에 (어쩌면 그런 것들일수록 더) 무의식적인 요소가 얼마나 깊숙이 '매개'돼 있는지를 따져보는 작업이다. 그런 의미에서 〈설국열차〉는, 마르크스의 관점에서 보자면 기차 그 자체가 주인공인 영화일 수 있지만, 프로이트의 관점에서 본다면 그야말로 커티스가 주인공인 서사일 것이다. 말을 바꾸면, 전자가 이 영화에서 '혁명의 서사'를 읽어낼 때, 후자는 '아들의 서사'를 읽어낼 것이라고 말할 수도 있다. 아들의 서사란 결국 '어떻게 아버지로부터 벗어나서 스스로 아버지가 될 것인가' 하는 문제의 해결 과정이다. 그리고 이 문제는 집단의 층위로 옮겨지면서 '어떻게 이 집단의 아버지(리더)가 될 것인가'라는 문제로 매개된다. 아닌 게 아니라 이 영화는 시작되자마자 길리엄<sup>존 허트</sup>과 에드거<sup>제이미 벨</sup>가 커티스에게 하는 말을 통해 바로 이 문제가 영화의 핵심이라는 사실을 서둘러 알려준다. '네가 리더가 되어야 한다.' (틸다 스윈턴은 이 영화를 '리더십이라는 주제에 대한 심오하고 현대적이며 정치적인 탐구'('틸다 스윈턴 누가 여자래요?', 〈씨네21〉, 916호)라고 규정했다.)

커티스가 이 과정을 통과하는 일은 쉽지 않을 것이다. 자신은 아버지(리더)가 될 자격이 없다고 생각하는데 그 밑에는 그를 사로잡고 있는 끈질긴 죄책감이 있다. 그는 10대 후반의 나이에 굶주림 때문에 발생한 꼬리 칸의 아비규환 속에서 아이를 잡아먹는 자들에 가담했었으나, 길리엄(꼬리 칸의 아버지)의 영웅적인 희생으로 지옥이 진정되고 모두가 스스로 자기 팔을 잘라 공동체의 윤리적 질서를 회복하기 시작했을 때에는 끝내 자신의 팔을 자르는 데 실패했고, 결국 속죄할 기회를 놓쳐버렸다. 커티스에게 아버지-되기의 문제는 이 죄책감의 해결 과정과 맞물릴 수밖에 없다. 그래서 문제는 한 차원 더 복잡해진다. '어떻게 커티스는 자신의 죄책감을 해소하고 아버지가 되는 데 성공할 수 있을 것인가.' 그런데 이게 끝이 아니다. 커티스에게는 그가 극복해야 할 아버지가 둘이나 존재하기 때문이다. 다음은 봉준호 감독의 말이다. "초반의 길리엄과 후반의 윌포드를 양극단에 놓고 모두 유사 부자 관계를 맺는다면, 좋은 아버지를 떠나 나쁜 아버지를 찾아가는 여정이랄까. 그게 원작과 근본적으로 다른 핵심이다."('매번 최선을 다해 기대를 배반하려고 한다', 〈씨네21〉, 915호)

그렇다면 커티스에게는 구체적인 방법론이 이미 주어져 있는 셈이다. 그는 나쁜 아버지를 제압함으로써 좋은 아버지에게 인정받고 스스로 집단의 아버지(리더)가 될 수 있을 것이다. 그런데 이 영화는 결정적인 순간 커티스에게 좋은 아버지와 나쁜 아버지가 둘이 아니라 하나라는 사실을 알려준다. 이 순간 커티스뿐만이 아니라 우리도 혼란에 빠진다. 이것은 무엇을 뜻하는가. 지금과 같은 시스템 속에서는 우리 모두가 나쁜 아버지일 수밖에 없다는 뜻일까. 우리 사회의 모든 아버지들은 귀가하기 전에 제 손에 묻은 피를 씻고 들어올 수밖에 없는 것일까. 윌포드는 커티스에게 말한다. "이것이 너의 숙명이야." 그러니까 커티스 앞에 주어진 것은 '나쁜 아버지냐 좋은 아버지냐' 사이의 선택이 아니라, '나쁜 아버지가 될 것인가, 아니면 아버지가 되기를 포기할 것인가' 사이의 선택인 것처럼 보인다. 언뜻 보면 커티스는 후자를 선택한 것 같다. 그는 새로운 지도자가 되기를 거부했고, 기차는 폭발했으며, 결국 남은 것은 두 명의 고아들뿐이기 때문이다. 그러나 이렇게 결론을 내릴 수는 없을 것 같다. 우리가 결정적인 장면을 건너뛰었기 때문이다.

'나쁜 아버지'와 '좋은 아버지'가 있는 것이 아니라 '나쁘고 현명한 아버지'와 '나쁘고 어리석은 아버지'가 있을 뿐이라는 윌포드의 설득에 흔들릴 때 커티스가 이를 물리칠 수 있었던 것은 객차 아래에서 기계 부품처럼 일하는 아이들을 목격했기 때문이었다. 커티스가 받은 충격은 우리가 받은 것보다 더 심원했을 것이다. 지하에 웅크리고 있는 아이들은 기차에 잡아먹힌 것처럼 보인다. 이 형상은 커티스가 17년 전에 아이를 삼킨 기억을 자극했을 수 있다. 그러니 커티스가 윌포드의 뒤를 잇게 된다면 그는 또 아이를 잡아먹는 자가 되는 것이다. 그것은 끔찍한 일이다. 그래서 그는 아이를 꺼내기를 선택했고 대신 그의 팔이 잘려나간다. 그러니까 그는 지금 17년 전의 행위를 정확히 반대로 반복하고 있는 것이다. 그는 먹은 아이를 토해내고 당시 못 자른 팔을 뒤늦게 잘랐으니까. 그러니 그는 결국 아버지가 되는 데 성공했다고 말해야 하지 않을까. 그는 아버지가 되기를 포기하고 죽음을 택한 것이 아니라, 아버지가 되는 데 성공했기 때문에 미련 없이 죽을 수 있었을 것이다.

이렇게 결론을 맺자. 이 영화에서 마르크스의 기차는 이상한 곳에 정확하게 도착했고, 프로이트의 기차는 정확한 곳에 은밀하게 도착했다고.

나는 다시 나를 낳아야 한다

**성장과 의미**

# 황홀한
리비도의 시詩

## 〈스토커〉의
근본 은유를 찾아서

　박찬욱의 영화를 열 수 있는 열쇳말 중 하나는 '부조리absurdity'일
것이다. 신선한 개념은 아니다. 1940년대의 철학자들이 세계를 인식하
는 프레임-개념으로 이를 세공했고, 이 작업에 직간접적으로 영향을
받은 1950년대의 몇몇 연극인들이 당혹스러운 공연을 올리기 시작했
으며, 마틴 에슬린의 기념비적 저서 『부조리극Theatre of the Absurd』(1961)
이 경과를 정리하고 이름을 붙였다. 이런 일련의 과정을 거치면서 '부
조리한absurd'이라는 형용사는 특정한 서사 혹은 비非서사의 일면을
설명하기 위해 자주 동원되기 시작했다. 박찬욱의 영화들은 이 오래
된 개념을 다시 떠올리게 한다. 세계에 존재하는 부조리를 보여준다
는 말과 세계를 부조리하게 만들어버린다는 말은 거의 같은 말이다.
그는 남과 북, 부르주아와 프롤레타리아, 가해자와 피해자, 정상과 광
기, 성과 속 등을 앞에 놓고, 거기서 부조리를 발견하거나 창조해냈다.
박찬욱의 영화를 이렇게 읽는 관점도 물론 새로운 것은 아닐 테지만,
오랫동안 궁금했으나 볼 수 없었던 단편영화 〈심판Judgement〉(1999)을
최근에 보고 나서는, 역시 그렇구나, 하고 말았다.
　박찬욱을 부조리의 관찰자이자 창조자라고 명명하는 것만으로는

충분하지 않다. 본래 이 세계가 특별히 긴장하지 않으면 짓고 마는 표정이 조리가 아니라 부조리인데, 부조리를 다루지 않는 예술가가 얼마나 되겠는가. 그러니 더 세분해야 한다. 부조리 앞에서 예술가가 택하는 반응은 다를 수 있기 때문이다. 부조리의 그 어처구니없음과 어찌할 수 없음 앞에서, 어떤 예술가는 울고 어떤 예술가는 웃는다. 그들은, 지상의 부조리를 지켜보면서 '우는 천사'와 '웃는 악마'가 서로 다른 만큼, 다르다. 나는 천사의 편도 악마의 편도 아니다. 천사의 울음과 악마의 웃음을 모두 무능한 신에 대한 항의로 간주할 수 있다면 이 둘은 대등하게 옳다. 그리고 이것은 세상의 부조리 앞에서 정직하기를 원하는 예술가들이 택할 수 있는 두 개의 다른 태도일 것이다. 거의 비교되지 않는 감독들이지만, 이창동 감독의 영화에 깔려 있는 억제된 비탄이 전자에 가깝다면, 박찬욱의 영화가 보여주는 기괴한 유머는 후자에 가깝다고 생각한다. 전자는 웃고 있을 때도 사실은 울고 있고, 후자는 울고 있을 때도 사실은 웃고 있다.

박찬욱 감독의 아홉 번째 장편영화인 〈스토커〉에서는 부조리를 향한 악마의 웃음소리가 거의 들리지 않았다. '그래서'라고 해야 될지는 모르겠지만, 어쨌든 처음에는 이 영화가 충분히 만족스럽지는 않았다. 첫째, 이건 꽤 단순한 이야기가 아닌가. 둘째, 박찬욱의 영화가 한 번도 미풍양속의 함양을 위해 만들어진 적이 없기는 하지만, 이전 영화들과는 달리 이 영화의 비도덕성에는 논리가 결여돼 있지 않은가. 예컨대 이 영화의 주인공인 10대 소녀는 세 명의 남자를 살해하는데, 자신을 강간하려 한 동급생과 엄마를 죽이려 한 삼촌은 그렇다 쳐도, 애꿎은 보안관은 왜 죽인단 말인가. 이것은 마치 흰 꽃에 피가 튀어 붉은 꽃이 되는 저 멋진 장면을 위해 보안관은 죽을 필요가 있다는 식이 아닌가. 이 죽음은 이 부조리한 세계의 어처구니없음과 어찌할 수 없음의 산물이 아니지 않은가……. 그러나 이 영화를 여러 차례 다시 보면서 내 생각은 달라졌는데 바로 그것을 적어보려 한다. 첫째, 이 영화의 서사 구조는 확실히 단순하지만 그 대신 다른 것을 얻었다. 둘째, 비도덕성에 대해서는, 일단 이렇게 말해두자. 사실은 나도 보안관을 죽여본 적이 있다.

레이디 햄릿과
피의 데미안

내가 언제 어떻게 보안관을 죽였는지 말하기 전에 이 영화의 주인공 소녀가 보안관을 죽이기까지의 여정을 먼저 정리해보기로 한다. 인디아<sup>미아 바시코프스카</sup>의 열여덟 번째 생일에 불확실한 이유로 아빠가 죽는다. 그와 동시에 최소 18년 동안 모습을 드러낸 적이 없는 삼촌 찰리<sup>매슈 구드</sup>가 모녀 앞에 나타난다. 찰리를 대하는 모녀의 태도는 엇갈린다. 엄마 이블린<sup>니콜 키드먼</sup>에게 찰리는 젊은 시절의 남편을 떠올리게 하는 청년이어서 적당히 기분 좋은 성적 긴장감을 느끼게 하는 반갑고 고마운 손님이다. 그러나 인디아에게 삼촌은 마치 기다렸다는 듯이 아빠의 빈자리를 꿰차고 들어와 바야흐로 엄마를 유혹할 예정인 수상한 이방인이다. 적중한 것은 인디아의 예감이었다. 찰리에 대해 무언가를 알고 있는 두 여자(오랫동안 이 집안의 가사를 총괄해온 맥개릭 부인과 오랜만에 인디아를 찾은 진 고모할머니)가 잇달아 실종되기까지 한다. 어쩌면 이것은 주인공의 성별이 바뀐 『햄릿』이 아닐까. 그렇다면 이 딸은 아빠의 억울한 죽음을 해원하고 낯선 사내로부터

**스토커** Stoker
**감독 박찬욱, 미국 외, 2013**

177

엄마를 지켜내야 할 것이다.

그러나 이야기는 의외의 방향으로 흘러간다. 찰리가 자신의 욕망의 진짜 대상이 인디아임을 드러내면서부터다. 인디아에게는 자신의 범죄 사실조차 숨기지 않는 것을 보면 그는 그녀를 미래의 공범자로 생각하는 것처럼 보인다. 중반부에 이르면 찰리의 노력은 효력을 발휘하기 시작하는데, 그 효력은 두 가지 층위에서, 즉 성욕과 공격성의 층위에서 작동한다. 찰리의 은밀한 유도 덕분에 인디아가 그간 억압해온 자신의 성욕과 공격성을 자각하고 또 발산하기 시작한다는 뜻이다. 지분대는 남학생을 연필로 찌를 때(공격성), 또 상호 애무에 가까운 피아노 합주의 환각을 경험할 때(성욕), 인디아의 곁에는 늘 찰리가 있었다. (찰리가 처음 등장할 무렵 인디아의 다리에 올라탄 거미는 이 대목쯤에 이르러 인디아의 성기 근처까지 온다. 찰리의 입장에서 보자면, 일이 순조롭게 진행되고 있다는 뜻이다.) 그리고 앞의 두 장면을 합친 것처럼 보이는 숲 속에서의 살인 장면은 성욕과 공격성의 현란한 종합이다. 찰리와 인디아가 협력하여 윕을 죽일 때 그들의 '살인'은 '섹스'처럼 보인다. 이후 나오는 인디아의 자위 장면은, (관객에게는) 그 직전의 살인의 의미를 확정할 수 있게 하고 (인디아에게는) 섹스의 여운을 즐길 수 있게 하는 의례다.

그녀는 이제 어른-여자가 되었다. 이어지는 장면에서 인디아가 실크 드레스를 입고 엄마에게 다가가는 모습에서 알 수 있는 것은 이제 그녀가 엄마를 딸로서가 아니라 같은 여자로서 바라보기 시작했다는 사실이다. 또 그 자리에서 그녀가 아빠와의 사냥을 회상하며 그 사냥의 의미('나쁜 짓을 해봐야 더 나쁜 짓을 안 할 수 있다')를 뒤늦게 깨달을 때 그녀는 아빠가 미리 보내놓은 편지를 이제 어른이 되어서 받고 있는 것이다. 역설적이지만 이렇게 부모를 이해하는 순간이 바로 그들로부터 독립하는 순간이다. 인디아에게는 이 '독립의 밤'이 결정적이었다. 그래서 이후 아빠의 죽음의 진실을 알고 나서도 결정적인 변화를 보이지 않고 오히려 찰리와 함께 떠날 생각을 하는 것은 그녀가 더 결정적인 변화를 이미 경험했기 때문이다. 그녀가 결국 찰리를 저격하기는 하지만, 이것은 아빠나 엄마를 위한 분노와 헌신이 아니라, 궁극적으로는 자기 자신을 위해 한 일에 가깝다. 찰리 덕분에 아빠와 엄마를 떠날 수 있게 되었으니 이제는 찰리에게서도 떠나겠다는 것이 이 저격의 본질이다.

결과론적인 시각에서 보자면 찰리는 자신을 위해서가 아니라 인디아를 위해서 정신병원에서 나와야 했던 것이다. 성년이 된 인디아에게서 성욕과 공격성을 이끌어내는 존재, 그를 통해 소녀 인디아가 성인 인디아를 만날 수 있게 도와주는 매개자, 그 역할을 끝내고는 처단되어 사라지는 캐릭터. 찰리는 마치 인디아의 내적 요구 때문에 그녀 내부로부터 밖으로 떨어져 나온 존재처럼 보일 지경이다. 둘 사이의 결정적인 공통점(시청각 감각의 과도한 발달과 신체 접촉에 대한 혐오), 그리고 둘은 모르는 둘의 공통점(인디아와 어린 시절의 찰리가 함께 행한 날갯짓), 그리고 한 가지 의문점(찰리는 인디아가 태어나기도 전에 정신병원에 수감됐는데 인디아와 자신 사이에 공통점이 있다는 것을 어떻게 알고 그녀에 대한 애착을 18년 동안 키워왔던 것일까) 등이 그렇게 생각하게 만든다. (이 영화는 모든 것이 스토커Stoker 가문에 흐르는 불길한 피 때문인 것처럼 말하지만, 정작 이 영화 자신도 그 말을 믿는 것 같지는 않다.) 이렇게 레이디 햄릿은 피의 데미안을 만난 덕분에 자신이 해야 할 일을 하고 또 되어야 할 것이 된다.

인디아는 자신이 어떤 어른이 될지 예상하지 못했겠지만, 그 어른은, 찰리가 유도하기는 했으나 인디아 안에 이미 있었던 존재였을 것이다. 나는 랭보가 그녀와 비슷한 나이(1871년, 17세)에 쓴 편지를 떠올린다. 그 편지에서 랭보는 "모든 감각의 착란"을 통해 "기괴한 영혼"

을 만들어 "미지"에 도달해야 한다고 주장하고 또 다짐한다. "왜냐하면 나는 타자이기 때문입니다. 놋쇠가 깨어났더니 호른이 되어 있다면, 그것은 비난받을 수 있는 일이 아닙니다." 나는 내가 아니다, 내 안에는 다른 사람이 있다, 감각의 착란을 통해 그를 불러낼 수 있다, 시는 바로 그가 쓰는 것이다, 라고 랭보는 적었다. (랭보는 1인칭 주어에 3인칭 동사를 써서 '나는 타자다(Je est un autre)'라고 적었다. 영어로는 'I is another'(Martin Sorrell판 랭보 선집) 혹은 'I is someone else'(Wyatt Mason판 랭보 전집)로 옮겨진다.) 나는 이 영화가 보여주는 '감각의 착란'이 인디아가 자신이 '타자'임을 인식하는 과정과 잘 어울린다고 느꼈다. 인디아가 랭보의 편지를 읽었다면 이렇게 말할 수 있었을 것이다. "소녀가 깨어났더니 살인자가 되어 있다면, 그것은 비난받을 수 있는 일이 아닙니다."

리비도의 시詩와
은유로서의 살인

요컨대 이 영화는 스릴러whodunit story의 외양을 갖고 있지만 본질적으로는 성장담coming-of-age story에 가깝다. 오프닝 내레이션과 클로징 주제가 영화의 양 끝에서 그렇다고 강력히 주장하고 있고, 박찬욱 감독 자신도 인터뷰에서 그렇다는 것을 충분히 설명했다. 그런데 여기서 한 걸음 더 나아가도 될 것 같다는 생각이 든다. 말하자면 이 영화 전체가 성장통을 겪는 중인 한 소녀의 '비전vision'을 구현한 것이라고 할 수 없을까. (나는 지금 '비전'이라는 단어를, 1800년대 전반기 영국 낭만주의 시인들이 사용했던 의미와 유사하게, 환각과 계시가 뒤엉킨 광경을 뜻하는 말로 쓴다.) 이 영화는 10대 후반의 소녀가 자신을 구속하고 있는 가족이라는 좁은 세계를 재료로 지어낸 이야기일 수 있다는 말이다. 모든 것이 다 망상이라는 얘기는 아니다. 다만, 실제로 일어난 일은 생각보다 시시한 것이었을지도 모른다는 뜻이다. 그러나 당사자에게 그 시시한 사건이 갖는 의미와 강도만큼은 지금 이 영화가 보여준 것에 버금가는 것이었으리라. 유년기의 아동이 가족을 대상으로 지어내는 이야기를 '가족로망스'(프로이트)라고 부른다. 그렇다면 이 영화는 10대 소녀가 쓴 '가족스릴러'라고 해도 좋을 것이다.

여기서 중요한 것은 10대 소녀가 성인들의 세계로 건너가면서 겪게 되는 그 '감각적' 충격을 어떻게 영화적으로 복원할 것인가 하는 물음이다. 그런 의미에서 이 영화의 현란한 시청각적 연출은 그저 기량의 과시라기보다는 인디아의 내면 풍경을 구현하기 위한 불가피한 전략일 수 있다. 그 과정에서 이 영화는 (문학의 기준을 적용하자면) 서사적이라기보다는 시적이라고 해야 할 표현에 몰두한다. 가장 기본적인 수준에서 시는 일단 아날로지analogy(유사성 놀이)의 기술이다. 이 영화의 교차편집은 정보 전달의 효율성이 아니라 순수한 아날로지의 쾌락을 위해 봉사하는 것처럼 보일 때가 있다. 인디아가 낮에 학교에서 한 녀석의 손가락을 연필로 찌르고 돌아와서 피 묻은 연필을 깎는다. 이때 필통의 뚜껑, 맥개릭 부인의 시체가 묻혀 있는 지하 냉장고의 문, 그리고 곧이어 찰리와 함께 연주하게 될 피아노의 덮개가 교차된다. 단지 뚜껑이라는 '형태의 유사성' 때문이라고 해도 좋겠지만 여기에는 어떤 '의미의 유사성'(찰리의 비밀과 인디아의 비밀이 '덮음'이라는 행위의 형태로 서로 교감하기 시작했다는 것)에 대한 주목이 있다.

더 복잡한 경우도 있다. 인디아는 찰리와 함께 윕을 살해하고 시체를 땅에 묻은 뒤 샤워를 하며 자위를 한다. 그런데 이 대목은 이상하게 편집돼 있다. 찰리가 윕을 제압하고 인디아가 윕을 걷어찬다. 거기서 이야기는 중단되고, 어쩐 일인지 진흙투성이가 된 인디아가 샤워를 시작한다. 그리고 그녀가 자위를 시작한 이후에야 윕이 살해되는 장면이 관객들에게 뒤늦게 전달된다. 이 교차편집은 '무슨 일이 일어났는가?'를 흥미롭게 보여주기 위한 것이 아니라 '그 일의 의미가 무엇인가?'를 설명하기 위한 것이다. 더 정확히 말하면, 방금 일어난 일의 의미를 인디아가 인식하는 방식 그대로 보여주기 위한, 그 뒤엉킨 시간의 논리를 따르는 편집이다. 성장의 한가운데 있는 소녀가 자신에게 벌어지고 있는 일의 의미를 실시간으로 파악하는 것은 쉽지 않다. 파악한다 해도 이성적 이해라기보다는 감각적 이해에 가까울 것이다. 인디아는 살인의 순간에는 그 일의 의미를 '이성적으로' 이해하지 못했을 것이다. 그러나 그녀를 사로잡은 흥분을 자위로 이어가고 나서야 자신이 어쩌면 방금 첫 경험과 유사한 일을 겪었을지도 모른다는 사실을 '감각적으로' 이해하게 되었을 것이다.

이런 식으로 이 영화는 관객으로 하여금 지금 보고 있는 것을 인디아의 관점을 통해 보도록 유도하기 위해 인디아를 사로잡고 있는 감각적 사실들을 영화적으로 재현한다. 이쯤에서 이 글의 도입부에서 제기한 두 개의 비판 중 첫 번째 것에 답하자. 이 영화의 서사 구조는 확실히 단순하다고 할 수 있을지 모른다. 그러나 그 판단은 이 영화를 '범죄-서사'로서 간주할 때나 유효할 뿐 '성장-시'로서는 그렇지 않다고 해야 하지 않을까. 90분이 조금 넘는 시간 동안 우리는 인디아가 쓰는 황홀한 '리비도의 시'를 읽었다. 이 영화의 목표는 애초에 거기에 있었던 것이 아닌가. 그러나 두 번째 비판이 남았다. '리비도의 시를 쓰기 위해서는 보안관 따위는 죽여도 그만인가?' 서사는 자신이 일시적으로 설정한 명제를 단계적으로 배반하면서 전진하지만, 시는 단 하나의 은유를 변주하는 방식으로도 만들어질 수 있다. 바로 이 영화가 그렇다. 이 영화의 기초가 되는 은유를 이해할 수 있게 된다면, 이 영화의 비도덕성에 논리가 결여돼 있다는 주장에도 이렇게 답할 수 있을 것이다. '그렇다, 논리가 없다. 왜냐하면 은유는 논리가 아니기

때문이다.'

　그 은유를 이렇게 정리하려고 한다. '성장은 살인이다.' 우리는 성인이 되기까지 수많은 사람을 만난다. 그들이 갖고 있는 것을 먹어치우고, 그것으로 내 안의 타자를 일깨운 다음, 삶의 다음 단계로 나아가기 위해 그들을 (실제적으로건 심리적으로건) 떠난다. 그렇게 우리는 인생의 몇몇 고비들을 특정한 어떤 사람을 상징적으로 살해하면서 통과한다. (자신의 성장 과정을 일말의 죄책감도 없이 회상할 수 있는 사람은 진정 행복한 사람이다.) 이게 끝이 아니다. 도대체 그런 일이 있었다는 기억조차 죽여버리기도 한다. 지금 나의 내면에도 누군가의 벨트, 누군가의 블라우스, 누군가의 구두가 있을 것이다. 그러나 그것이 누구의 것인지 잊었다. 잊지 않으면 그 미성숙의 시공간을 떠나올 수 없는 때가 있기 때문이다. 왜 인디아는 고향을 떠날 때 과속 운전으로 보안관을 유인해서 굳이 죽여야 했나. 기억을 봉인하고 다시는 돌아오지 않기 위해서일 것이다. 이런 의미에서 우리는 모두 살인자이고 자발적 기억상실증자다. "꽃이 제 색깔을 선택할 수 없듯이, 우리는 지금의 자신에 대해 책임질 필요가 없어." 인디아의 이 말은 언뜻 무책임하게 느껴지지만, 이것이 책임질 필요가 없다는 충고가 아니라 실제로 우리가 책임지지 않고 있다는 사실을 꼬집는 문장이라면 틀렸다고 말할 수가 없다.

　나는 불필요한 설명을 늘어놓은 것인지도 모른다. 이 영화의 오프닝 내레이션이 이미 '성장은 살인이다'로 정리될 이 영화의 근본 은유를 가장 정확하고 아름답게 풀이해놓고 있기 때문이다. "내 귀는 사람들이 듣지 못하는 것을 듣지. 사람들은 못 보는 작고 멀리 있는 것들이 내게는 보여. 이런 감각들은 일생 동안의 열망이 낳은 것이지. 구출되고 싶은 열망, 완전해지고 싶은 열망. 스커트가 펄럭이기 위해서 바람이 필요한 것처럼, 나는 오로지 나 자신인 것만으로 이루어져 있지 않아. 나는 아빠의 벨트를 맸고 엄마의 블라우스를 입었으며 삼촌이 준 구두를 신었지. 이게 나야. 꽃이 제 색깔을 선택할 수 없듯이, 우리는 지금의 자신에 대해 책임질 필요가 없어. 이것을 깨달을 때만 자유로워질 수 있고, 어른이 된다는 건 바로 자유로워진다는 거지." 이 문장은 내가 '살인'이라고 요약한 성장 과정 전체를 '자각, 흡수, 탈출'이라는 세 단계로 나누어 설명한다. 이 설명은 완전하다. 그러나 이 눈부시게 당당한 내레이션에서 내가 이상한 슬픔을 느끼고 마는 것은 내 살인의 시간이 아직 끝나지 않았기 때문일 것이다.

# 이상한 에덴의
# 엘리스

어째서 〈머드〉는
〈테이크 셸터〉의 속편인가?

　　최근 1, 2년 동안 본 영화의 감독들 중에서 차기작을 빨리 보고 싶다는 생각을 하게 만든 이를 셋 꼽으라면 〈케빈에 대하여〉의 린 램지, 〈셰임〉의 스티브 매퀸, 〈테이크 셸터〉의 제프 니컬스라고 대답하고 싶다. 이 중 제프 니컬스가 가장 먼저 신작을 발표했고 그의 〈머드〉를 최근에 볼 수 있었다. 언뜻 〈머드〉는 전작과는 꽤 다른 영화처럼 보인다. 전작이 30대 남성의 불안 망상을 다룬 일종의 심리 스릴러라면, 이번 영화는 소년의 모험을 그린 고전적 성장담처럼 보이기 때문이다. 이렇게만 보면 〈머드〉는 곱씹어볼 대목이 많지 않은 영화가 될 것이다. 그러나 하나의 텍스트에는 표층 주제와 심층 주제가 있을 수 있는데, 〈머드〉의 심층 주제라고 할 만한 것은 〈테이크 셸터〉의 그것과 거의 일치하며, 그런 의미에서 전자는 후자의 은밀한 속편이라고 말할 수도 있다. 〈머드〉가 머리가 멍해지는 걸작은 아니라고 생각하면서도 이 글을 쓰기로 마음먹은 것은 두 영화를 다 본 분들과 이 점에 대해 대화를 나눠보고 싶어서다.

# 위대한 유산, 2012
## —성장의 서사로서의 〈머드〉

일단은 성장담으로서의 〈머드〉에 대해 먼저 말해보자. 제프 니컬스 감독은 〈머드〉의 이야기에 영감을 준 작가로 『톰 소여의 모험』(1876)과 『허클베리 핀의 모험』(1884)의 저자 마크 트웨인을 언급한 적이 있는 것 같지만, 〈머드〉의 기본 설정은 사실상 찰스 디킨스의 『위대한 유산』(1861)의 그것을 요령 있게 재활용한 것이라고 말할 수 있다. 『위대한 유산』의 도입부(1~6장)의 내용을 정리해보면 이렇다. 부모님을 모두 여의고 나이 차이가 많이 나는 누나의 집에 얹혀사는 '핍'은 누나의 거센 구박을 천진하게 참아내며 살아가는 소년이다. 핍은 어느 날 교회 묘지를 배회하다가 선상船上 감옥에서 막 탈출해 육지에 상륙한 죄수('매그위치')를 만난다. 그는 어린아이에게 먹힐 만한 전형적인 어법으로 핍을 위협해 줄칼과 음식을 몰래 갖다 주길 요구하는데, 핍은 공포에 질리기도 했거니와 그가 아무리 죄인이라 해도 생존을 위한 최소한의 배려는 받아 마땅하다는 생각도 없지 않아서 그를 돕는다. 결국 탈옥수는 발각되어 다시 끌려가지만 이 사건은 장차 핍의 인생에서 결정적인 에피소드가 된다.

이상의 설정에는 청소년 성장담의 기본 문법이 내장돼 있다. 첫째, 가족의 불화. 어린아이에게는 세계의 전부나 마찬가지일 가족 내부에 불화가 존재한다는 것은 아이가 외부 세계(공간적으로는 낯선 지역, 시간적으로는 성인의 삶)의 다양한 가능성에 눈길을 돌릴 만한 동력으로 작동한다. 둘째, 강이라는 배경. 육지 교통이 오늘날처럼 발달하지 않은 시대에 강은 지역 공동체 내부에는 존재하지 않는 유형의 타자가 유입될 수 있는 좋은 통로가 되었을 것이다. 셋째, 타자의 출현. 외부 세계의 낯선 가능성을 표상하는 존재(이를테면 다른 곳에서 온

도망자들)와의 갑작스런 만남이 소년을 모험의 세계로 끌어들인다. 넷째, 모험. 타자의 유혹 혹은 강요로 소년은 가족이나 이웃과의 협의 없이 독자적인 판단과 행동을 감행한다. 이와 같은 모험이 아이를 실제로 낯선 시공간에 내던질 수도 있지만, 공동체의 규범을 위반하면서 아이가 지금까지의 그것과는 비교할 수 없는 강렬한 죄의식을 느끼게 되면 그것 자체가 이미 아이에게는 새로운 세계가 열리는 일(이를테면 '내면의 발견'이라 부를 만한 사건)이기도 할 것이다.

〈머드〉는 위에서 정리한 『위대한 유산』의 도입부 설정들을 취해 이를 장편 시나리오의 골격으로 확대하면서 거기에 고유한 디테일을 부여한 작품이라고 할 만하다. 열네 살 소년 엘리스Ellis, 타이 셰리든가 살고 있는 동네는 강 인근에 형성돼 있는 수상水上 가옥촌이다. 엘리스의 부모는 사이가 좋지 않은데 특히 최근 들어 분위기가 심상치 않아 소년의 마음은 어지럽다. 엘리스에게는 의리 있는 단짝 친구 넥본제이컵 로플랜드이 있고 그 소년은 강 깊은 곳에서 해산물을 캐는 삼촌과 단둘이 살고 있다. 어느 날 두 소년이 배를 타고 가야 도착할 수 있는 무인도에 용감히 상륙한 것은, 태풍에 휩쓸려 날아와 나무 꼭대기에 꽂혀버린, 임자 없는 보트를 접수하기 위해서였다. 그러나 그 섬은 무인도가 아니었고 소년들은 거기서 한 사내를 만난다. 거지꼴을 하고 있는 데다가 거동이 수상한 그 사내를 넥본은 꺼림칙해하지만 엘리스는 다르다. 자신을 머드Mud, 매슈 매코너헤이라 불러달라고 말하는 그 사내가 자신이 이곳에 숨어 있는 이유는 사랑하는 여자 주니퍼리스 위더스푼를 지키기 위해 그녀를 괴롭힌 악당을 살해했기 때문이라고 밝히자 엘리

머드 Mud
감독 제프 니컬스, 미국, 2012

스는 그에게 매혹되기 시작한다.

『위대한 유산』의 탈옥수가 그러했듯이 〈머드〉의 도망자도 소년들에게 은밀한 도움을 요청한다. (물론 전자는 일방적인 관계였고 후자는 상호 신뢰의 관계라는 점이 엄연히 다르지만, 이 차이는, 타자와의 조우가 소년(들)을 어딘가로 데려간다는 공통점에 비하면 덜 중요하다.) 머드가 요청한 것은 두 가지다. 자신과 주니퍼 사이에서 메신저 역할을 해줄 것, 그리고 주니퍼와 함께 떠나기 위해서는 무인도에 버려진 보트를 수리해야 하는데 여기에 필요한 부품들을 조달해줄 것. 이 일은 『위대한 유산』의 경우보다 훨씬 더 위험한데, 머드가 살해한 악당의 아비와 그가 고용한 전문 킬러들이 머드를 잡기 위해 근처에 진을 치고 있는 터라 자칫 두 소년의 목숨까지 위태로워질 수 있기 때문이다. 그러나 이 악조건은 엘리스의 기를 꺾는 것이 아니라 오히려 북돋운다. 그는 머드의 영웅적인 사랑이 행복한 결말을 성취해야만 엘리스 자신의 문제들이 해결되기라도 할 듯이 그 일에 몰두한다. 그리고 엘리스의 그와 같은 헌신은 (『위대한 유산』의 경우와는 달리) 불과 며칠 만에 그에게 '성숙'이라는 '위대한 유산'을 선사할 것이었다.

해독된 사랑의 미소
―불안의 서사로서의 〈머드〉

엘리스는 왜 그토록 머드에게 집착하는가. 이 소년을 이해하기 위해서는 이 감독의 전작 〈테이크 셸터〉의 주인공 커티스를 떠올릴 필요가 있다. 〈테이크 셸터〉에 대해 쓰면서 나는 종말에 대한 망상에 시달리며 방공호를 만드는 사내의 이야기인 이 영화를 '금융 대란 이후 미국 중산층의 불안'을 그린 영화라고 말하기 전에 먼저 짚어야 할 것이 있다고 했었다. 이 영화가 무엇보다도 유년기에 겪었던 가족 해체의 비극이 성인이 되어 자신이 꾸린 가정에서 반복될까 봐 불안해하는 어느 가장의 이야기라는 것 말이다. 커티스가 유년 시절에 겪은 그 일을 지금 엘리스가 겪으려는 참이다. 엘리스의 엄마는 지긋지긋한 삶을 바꾸고 싶어 하며 그러기 위해서 엘리스의 아빠에게 이혼을 요구한 상태다. 그들이 이혼하면 엄마의 명의로 돼 있는 수상 가옥은 강 관리국에 의해 철거된다. 〈테이크 셸터〉에서 토네이도가 집을 날려버릴 수도 있었던 것처럼 〈머드〉에서는 엘리스의 집이 강물 속으로 가라앉을 수 있는 상황이다. 요컨대 제프 니컬스 감독은 이 두 영화에서 '가족 해체에 대한 불안'이라는 심층 주제를 반복한다.

자, 문제는 '집'을 지키는 것이다. 〈테이크 셸터〉가 'house'를 지켜야 'home'을 지킬 수 있는 상황이었다면, 〈머드〉의 경우는 'home'을 지켜야 'house'를 지킬 수 있는 상황이다. 그런데 home을 지키기 위해서는 엄마와 아빠의 사랑을 지켜야 한다. 결국 문제는 사랑이다. 엘리스는 아빠를 떠나려 하는 엄마가 원망스럽고 엄마를 곁에 두는 데 무능력한 아빠가 답답하다. 그들은 사랑의 실패자들이다. 그러니 엘리스에게 머드가 단숨에 위대한 사랑의 영웅으로 옹립된 것은 자연스럽다. 넥본이 "우리는 그가 누구인지도 몰라"라고 힐난하듯 말하자 엘리스는 간명하게 답한다. "그는 주니퍼를 사랑해." 엘리스에게 머드는 여자를 (더 나아가 가정을) 지킬 수 있는 남자다. 이것은 엘리스가 제 아빠에게서 기대하는 모습이고 엘리스 스스로 되고 싶어 하는 남자의 모습이기도 하다. 이제 엘리스는 '머드와 주니퍼의 서사'를 가장 바람직한 사랑의 서사로 격상시켜서 그것을 기준으로 '아빠와 엄마의 서사'와 '자신과 여자 친구(펄)의 서사'를 평가한다. 머드-주니퍼의 사랑은 신화적이고 원형적인 속성을 갖는 일종의 판타지가 되었다.

일이 이렇게까지 될 수 있었던 것은 또 다른 요인이 보조를 맞추었기 때문이기도 한데, 그것은 바로 머드라는 사내가 갖고 있는 대책 없는 '소년성'이다. 이 영화는 머드의 소년성을 그가 신봉하고 또 떠벌리기 좋아하는 갖가지 미신들(문신, 셔츠, 구두 밑창 십자가, 액땜용 캠프파이어 등등)을 통해 보여준다. 그리고 머드가 어렸을 적 뱀에 물린 자신을 구해준 주니퍼에게 성인이 될 때까지 사랑을 바치고 있다는 것은, 엘리스에게는 숭고한 순애보로 보일 일이겠으나, 유년 시절 이래로 머드가 정신적으로는 거의 자라지 않았다는 사실을 뜻하는 것이기도 하다. 그런데 엘리스를 사로잡은 머드의 이 소년성은 아이러니하게도 엘리스가 머드에게 결국 환멸을 느끼는 요인이 된다. 머드의 소년성을 견디지 못한 주니퍼가 사랑의 서사에서 이탈하고 머드 역시 이를 무기력하게 수락해버리자 엘리스는 극도의 배신감을 느끼며 자포자기 상태에 빠지고 급기야 뱀에 물려 생명이 위태로워진다. 그런데 뜻밖에도 이를 통해 이 영화의 세 남자가 처음이자 마지막으로 같은 곳(엘리스의 집)에 모이면서 동시다발적인 해결에 이른다.

어째서 '해결'이라고 말할 수 있는가. 이 영화의 세 남자(머드, 엘리스의 아빠, 그리고 엘리스)는 결국 모두 사랑에 관한 한 미숙한 소년이라고 할 만한 여지가 있는데 이들이 모두 일정한 자기 결론에 도달하였기 때문이다. 머드는 주니퍼를 향한 맹목적인 애착에서 벗어나 드넓은 삶의 '바다'로 나아갔고, 아빠는 엄마의 욕망을 이해하고 받아들이면서 그녀를 시내로 떠나보낼 수 있게 됐다. 엘리스는? 온몸에 독이 퍼져 있다가 깨어난 그에게 머드가 말한다. "넌 멋진 남자야, 엘리스." 머드는 영화의 초반부에서와는 달리 엘리스를 '꼬마(boy)'가 아니라 '남자(man)'라고 부른다. 그러니까 엘리스의 해독解毒은 그의 통과의례였던 셈이다. 그에게 침투했다가 빠져나간 독은 무엇인가. 소년은 이제 사랑에 대한 판타지(독)에서 벗어난 것일 터다. 어떤 감정의 순수한 원형 혹은 완벽한 전형이 존재한다는 생각이야말로 판타지의 핵심이다. 판타지는 현실을 혐오하게 만든다. 사랑의 판타지로부터 자유로워져야만 사랑을 사랑할 수 있을 것이다. 마지막 장면을 장식하는 엘리스의 한결 가벼워진 미소를 '해독된 사랑의 미소'라고 부르면 어떨까.

에덴에서 보낸 며칠
—〈머드〉의 상징체계

이 영화의 서사가 다양한 해석의 여지를 품고 있는 입체적인 것이라고 말하기는 어려울 것이다. 그 아쉬움을 메우는 것이 이 영화의 다양한 상징체계들이라고 말할 수 있다. 이에 대해서는 "소년의 성장통을 외면화하기 위해 동원되는 서사와 이미지들이 늘 너무 거창하거나 거창하려 해서 앙상해지고 만 영화가 됐다"(이후경, '위태롭게 흔들리는 세 개의 사랑 〈머드〉', 〈씨네21〉, 931호)는 부정적인 견해가 나오기도 했는데, 이런 반응이 나올 만한 여지는 분명히 있다. '거창하되 앙상하다'는 것은 심오한 상징을 깊이 파고들지 못했다는 뜻이리라. 그러나 이 영화의 주인공이 소년이라는 점을 고려해볼 필요도 있을 것이다. 아이의 상상이 심각해질수록 어른에게는 귀여워지는 경우가 있는 것이다. 영화의 상징들이 '거창하다'라고 말할 수도 있지만 엘리스 자체가 사물들을 필요 이상으로 '거창하게' 보고 있다고 말할 수도 있다는 뜻이다. 그래서 이 영화의 상징들을 지나치게 심각한 방식으로 해석하면 역효과가 발생할 테지만 적당한 선을 지킨다면 해석의 재미가 없지는 않을 것이라고 생각한다.

가장 중요한 상징은 배(보트)일 것이다. 앞에서도 말했듯이 이 영화를 사로잡고 있는 정서는 집(가정)이 사라질지도 모른다는 불안인데 그런 맥락에서 '배'는 '집'과 가까이 있는 상징이다. 더 구체적으로 말해본다면, 엘리스가 살고 있는 '물 위에 떠 있는, 배 같은 집'과 머드가 살고 있는 '나무 위에 걸려 있는, 집 같은 배' 사이에 거울 관계가 존재한다고 말할 수도 있겠다. 그러니까 이 영화의 서사는 '물 위에 떠 있는, 배 같은 집'이 철거되기 전에(즉, 엄마와 아빠가 이혼하기 전에) '나무 위에 걸려 있는, 집 같은 배'가 바다를 향해 나가야 한다는(즉, 머드가 주니퍼를 구출해야 한다는) 상징적 요청 위에 구축돼 있다.

한편 머드가 살고 있는 섬에 상륙하는 순간 엘리스Ellis는 『이상한 나라의 앨리스』에 나오는 비슷한 이름의 소녀 앨리스Alice 못지않게 이상한 나라에 떨어진 것일지도 모른다. 이 섬은 마치 불완전한 에덴처럼 보인다. 톰의 증언에 따르면 머드는 어렸을 때 그 섬에서 자랐다. 이상하게도 머드의 신상 정보는 더 이상 제시되지 않는다. 그의 친부모는 누구인지, 그가 왜 외딴 섬에서 자랐는지 우리는 알 수 없다. 마치 그가 진흙Mud에서 빚어진 아담이기라도 하다는 듯이 말이다. 그리고 그 섬에 살고 있는 생명체들 중에서 머드를 제외하면 화면에 등장하는 것은 웅덩이에서 무리지어 살고 있는 뱀들뿐이다. 알다시피 창세기에서 뱀은 결과적으로 부부 관계를 위기 상황에 빠뜨린 동물이다. 요컨대 이 섬은 아담과 뱀만 있고 이브는 없는, 그런 의미에서 불완전한 에덴이다.

그렇다면 이 상징체계들은, 진실은 엘리스가 믿고 있는 것과는 다르다는 사실을 누설하고 있는 것이다. 엘리스는 머드와 주니퍼에게서 사랑의 숭고한 원형을 보고 있지만(태초의 에덴), 실제로 이 섬은 아담과 이브의 실패를 반복하고 있는 섬이니까 말이다(타락한 에덴). 그러니까 어린 엘리스의 문제는 에덴 이래로 세상의 모든 사랑의 관계에는 언제나 뱀이라는 제3자가 있다는 사실에 충분히 주의를 기울이지 않았다는 데 있다. 그리고 뱀 따위는 끼어들 틈이 없는 '완벽한' 사랑이 있는 것이 아니라, 뱀을 다스리는 '성숙한' 사랑만이 있을 뿐이라는 사실을 몰랐다는 데 있다. 그런 그가 에덴의 타락상을 뒤늦게 깨닫고 지독한 환멸에 빠지는 순간 뱀에 물리고 마는 것은 상징의 논리로 볼 때 필연적인 것이라고 해야 할 것이다.

머드를 놓고 대결하는 두 노인도 흥미롭다. 머드를 죽이기 위해 죽음의 사자를 풀어놓은 '킹'은 극 중에서 "살아 있는 사탄"이라 불린다. 한편 머드의 허풍을 (아담의 일탈을 못마땅해하는 하느님처럼) 못마땅해하면서도 끝내 머드를 지키기 위해 총을 드는 머드의 유사-아버지 톰이 있다. 이 두 노인의 싸움은 에덴을 놓고 벌이는 야훼와 사탄의 싸움처럼 보이기도 한다. 야훼와 사탄이라니, 너무 심각하지 않은가. 그러나 아이는, 선에도 악이 있고 악에도 선이 있다는 것, 그래서 선과 악이 언제나 명쾌하게 분별되지 않는 것이 어른들의 세계라는 것을 이해하기 힘들 것이다. 싸움은 언제나 순수한 선과 자명한 악의 싸움이며 그 결말은 언제나 선의 승리여야만 한다고 생각할 것이다. 그렇다면 아이에게 세상의 모든 싸움은 언제나 야훼와 사탄의 대리자들이 벌이는 싸움처럼 느껴지지 않겠는가. 다시 말하지만 이 영화에는 마크 트웨인과 찰스 디킨스가 아이들을 초점화자로 설정하고 글을 써나갈 때 생겨나는 어린아이다운 심각함이 있으며, 엘리스의 눈높이로 그 '심각한' 상징들을 해석해보는 것은 이 영화를 보는 재미 중 하나일 것이라는 얘기다.

건져야 할 것과 보내야 할 것
—〈테이크 셸터〉가 〈머드〉에게

마무리하면서 한마디. 제프 니컬스 감독은 이 영화에서 양적으로 비중이 높지는 않지만 꽤 의미심장한 분위기를 풍기는 '넥본의 삼촌' 역할을 〈테이크 셸터〉에서 주인공을 연기했던 마이클 섀넌에게 맡겼는데 이것은 재미있는 선택이다. 앞에서 나는 〈머드〉의 엘리스가 〈테이크 셸터〉의 커티스의 유년 시절일지도 모르겠다고 했는데, 이 발상을 계속 밀고 나간다면, 넥본의 삼촌이 엘리스에게 들려주는 다음 대사는 어쩌면 미래의 가장(커티스)이 과거의 자신(엘리스)에게 건네는 충고로 읽히기도 한다. "강에는 많은 것들이 떠내려 오지. 떠나보내야 할 것과 건져내야 할 것을 구분해야 해." 중반부에 나오는 이 대사는, 영화 도입부에 그와 사랑을 나누다 말고 집을 뛰쳐나가는 여성을 그가 느긋하게 '떠나보내는' 장면을 다시 떠올리게 하고, 또 영화 말미에 총상을 입고 의식을 잃은 머드를 그가 강에서 '건져내는' 장면을 미리 지시하는 것이기도 하지만, 사랑에 대한 일반적인 지혜로도 유용해 보인다. 사랑의 강에서 떠내려 오는 것들 중에서도 건져야 할 것과 흘려보내야 할 것들이 있을 테니까.

# "어떤 이야기가
더 마음에 드십니까?"

〈라이프 오브 파이〉가 들려주는
이야기에 대한 이야기에 대한 이야기

3D 안경을 써도 서사가 앞으로 튀어나오지는 않는다. 2차원 영상이 3차원이 되면서 입체감을 갖게 되는 것과 서사의 차원이 늘어나서 이야기가 깊어지는 것 사이에는 필연적인 관계가 없다. 서사의 차원수는 그것대로 따로 따져봐야 될 사항이며 이 글이 관심을 가져볼 만한 것도 그쪽일 것이다. 예컨대 어떤 영화가 '한 소년이 망망대해에서 표류하다 구조된 이야기'라고 규정될 때 그것은 1차원의 서사다. 그런데 모든 이야기는 그것을 들려주는 사람에 의해 가공될 수밖에 없다는 사실에 근거해 이 이야기를 '한 소년이 자신의 표류 체험을 사후에 재가공한 이야기'로 다시 규정할 경우 이 서사는 2차원이 된다. 뿐인가. 이야기는 그것을 듣는 사람의 해석에 의해서 비로소 완성된다. 그래서 이 서사가 '이야기를 듣는 사람에게 그 이야기를 믿을 것인지 말 것인지를 선택하게 하는 이야기'이기도 한 것으로 규정되면 이것은 3차원의 서사가 된다. 나는 지금 리안 감독의 〈라이프 오브 파이〉에 세 개의 차원dimension이 있다고 말하고 있는 것이다. 특수 안경을 쓰지 않고 보아도 이것은 3D 영화다. '이야기에 대한 이야기에 대한 이야기'이기 때문이다.

# 어떤
## 신비로운 이야기

흔히 이야기의 기본 요소를 인물, 사건, 배경이라고들 한다. 여기서 인물로 번역된 말의 원어는 person이나 figure가 아니라 character다. 성격이 없으면 인물이 아니라는 뜻이다. 고대 그리스의 어떤 현자의 말마따나 '성격은 곧 운명'이어서, 특정한 성격 안에는 이미 특정한 이야기가 잠재돼 있기도 하다. (그러므로 돈키호테와 햄릿이 주인공으로 등장하는 이야기의 제목으로 가장 적절한 것은 바로 그들의 이름이다.) 이 잠재적인 것(the virtual)은 특정한 상황 속에서 현행적인 것(the actual)이 된다. 작가들이 하는 일이란 바로 특정한 성격 안에 잠재돼 있는 이야기를 가장 효율적인 방식으로 현행화할 수 있는 최상의 상황을 창조하는 일일 것이다. 그 상황 속에서 인물은 그의 성격이 요구하는 선택들을 하며 그것이 서사의 행로를 결정한다. (가끔 소설가들이, 어떤 지점에서부터는 인물이 스스로 이야기를 끌고 가는 일이 벌어졌기 때문에 그냥 지켜보기만 하면 되었다, 라고 말할 때 그것은 과장이 아니다.) 요컨대 이야기를 만든다는 것은 특정한 '성격'이 특정한 '상황'에 던져졌을 때 어떤 특정한 '선택'을 하는지를 지켜보는 작업이다.

이 영화 역시 주인공을 태평양에 내던지기 전에 그의 유년 시절을 설명하는 데 꽤 긴 분량을 할애한다. 상황 이전에 성격이 먼저 구축돼야 하기 때문이다. 그의 이름은 '피신 몰리토 파텔'이다. 불행하게도 '피신'은 'pissing'과 발음이 유사해서 그는 집요한 조롱의 대상이 된다. (이름이 '김방뇨'인 어느 소년의 고통을 상상해보라.) 그러나 이 소년은 지지 않는다. '피신Piscine'이라는 이름의 앞 두 글자인 'Pi'가 '파이'로 읽힐 수 있고 이것이 원주율을 뜻하는 'π'의 이름과 같다는 점에 주목하고 이를 자신의 다른 이름으로 삼는다. 그리고 새 이름에 걸맞은 존재가 되기 위해 원주율을 소수점 이하 수백 자리까지 외워서 "전설의 파이"로 등극한다. 왜 하필 파이인가. 아시다시피 파이는 무한수인데 모든 무한한 것은 대체로 신성한 것을 생각하게 한다. 이 소년은 개명을 통해 일약 '오줌에서 신성으로' 도약했다. 이 일화는, 그가 자신의 삶의 방향을 적극적으로 조정하려는 비범한 열정의 소유자이고 모든 종류의 신성에 대한 심원한 호기심을 갖고 있는 인물이라는 사실을 관객들에게 인지시킨다.

이것으로 그의 성격이 완성된 것은 아니다. 당연히 부모의 성향이 이 소년의 성격 형성에 영향을 미친다. 파이가 힌두교(비슈누)와 가톨릭(예수)과 이슬람(알라)의 교리를 어떠한 편견도 없이 차례로 섭렵해 나아갈 때 여기에 제동을 거는 사람은 그의 아버지다. 그는 프랑스 통치하에 있다가 1954년에 인도 정부에 반환된 퐁디셰리 지역에서 비교적 성공한 인도인으로 자리를 잡았고, 어릴 적 소아마비를 앓았을 때 토착신이 아니라 서양 의학에 의해 살아난 경험 이후로 서구적 합리주의의 신봉자가 된 터다. 그래서 종교는 믿을 게 못되며 유일하게 믿어야 할 것은 이성이라고 주장한다. 이런 주장에 균형을 잡아주는 것은 파이의 어머니다. 그녀는 이성의 역할을 인정하면서도 그것이 '마음속의 일'들을 해결해주지는 못한다고 선을 긋는다. 덕분에 파이는 맹목적인 믿음에 빠지지 않을 만큼은 충분히 이성적이면서도, 이성만능주의라는 또 다른 맹목에 빠지지 않을 만큼 충분히 사려 깊은 청년으로 자란다. 그래서 그에게 산다는 것은 곧 삶의 의미를 찾는 일과

**라이프 오브 파이 Life of Pi**
감독 리안, 미국, 2012

다르지 않다. 그는 그 삶의 의미를 사랑에서 찾아보기도 하고, 당대의 젊은 지성들이 탐독했던 도스토옙스키와 카뮈의 책에서 찾기도 한다. 바로 이런 인물을 작가/감독은 최악의 상황에 내던지고 그가 어떤 선택을 하는지 주시한다.

　이후의 서사를 장면 단위로 다시 정리할 필요는 없을 것이다. 이 표류 서사는 세 개의 선을 갖는다. 파이의 대화 상대자가 누구였는가를 생각해보면 될 것이다. 그것은 자기 자신이고, 신이며, 리처드 파커라는 이름의 호랑이다. 이 대화 관계가 만드는 세 개의 선들 중에서 가장 확실하게 도드라지는 (그리고 관객 대다수가 집중하는) 서사의 선은 바로 파이와 파커 사이의 선이다. 파이는 표류일지를 쓰면서 자기 자신과의 대화를 포기하지 않았고, 폭풍을 만나 절규하고 또 환호하는 저 인상적인 장면이 잘 보여주듯 신과의 대화도 지속했지만, 적어도 표면적으로 드러나는 서사의 핵심은 파이와 파커의 대화다. 둘의 관계는 '적대' 관계에서 '적대적 공존' 관계를 거쳐 마침내는 온전한 '공존' 관계로 진전된다. 이를 파이의 입장에서 두 단계로 줄여 말해보자면, 처음에 파이는 파커에게 잡아먹히지 않기 위해 살아야 했고, 나중에는 파커가 죽지 않도록 지켜주기 위해 살아야 했다. 어떤 식으로 말하건 그는 파커 때문에 살아남은 셈이다.

　여기까지였다면 이 영화는 모험담의 계보에 포함되었겠지만, 우리 모두가 알고 있다시피, 이 영화는 두 시간 가까이 공들여 들려준 이야기를 마지막 10분 동안 뒤집어버린다. '여러분이 지금껏 사실 그대로라고 생각하며 들은(본) 것은 사실이 아닐 수 있습니다. 아니, 거의 확실히 사실이 아닙니다.' 배에 타고 있었던 것은 동물이 아니라 사람이었고 거기서 끔찍한 살육이 벌어졌으며 파이도 거기에 연루되었다는 것. 이 비극을 견뎌내고 생존 투쟁에 나설 힘을 얻어야 했기 때문에 파이는 그가 어렸을 때 서로 영혼을 교류했다고 믿고 있는 저 호랑이 파커를 자신의 분신으로 창조해서 한 배에 태웠다는 것. 영화의 끝에서 우리는 뒤늦게 몇몇 장면들을 복기하지 않을 수 없게 된다. 그러고 보니 파커의 본명은 '목마름(thirsty)'이었다. 어린 파이가 성당에서 성수를 훔쳐 마실 때 신부님은 "너는 목이 마르구나(You must be thirsty)"라고 말하는데 이는 문법적으로 "네가 '목마름'이구나"로 번역될 수 있다. 이렇게 둘은 같은 이름으로 불린 적이 있다. 태평양 위에서 파이와 파커가 밤의 심해를 들여다보는 장면이 둘의 동일성을 노골적으로 암시하기도 했다.

이렇다는 것을 뒤늦게 알고 나면, 멕시코 해안에 도착한 이후 파커가 홀연히 떠나는 장면에서 파이가 그토록 서럽게 울었던 까닭도 다시 생각하게 된다. 파이 자신은 277일 동안 동고동락해온 존재가 작별 인사도 없이 떠나버렸기 때문에 울었다고 말하고 있지만 그것만은 아닐 것이다. 이미 말한 대로 파커는 파이가 끔찍한 고통을 견디기 위해 택한 자구책으로서의 망상이니까, 파커가 떠난다는 것은 방패막이로서의 망상이 사라지고 파이가 다시 실재(the real)의 땅에 내던져진다는 것을 의미할 것이다. 그 땅에서 그는 영웅적으로 혹은 기적적으로 살아남은 조난자가 아니다. 불의의 사고로 가족을 모두 잃은 외톨이이고, 사랑하는 어머니가 도륙당하는 사태를 막지 못한 무력한 아들이며, 불가피한 응징이긴 했으나 여하튼 한 남자를 난도질한 살인자다. 파커 덕분에 묻어둘 수 있었던 진실이 귀환할 것이었으므로 파이는 울지 않을 수 없었을 것이다. 이게 다가 아니다. 놀라운 것은 이 반전이 원래 이야기의 가치를 추락시키지 않고 오히려 고양시킨다는 점이다. 그러면서 두 개의 논제를 추가로 발생시킨다. 이를 각각 '믿음'과 '해석'의 문제라고 부르자.

다른
참혹한 이야기

먼저 믿음의 문제. 태평양 위에서 파이의 주된 대화 상대는 파커였지만 앞서 지적한 대로 그는 신과의 대화도 지속했다. 애초 영화의 도입부에서부터 이미 파이가 들려줄 이야기는 듣는 사람으로 하여금 '신을 믿게 만드는 이야기'라고 의미 부여가 됐던 터다. 그래서 이 영화는 '신의 존재와 부재' 혹은 '신에 대한 믿음과 불신'을 주제로 한 저 오래된 논쟁에 개입하는 우화로도 읽힌다. 영화 초반부에 소개되는 파이의 성격이 중요한 것도 바로 이 주제와 관련해서다. 말하자면 그는 '합리주의적 신앙'이라는 것이 어떻게 가능한지를 실험하는 데 적합한 대상일 것이다. 결정적인 것은 식인섬에서의 체험이다. 삶을 거의 포기했을 때 그는 정체불명의 해초가 자라고 수많은 미어캣이 살고 있는 기이한 섬에 도착한다. 낮에는 생명체를 품고 밤에는 그것을 삼키는 이 이중적인 공간에서 파이는 신의 메시지를 듣는다. 파이 자신의 분석에 따르면 그는 섬에 도착하지 못했을 경우 굶주림과 목마름 때문에 죽었을 것이고, 그 섬에 계속 머물렀다면 나른한 죽음의 유혹에 투항해서 섬에 잡아먹혔을 것이다. 휴식과 경고를 함께 제공한 그 섬 때문에 죽지 않고 살아남을 수 있었다는 것이 파이의 결론이다. 아닌 게 아니라 그 섬의 전모가 화면에 잡힐 때 그것은 마치 누워 있는 신의 모습처럼 보인다.

물론 이 에피소드 역시 사실이 아닐 가능성이 높다. 중요한 것은 그것이 사실이냐 아니냐의 문제가 아니라 그와 같은 파이의 믿음이 그에게 어떤 영향을 미쳤는가 하는 물음이다. 그 믿음이 그를 살게 했고 유일하게 중요한 것은 바로 그것이다. 그리고 여기서 어떤 논리적 역전이 발생하면서 다음과 같은 명제가 도출된다. 믿었기 때문에 살 수 있었다면, 살기 위해서는 믿어야 한다는 것. 이성으로는 도저히 납득할 수 없는 고통이 닥쳤을 때, 이성으로는 도저히 가망이 없는 상황에 처했을 때, 그럼에도 불구하고 우리를 계속 나아가게 하는 것은 이성이 아닐 수 있다. 그렇다면 그런 상황에서 어떤 초월적인 것을 믿기로 결정하는 것은 지극히 합리적인 판단이라고 해야 한다. 이 판단은, 이성을 믿으라는 아버지의 말, 마음속의 일들은 이성이 해결해주지 못한다는 어머니의 말 중 어느 것에도 위배되지 않는다. 맹목적인 근본주의자들을 화나게 할 만한 소리지만, 어쩌면 이것을 실용주의적 신앙이라고 해도 될지 모르겠다. 필요하니까 믿는다는 것. 여기서 신의 존재 여부를 둘러싼 유구한 논쟁은 별로 의미가 없다. 존재하기 때문에 믿는 것이 아니라 믿기 때문에 존재하는 것이니까 말이다.

마르크스주의자인 테리 이글턴은, 전투적인 유물론자에 대한 우리의 상식적인 기대와는 어긋나게도, 2000년대 중반 이후 새삼스럽게 등장한 호전적인 무신론자들(리처드 도킨스나 크리스토퍼 히친스 등등)에 동의하지 않는다. 신이 존재하지 않는다는 사실을 입증하는 데 열정적인 에너지를 바치는 그 무신론자들이 맹목적인 근본주의를 격파하는 모습을 지켜보는 일은 통쾌하지만, 이성에 대한 그들의 맹목적 신뢰는 그들이 조롱하는 저 근본주의자들 못지않다는 것이 이글턴의 생각이다. 그러면서 그들은 우리의 삶을 더 깊은 수준에서 사유할 수 있는 길을 봉쇄해버린다는 것. "이성은 그 자체보다 더 깊고 끈질기며 덜 허약한 내적 에너지와 자원에 기댈 수 있을 때에만 주도적 힘을 발휘하게 된다. 한데 안타깝게도 자유주의적 합리주의는 이러한 진실을 거의 간과해버린다."(『신을 옹호하다』, 강주헌 옮김, 모멘토, 2010, 146쪽) 이런 이글턴의 논변에 동조하며 말하건대, 비록 신을 믿지 않을 수 없게 한다는 파이의 이야기도 무신론자인 나를 끝내 바꾸지는 못했지만, '타락한 제도로서의 종교'와 '종교적인 것 그 자체'를 구별하지 않으면 안 된다는 것이 이 영화의 메시지 중 하나라면 나는 거기에 기꺼이 동의하지 않을 수가 없다.

그리고 해석의 문제. 믿음이라는 행위에 대한 파이의 이와 같은 태도는 해석이라는 행위에 대해서도 다시 생각하게 만드는 데가 있다. 파이가 들려주는 두 이야기, 즉 신비로운 이야기와 끔찍한 이야기를 모두 듣고 난 후 극 중 소설가는 주저하며 말한다. "이 이야기의 의미가 무엇인지 파악하기 어렵군요." 그러자 파이는 "이미 벌어진 일에서 무슨 의미를 찾습니까?"라고 반문한다. 두 이야기 모두에서 배는 침몰하고 파이는 가족을 잃는다. 의미를 어떻게 따진들 이 사실에는 변함이 없다. 그러니 의미 따위를 따져서 뭐하겠는가. 그러고 나서 파이는 물음의 층위 자체를 바꿔버린다. "당신은 어떤 이야기가 더 마음에 듭니까?(which story do you prefer?)" 소설가는 호랑이가 등장하는 버전이 "더 나은 이야기"라고 답한다. 소설가는 "better story"라고 답했으나 이 영화의 한국어 자막은 이를 "아름다운 이야기"라고 옮겼다. 유감스럽게도 이것은 중대한 오역이다. 파이는 자신이 창조한 이야기가 '더 아름답기 때문에' 그것을 선택한 것이 아니다. 자신의 체험에 대한 그와 같은 허구적 해석이 그로 하여금 남은 생을 살아가는 데 '더 낫기 때문에' 선택한 것이다.

결국 파이는 이렇게 말하는 것처럼 보인다. 우리는 과거의 체험을 어떤 식으로건 서사화하지 않고서는 앞으로 나아갈 수 없다. 저명한 실용주의자 리처드 로티는 『우연성 아이러니 연대성』(1989)에서 자신의 과거를 바로 자신의 언어로 '재서술'하는 행위의 중요성에 대해 열렬히 강조한 적이 있다. 우리는 모두 우리 자신이 주인공인 이야기를 읽고 해석하지 않을 수 없는 상황에 처한 비평가일지도 모른다. 우리는 삶이라는 이야기를 전적으로 자신의 뜻대로 쓸 수 없다. 우리는 그저 운명 혹은 신이 쓴 이야기 속의 힘없는 주인공으로서 태평양 위를 표류하고 있는 것일지도 모른다. 나의 과거, 그러니까 누군가에 의해 이미 쓰인 이 이야기를 어찌할 것인가. 우리가 이야기를 읽는 이유 중 하나는, 어떤 이야기도 그 의미가 확정돼 있지는 않기 때문이고 그 덕분에 우리가 그 이야기를 자유롭게 해석할 수 있기 때문이다. 몇몇 문학 이론가들은 그와 같은 독서가 작품을 다시 쓰는 행위와 다르지 않다고 말한다. 내가 주인공인 그러나 내가 쓰지 않은 이야기를 다시 쓰는 유일한 방법은 내가 그 이야기의 비평가가 되어 그 이야기를 창조적으로 해석하는 길뿐이다. 실용주의의 개념을 빌리자면 그것이 바로 '재서술'일 것이다. 파이가 소설가에게 자신이 경험한 일을 이야기로 만들어 들려줄 때 그가 하고 있는 일이 바로 이것이다.

이제 3차원으로 나아가자. 파이가 들려준 '이야기에 대한 이야기'를 우리는 또 어떻게 이야기해야 할까. 타인의 자기 해석에 대해 우리는 또 어떤 해석을 시도해야 하는가. 이것은 우리가 이 영화를 어떻게 받아들여야 하는가 하는 물음과 같은 물음일 것이다. 그리고 이것은 바로 극 중 소설가와 일본 선박 회사 직원들에게 던져진 물음이기도 하다. 소설가는 리처드 파커가 나오는 이야기가 '더 나은 이야기'라고 말했다. 일본 직원들은 끔찍한 진실을 기어코 알아냈지만 정작 보고서를 쓸 때는 파이가 창조한 이야기를 선택했다. 나는 이 영화를 참혹한 기억을 극복하고 어떻게든 살아내기 위해서 '사실과는 다른' 혹은 '사실보다 더 나은' 것을 선택한 한 인간의 내면을 들여다보는 이야기로 받아들였고, 인간의 고통을 신학뿐만이 아니라 해석학적 물음과 연결해서 사유하게 한다는 점에서 좋은 이야기라고 생각하지만, 그럼에도 불구하고, 이 영화에 깔려 있는 저 불굴의 실용주의가 전적으로 올바른 것인가에 대해서는 더 따져봐야겠다는 생각을 했고, 그래서 소설가나 직원들의 선택에 선뜻 동조하지 못하겠다는 생각을 하는 중이다. 당신은 어느 쪽을 선택하셨는지. 어느 쪽이건, 2013년의 어느 날 〈라이프 오브 파이〉를 본 우리는, 이 영화를 특정한 방식으로 해석하면서, 우리가 살아갈 수도 있었을 몇 가지 삶 중에서 하나를 선택하게 된다.

# 태어나라,
# 의미 없이?

## 〈그래비티〉, 허무주의자들을 위한
## 스페이스 시뮬레이션

칼 세이건의 명저 『코스모스』(1980)는 이런 헌사와 함께 시작된다. "앤 드루얀을 위하여. 광대한 공간과 무한한 시간 속에서, 하나의 행성과 하나의 시절을 앤과 공유하는 것은 나의 기쁨이다." 그의 세 번째이자 마지막 아내에게 바친 이 헌사를 나는 감동적이라고 생각하지만, 이런 식의 감동에는 어떤 상투성이 있다는 생각도 하게 된다. 왜 우리는(영화는) 우주를 생각하면(우주로 나아가면) 갑자기 지구에서의 삶에 새삼스러운 애착을 느끼게 되는가. 왜 그 '숭고'의 순간에는, 이 행성에서 한 인간으로 살아가면서 우리가 주고받는 상처는 모두 뒷전으로 밀려나고, 소중한 사람과 "하나의 행성과 하나의 시절을 공유하는 것"이 그저 아름답게만 느껴지는가. 이런 감정/태도에 '스페이스 휴머니즘'이라는 이름을 붙이고 나는 이 단어를 조금 노려본다. 〈그래비티〉도 그런 서사 구조의 상투적인 반복이라고 해야 할까? 그렇다고 생각하는 분들도 적지 않은 것 같지만, 그렇지 않을지도 모른다는 것이 이 글의 요점이다. 이 영화는 상투적인 스페이스 휴머니즘과 타협하지 않으면서 스페이스 니힐리즘과 맞선다. 그리고 그것을 독특한 방식으로 넘어선다. 단, 내가 완전히 동의할 수는 없는 방식으로.

중력은 없고
관성만 있는 삶

〈라이프 오브 파이〉를 보고 쓴 글에서도 적었듯이, "이야기를 만든다는 것은 특정한 '인물(성격)'이 특정한 '상황'에 던져졌을 때 어떤 특정한 '선택'을 하는지를 지켜보는 작업"이다. 언제나 그런 것은 아니지만, 대체로 모든 것은 성격에서 시작된다. 게다가 〈그래비티〉는 주동 인물의 성격이 반동 인물의 성격과 충돌하면서 벌어지는 갈등을 동력으로 삼는 유형의 서사가 아니라 주동 인물의 내적 갈등을 다루는 유형의 서사이기 때문에, 만약 이 영화가 상투적이지 않고 독창적이라고 말할 수 있다면, 그 결정적인 동력은 주인공의 성격 그 자체에서 나온다고 해야 할 것이다. 라이언 스톤샌드라 불럭은 상공 600킬로미터 지점에서 1주일째 익스플로러 호의 통신 설비를 수리하고 있다. 그녀는 '미션 스페셜리스트mission specialist'인데, '임무 전문가'라는 번역어의 적극적이고 능동적인 뉘앙스와는 달리, 그 직책이 수행하는 업무는 의학 실험이나 기술 탐사 등의 영역에 제한돼 있다. 아닌 게 아니라 그녀에게는 진취적인 모험가의 기질 따위는 전혀 없어 보이며 오로지 연구원다운 겸손한 집중력으로 묵묵히 자신의 '제한된 임무'를 수행하고 있을 뿐이다.

라이언의 성격은 매트 코왈스키조지 클루니와의 대화 속에서 조금씩 천천히 구축된다. 나사NASA에서 일해보니 어떤가 하는 질문에는 그저 연구비 지원이 안정적이어서 좋다는 식으로 답하고, 우주에 와보니 제일 좋은 것이 뭐냐는 질문에는 '고요함(silence)'이라고 답하는 식이다. 이들의 대화는, 러시아 위성이 폭발하면서 생긴 잔해가 그들의 우주선과 충돌하는 사고가 일어나면서 라이언이 우주 미아가 될 뻔한 고비를 넘긴 뒤에, 다시 이어진다. 살아남겠다는 의지를 북돋우기 위해 매트는 라이언에게 묻는다. 지금 지구에서 하늘을 올려다보며 당신을 기다리는 사람이 누구냐고. 없다. 남편도 자식도 없다. 딸이 하나 있었으나 네 살 때 사고로 허망하게 죽어버렸다. 그 소식을 들었을 때 그녀는 운전 중이었고 그 충격으로 이후 그녀의 삶은 그저 운전 그 자체가 되었다. 집에서 직장으로, 직장에서 집으로. 그러니 그녀가 우주의 고요함에 깊은 인상을 받는 것은 이해할 만하다. 끊임없이 떠드는 동료들이 보여주듯 소리(sound)는 살아 있음의 한 증거일 텐데, 그녀에게는 자신(만)이 살아 있다는 사실을 자각하는 순간이 오히려 고통이었을지도 모른다.

이런 성격 설정은 중요해 보인다. 그녀의 삶에는 너무 없는 것 하나와 너무 많은 것 하나가 있다. 너무 없는 것은 중력이다. 땅에 발붙이고 살게 만드는 힘, 그러니까 우리가 흔히 '삶의 의미'라고 부르는 그것이 그녀에게는 딱히 없어 보인다. 그렇다면 무중력 공간인 우주에 오기 전에 이미 그녀는 무중력의 삶을 살고 있었다고 해야 할지도 모른다. 그 대신 너무 많은 것은 관성이다. 앞에서 확인한 대로, 딸이 죽은 뒤 그녀의 삶은 거의 무의미하다고 해야 할 반복들로 이루어졌던 것으로 보인다. "난 그냥 운전해요." 일어나서, 운전하고, 잔다. 요컨대 언젠가부터 그녀는 '그 무엇을 위해'(중력) 살아온 것이 아니라 '단지 살아 있기 때문에'(관성) 살고 있었을 것이다. 그렇다면 이렇게 묻지 않을 수 없게 된다. '도대체 그녀가 지구로 돌아가야 할 이유가 무엇이란 말인가?' 화면이 거의 정지하고 사운드가 문득 사라질 때, 그러니까 광막한 우주에 홀로 버려져 있는 그녀의 처지에 각별히 동일시하게

**그래비티** Gravity
**감독 알폰소 쿠아론, 미국 외, 2013**

되는 순간들에서, 나는 그런 질문을 던지게 되는 것이었다. 그리고 이런 질문을 던지게 한다는 것이 이 영화의 특별한 점일지도 모르겠다고 생각했다.

지구로 돌아가야 할
이유의 없음

어째서 특별한가. 스페이스 휴머니즘 서사의 일반구조라는 것을 상정해본다면 그것은 '지구-우주-지구'로 정리될 것이다. 첫째, 먼저 지구가 전제된다. 둘째, 그동안 충분히 자각되지 못했던 지구의 의미와 가치가 우주에 와서 강력하게 재발견된다. 셋째, 그리고 그 재발견의 힘으로 결국 지구로 돌아간다. 이제 앞의 지구와 뒤의 지구는 같지 않다. 그 의미와 가치는 달라질 것이고, 재난은 삶에 대한 애착을 강화시키는 사건으로 의미화될 것이며, '인간적인 것'의 소중함과 위대함은 다시 한 번 긍정될 것이다. 이런 서사는 '왜 지구로 돌아가야 하는가?'라는 물음을 묻지 않거나 너무 쉽게 답해버린다. 그런데 이 영화 〈그래비티〉에서 주인공 라이언 스톤에게는 지구가 강력하게 전제돼 있지 않다. '지구-우주-지구'에서 첫 번째 지구가 희미하게만 전제돼 있기 때문에, 이 우주는, 잠시 머물다 곧 떠나야 할 공간이라는 의미에서의 비非지구로 존재하는 것이 아니라, 그냥 우주다. (이 경우, 우주에서 '인간적인 것'이 아니라 '신적인 것'의 소중함과 위대함을 재발견하는 서사로 이어질 수도 있겠지만, 적어도 이 영화는 아닌 것 같다. 스스로 고백한 대로 라이언은 기도하는 법조차도 모른다.)
　이와 관련해 눈여겨봐야 할 것은 이 영화에서 매트를 희생시키는 타이밍일 것이다. 그 희생은 관객들에게 필요한 감정이 충분히 축적되기도 전에 다소 빠르다 싶게 이루어지고, 그래서 다른 영화에서라면 어지간히 눈물을 흘리지 않을 수 없었을 이 상황이 여기서는 얼마간 건조하게 지나가버리고 만다. (그래서 매트가 "놓을 줄도 알아야 해 You have to learn to let go"와 같은 말을 할 때도 그것은 가슴 아픈 명대사가 아니라 그냥 그 순간 꼭 필요한 실용적 충고처럼 들린다.) 왜 이런 설정이 필요했는지는 분명해 보인다. 그의 희생이 더 뒤로 유예됐더라면, 그래서 매트와 라이언 사이에 사랑에 준하는 감정이 발생한 뒤에 그 일이 벌어졌더라면, 아마 우리는 많은 눈물을 흘리게 되었겠지만 그 대신 우리가 던질 수도 있었을 질문도 함께 흘려보냈을 것이다. '왜 지구로 돌아가야 하는가?'라는 질문을 던지기도 전에 감동적인 대답이 먼저 도착해버렸을 테니까. '그의 희생을 헛되게 하지 않고 그의 사랑에 보답하기 위해서 나는 살아남아야 하고 지구로 돌아가야 한다.' 이것은 재난 서사의 클리셰다. 그러나 알폰소 쿠아론 감독은 매트를 한 박자 빠르게 서사에서 퇴장시켜버리고 라이언으로 하여금 온전히 홀로 우주와 대면할 수 있게 했다.

요컨대 이 영화는 지구에 주인공의 가족을 남겨두지 않았고 동료의 죽음을 감상적인 방식으로 활용하지 않았다. 덕분에 이 영화는 얼핏 비슷해 보이는 다른 영화들이 '어떻게 지구로 돌아갈 것인가?'를 물을 때, 근본적으로/급진적으로, '왜 지구로 돌아가야만 하는가?'를 물을 수 있는 여건을 만든다. 그리고 이 질문은 결국 다음 질문과 같다. '우리는 왜 죽지 않고 살아야 하는가?' (카뮈는 『시지프 신화』에서 이것이 철학의 유일한 근본문제라고 했다. 비슷하게 이것을 '인생의 근본질문'이라고 불러보자.) 언뜻 보면 라이언은 이런 질문을 던질 틈이 없어 보인다. 영화의 거의 대부분에서 라이언은 죽지 않기 위해 고투하기 때문이다. 그러나 그 고투는 '죽지 않기 위한' 것이지 '살기 위한' 것이 아니다. 이 둘의 차이는 작지 않다. 죽지 않기 위한 고투는 '본능'의 소관이고 그 고투를 이끌고 가는 것은 '공포'라는 감정이다.

그녀가 시종일관 그런 고투를 한다고 해서 그녀에게는 삶의 의미에 대한 질문이 이미 해결돼 있다고 가정할 수는 없다. 그러므로 그런 고투의 와중에도 우리는 '죽지 않기 위한 방법'이 아니라 '살기 위한 이유'를 질문하게 될 수 있다. 그녀의 유일한 희망이었던 소유즈Soyuz에 연료가 없다는 사실을 발견했을 때 이 영화는 바로 그 근본질문을 던질 수 있게 된다.

생명을
그 자체로 긍정하기

무한한 우주 속에서라면 내 삶이 극적으로 소중해지는 것이 아니라 삶에 대한 초연한 허무주의로 이끌려 갈 수도 있을 것이라는 가능성에 이 영화가 절반의 지분을 허락해주기를 나는 원했다. 그래야만 '우리는 살아야 하는가?'라는 질문과 비로소 대결할 수 있을 테니까. 저 질문에 라이언이 '아니다'라고 대답할 가능성도 분명히 있을 법한 상황이었으므로 기대가 컸다. 딸을 만나기 위해서라면 지구로 돌아갈 것이 아니라 오히려 어딘가에 있을지도 모를 평행 우주로 떠나야 하지 않는가. 라이언 자신도 아닝강Aningaaq에게 이렇게 말하기까지 했다. "나도 내 딸을 빨리 보고 싶어요." 그때 영화에서 퇴장한 줄 알았던 매트가 갑자기 살아 돌아온다. 그리고 그는 라이언이 맞닥뜨린 유혹을 이해한다는 듯한 말을 한다. '시스템을 정지시키고 싶겠지. 눈을 감아버리면 세상 따위는 잊히잖아. 그리고 여기에는 어떠한 상처도 없으니까.' 그러나 중요한 것은 매트가 그 뒤에 할 말이라는 것을 누구나 안다. 나는 그가 어떤 말로 라이언에게 삶에 대한 의지를 설득할 것인지를 기대와 불안 속에서 주시했다. 그의 말의 요지는 이것이다. '지구로 가기로 했으면 가야지. 가서, 보란 듯이 두 발 딱 딛고 살아야지.'

지금 어떤 일이 벌어진 것인가. 매트가 라이언의 환각이라는 점을 생각해본다면 그는 라이언 내부에 존재하는 어떤 충동의 재현일 것이다. 프로이트식으로 말하면 매트는 '죽음충동'을 진압하기 위해 등장한 '삶충동'의 현현인 셈이다. 아시다시피, 프로이트의 최종 2원론에 따르면, 죽음충동은 유기체로서의 인간을 탄생 이전 무기체적 상태의 평온함으로 되돌아가게끔 유도하는 힘이고, 삶충동은 유기체로서의 인간이 자기를 확장하는 방향으로 (즉, 성욕과 사랑과 결속과 연대의 방향으로) 나아가게끔 유도하는 힘이다. 문명이란 인류를 무대로 삶충동과 죽음충동이 벌이는 투쟁일 뿐이라고 단언한 다음 프로이트는 적었다. "그리고 어린이를 돌보는 유모들이 〈천국에 대한 자장가〉를 부르는 것은 거인들의 이 싸움을 진정시키려는 노력이다." 이 영화에서 매트는, 통신기를 통해 지구에서 들려오는 자장가가 라이언 안의 죽음충동의 승리를 축하할 준비를 하는 와중에, 삶충동의 목소리를 대변하기 위해 등장하여 '거인들의 싸움'의 향방을 뒤집어놓았다. 그래서 라이언은 다시 살기로 결심한다. 그러나 무엇을 위해? 저 근본질문에 대한 답은 주어진 셈인가?

매트의 논리는 단순 명쾌하다. '가기로 마음먹었으면 가야지.' 아직 살아 있으니까 계속 살려고 해야 한다. 이 논리와 함께 이 영화는 근본질문 자체가 필요 없는 세계로 넘어간다. 이를테면 'life'라는 단어를 '삶'이 아니라 '생명'이라고 번역하는 세계로. 앞에서 나는 이 영화에는 지구라는 전제가 강력하게 존재하지 않기 때문에 '왜 지구로 돌아가야 하는가?'라는 물음이 유발된다고 적었지만, 이제 이 영화는, 그 물음을 끝까지 묻지 않고 '생명의 전제는 생명 그 자체일 뿐이다'라고 말하기 시작하는 것처럼 보인다. 그와 동시에 지구와 우주가 형성하는 구도 역시 '삶 vs 죽음'이 아니라 '생명 vs 비非생명'의 구도로 바뀐다. 앞의 구도에서 삶과 죽음은 맞설 수 있지만, 뒤의 구도에서 비

생명은 생명을 위한 준비 단계일 뿐이다. 즉, 왜 죽음이 아니라 삶이어야 하는가를 묻는 구도가 아니라, 생명은 태어나야 한다는 당위명제가 승인되는 구도다. 알폰소 쿠아론 감독은 우주선에서 우주복을 벗고 산소를 호흡하는 라이언의 모습을 자궁 속에 웅크리고 있는 태아의 형상을 떠올리지 않을 수 없게 보여주었는데, 이미 그때부터 후반부의 흐름은 예고된 것일지도 모른다.

이제 이 영화의 후반부 스펙터클에서 우리가 보게 되는 것은 생명 탄생 과정의 시뮬레이션이다. 라이언을 태운 소유즈가 우주선의 파편들과 함께 지구를 향해 '착륙'하는 장면은 무심코 봐도 (지구라는) 난소를 향해 정자가 돌진하는 장면처럼 보인다. 그러니까 이것은 우주에서 지구로의 '귀환'이 아니라 '착상着床'에 가깝다. 이 장면을 지켜보면서 우리는 더 이상 어떤 질문도 던질 필요가 없다. 출산의 고통 속에서 신음하는 아내를 지켜보며 '인간은 왜 살아야 하는가?'를 질문하는 남편이 얼마나 되겠는가. 다만 기도하고 응원할 뿐이다. 부디 성공하기를, 기필코 태어나기를. 라이언이 강에 추락해서 또 한 번의 호흡 곤란을 겪고 무사히 육지로 '기어' 올라올 때 그녀는 지금 양수로부터 헤엄쳐 나와 세상 밖에서 첫 숨을 쉬는 (인류 최초의) 아이의 모습으로 거기에 있다. 그리고 그녀가 마침내 두 발을 딛고 일어서면서 장엄한 음악이 흘러나올 때 이 영화는 지금 막 지구 위에 태어난 하나의 생명을 위한 전 우주적 찬가가 된다. 그러니 이 장면의 의미를 이렇게 요약할 수 있지 않을까. 지금 그녀는, 그녀 자신을 낳은 것이다.

그녀는
그녀를 낳았다

이 영화는, 삶의 의미가 도대체 무엇이냐고 묻는 잠재적 허무주자들에게, 생명은 그 자체로 긍정돼야 마땅하다는 것을 설득하는 스페이스 시뮬레이션이다. 삶의 의미에 대한 골치 아픈 질문을 생명에 대한 찬가로 돌파하는 이 후반부의 선택은 신선한 묘책인가 아니면 의심스러운 봉합인가. 처음 봤을 때 전자라고 판단했던 나는 이 영화를 몇 번 더 보면서 차차 후자로 돌아서게 되었다. 그랬다는 이야기를 하자 주변의 지인들이 〈그래비티〉에 대한 소감을 이야기해주었다. 그 중에서도 소설가 이신조의 해석은 인상적이었고 나는 그것을 여기에 소개하고 싶어졌다. (나의 요약이 왜곡이 되지 않기를.) 그녀에 따르면 이 영화는 여성성이 거의 고갈된 한 여성(라이언 스톤, 이름조차도 남성적인)의 이야기다. 그녀는 라이언 스톤의 우울증적 상태를 30대 이상의 여성들이 흔히 느끼는 '심리적 자아 실조 상태'로 받아들였고 그래서 깊이 공감할 수 있었다고 했다. 그녀에게 라이언 스톤은 버지니아 울프, 에이미 와인하우스, 최승자 등의 여성 예술가들을 투사하기에 적합한 캐릭터였고, 이 영화의 우주는, 부서진 우주선 잔해들로 상징되는 상처들이 격렬한 속도로 떠도는 여성적 무의식의 공간이었다.

그녀는 이 영화가 다루고 있는 것은 '삶의 의미'보다 훨씬 급박한 것이며, 그것은, 내가 완전히 죽은 것은 아니라는 처절한 자각과 관련돼 있다고 했다. 어떤 의미에서 이미 죽은 사람인 라이언은 우주 공간에서 압도적으로 닥쳐온 실질적인 죽음 앞에서 역설적이게도 자신이 아직 살아 있는 사람이라는 것을 자각한다. 죽음 직전의 그녀에게 찾아온 매트의 환각은, 융Jung식으로 말하면, 내면의 남성성(아니무스)이 나타난 것이라고 볼 수도 있다는 것, 그녀의 내면에서 아니마와 아니무스의 조화와 합일이 이루어졌다면 이로써 그녀는 온전한 인간으로 거듭날 수 있다는 것, 이 영화의 후반부는 그러므로 한 여성의 정신적 재생 과정을 보여준다는 것 등이 그녀의 독법이었다. 그리고 그녀는 이런 독법이 최근 자신의 존재론적인 관심사가 자연스럽게 투영

된 것이라고 고백했다. 나는 이것이 이 영화의 본질에 더 부합하는 독법이라는 생각이 들었고, 이 영화의 주인공이 '여성'이라는 점에 충분히 주의를 기울이지 않은 것이 나의 실수임을 깨달았으며, 내가 왜 이 영화를 이렇게밖에 볼 수 없었는지를 고민하느라 원고 마감을 1주일 미루고 말았는데, 이제 해석자로서의 나 자신의 한계를 인정하며 마지막 한 단락을 더 쓰려고 한다.

결국 텍스트에 대한 모든 해석은 자기 자신에 대한 해석일 뿐인지도 모른다. 돌이켜 보면 2013년 하반기 내가 읽은 텍스트들은 대체로 '삶의 의미'라는 주제 둘레로 모여들어 서로 연결되고는 했는데 그것은 아마도 그렇게 되기를 내가 원했기 때문이었을 것이다. 나는 가족과 일상의 소중함에서 답을 찾는 태도가 틀렸다고 생각하지는 않지만 거기에 만족할 수 없었고, 신앙에 근거해 답을 제시하는 (문제를 해결한다기보다는 해소해버리는 것에 가까운) 태도 역시 받아들일 수 없었다. 그리고 이들과는 다른 방식으로 답을 찾고 싶었다. 이 와중에이 영화를 보았으므로 여기서도 같은 질문을 발견(투사)했을 것이다. '삶에는 의미가 있는가, 있다면 어디에 있는가?' 그리고 이 영화가 내게 준 대답은 이것뿐이었다. '질문의 층위를 삶이 아니라 생명으로 바꾸면, 생명이 긍정되는 데에는 이유 같은 것은 필요 없다. 살아 있으니까, 계속 살아야 한다.' 나는 이 대답에도 역시 만족하지 못한다. 어쩌면 애초에 질문 자체가 틀린 것일까. 나쁜 질문을 던지면 답을 찾아낸다 해도 그다지 멀리 가지 못하게 되지만, 좋은 질문을 던지면 끝내 답을 못 찾더라도 답을 찾는 와중에 이미 꽤 멀리까지 가 있게 된다. 일단은 좋은 질문이라 믿고 계속 물어나갈 수밖에 없겠지. 나는 내 생명의 절반을 살았다. 나 역시 어떤 식으로건 나를 다시 낳아야 할 때가되었다고 느낀다.

# 자신이 주인이라고 착각하는
# 노예들에게

<u>스티브 매퀸의 '삶의 의미' 3부작의 마지막 편</u>
<u>〈노예 12년〉에 대하여</u>

　　1969년에 영국 런던에서 태어나 다른 분야에서 먼저 그 재능을 인정받고 뒤늦게 감독으로 데뷔하여 〈헝거〉(2008)와 〈셰임〉(2011)을 발표하고 이 두 편의 영화로 당대의 가장 촉망받는 예술가가 된 '흑인' 감독이 자신의 세 번째 영화로 노예제도의 야만적인 역사를 증언하는 이야기를 선택했다는 사실은 별로 놀랄 일이 아닐지도 모른다. (그는 흑인이니까.) 그러나 같은 사실에 대해 정반대의 말을 할 사람도 있지 않을까. 이토록 예리하고 세련된 취향의 (이번에는 '흑인'이라고 굳이 적지 말자) 감독이, 왜 하필 지금, 솔로몬 노섭의 논픽션을 영화로 만든 것일까, 하고. 나는 전작들보다 상대적으로 평범해진 이 영화의 화술에는 깊은 인상을 받지 못했지만, 스티브 매퀸이 하필 이 이야기를 자신의 세 번째 영화로 만들 수밖에 없었던 이유를 나름대로 추론해낼 수 있었는데, 말하자면 이 영화는 〈헝거〉와 〈셰임〉의 주제를 잇는 영화라는 것이 나의 잠정 결론이었다. 즉, 이 영화의 주제는 언뜻 명백한 것처럼 보이는 바로 그 휴머니즘적 메시지에 있지 않다는 것, 그러니까 스티브 매퀸이 단지 아카데미상을 받기 위해 이런 이야기를 선택한 것은 아니라는 것.

이런 생각을 다듬어가고 있을 무렵 이 영화는 86회 아카데미 작품상을 수상했고, 스티브 매퀸 감독은 긴 수상 소감의 끝에 "이것이 마지막 말"이라며 주의를 집중시킨 후 이렇게 덧붙였다. "솔로몬 노섭이 남긴 가장 중요한 유산은 인간은 누구나 단순히 생존하는(survive) 것 말고 살아갈(live) 권리가 있다는 것에 있습니다. 노예제도로 고통받은 모든 사람들과 지금도 노예로 살고 있는 2100만 명에게 이 상을 바칩니다." 나는 이 소감을 듣고 조금 실망하고 말았는데, 물론 그의 말은 매우 훌륭한 것이었지만, 내가 기대한 것과는 달랐기 때문이었다. 그는 이 영화의 주제가 '천부인권과 만인평등이라는 휴머니즘적 가치에 대한 옹호' 바로 그것이라고 분명히 말하고 있었고, 소감 발표를 끝낸 직후 무대 위에서 격정적인 제자리 뛰기를 하여 그가 아카데미상을 얼마나 받고 싶어 했는지를 여실히 실감할 수 있게 해주었다. 그러나 나는 이 감독이 자신이 찍은 영화가 어떤 영화인지 잘 모르고 있을지도 모른다는 생각을 하면서 내 관점을 밀고 나가기로 마음먹었다. 스티브 매퀸 감독은 자기도 모르게 일종의 3부작을 찍어온 것일지도 모른다고 나는 생각해보는 것이다.

'의미를 가진, 굶는 자'와 '의미를 잃은, 수치스러운 자'
—〈헝거〉와 〈셰임〉으로부터

이렇게 말할 수 있는 가장 확실한 근거는 스티브 매퀸 감독의 전작들이다. 〈노예 12년〉의 자리를 제대로 지정해주기 위해서는 저 두 영화를 다시 돌아볼 필요가 있어 보인다. 마침 두 영화를 보기 직전에 내가 읽은 것은 삶의 절대적 근거를 잃어버린(즉, '신이 떠난') 세속화된 현대사회에 만연해 있는 허무주의적 경향을 진단하고 그 대안을 모색하는 책이었는데, 그 뛰어난 책에서 저자들은 허무주의란 "실존적 선택에 직면했을 때, 저것 아닌 이것을 선택하게끔 해주는 참다운 동기가 없다"는 생각, 즉, "특정한 해답을 다른 해답보다 더 우선시할 이유가 없다"는 생각에서 기인하는 것이라고 규정하면서, 그런 느낌이 현대인들로 하여금 자신의 삶이 무의미하다고 여기게 만들고 있다고 진단했다.(휴버트 드레이퍼스·숀 켈리, 『모든 것은 빛난다』, 김동규 옮김, 사월의책, 2013, 1장) 나는 '삶의 의미'라는 주제가 언제나 문학의 근본주제 중 하나라고 생각해왔던 터라 이 책에 고무된 바가 컸고, 그런 기분 속에서 〈헝거〉와 〈셰임〉을 보았기 때문에 이 두 영화를 그런 맥락에서 받아들일 수밖에 없는 형편이었다. 그 소감은 글로 쓰이지 못했지만(대신 영화 〈그래비티〉를 대상으로 쓰였고, 그 글은 이 글 바로 앞에 실려 있다.) 여기서 다음과 같이 요약할 수는 있다.

　〈헝거〉의 소재는 1981년의 '아일랜드 단식투쟁Irish hunger strike'이다. 대처 정권하의 영국에서, 감옥에 수감돼 있던 IRA 투사들이 정치범으로서의 지위를 박탈당하자, 이들의 리더였던 보비 샌즈Bobby Sands는 무기한 단식투쟁을 이끌었다. 보비 샌즈는 66일 동안의 단식 끝에 사망했고 그를 포함 총 열 명이 죽었다. 보비 샌즈로 하여금 그런 결단을 내리게 하고 결국 죽음에까지 이르게 한 배후의 힘을 누구는 신념이라 부르고 또 누구는 광기라고 할 테지만, 나를 아득하게 만든 것은 이를테면 이런 것이었다. '단식 중인 보비 샌즈에게 삶의 의미란 얼마나 분명한 것이었을까.' 앞서 언급한 '현대적 허무주의'에 익숙한 우리에게 보비 샌즈가 행한 것과 같은 단호한 선택과 불굴의 실천은 놀라운 것으로 보인다. 그의 삶은 죽음으로 치닫는 동안 그야말로 의미로

**노예 12년** 12 Years a Slave
**감독 스티브 매퀸, 미국 외, 2013**

충만했으리라. 그의 육체는 영양의 결핍으로 녹아내린 것이 아니라 의미의 충만으로 폭발해버린 것일지도 모른다. 그와 대조되는 것은, 이영화의 초반부 초점화자라고 해야 할 교도관이 보비 샌즈 일행들에게기계적인 폭력을 행사하다가 갑작스럽게 죽는 장면인데, 여기서 정말로 허무하다 여겨야 할 것은 그 갑작스러운 죽음보다 오히려 죽기 전까지의 그의 삶일 것이다. 이런 유형의 인간은 스티브 매퀸 감독의 다음 영화 〈셰임〉의 주인공이 된다.

〈셰임〉에서, 스스로 알고 있는 것보다 더 심각하게 삶의 무의미에짓눌려 있는 주인공 브랜든마이클 패스벤더은 바로 그 감정으로부터 도망치기 위해 섹스를 하는 것처럼 보인다. 그가 알몸을 보일 때마다 어떤돌이킬 수 없는 비탄이 그의 피부를 뚫고 터져 나올 것만 같은 긴장감을 느끼게 하던 이 슬픈 영화가 주인공의 오열로 끝나는 것은 자연스럽다. 이 인물을 두고 (개봉 당시 이 영화에 대해 쓰인 많은 글들에서 그렇게 했듯이) '섹스 중독자'라고 부르는 것은 내게 탐탁지 않다. '섹스'가 아니라 '과식'이거나 '게임'이었어도 달라질 것이 없었을 것이고, 또 그의 상태를 '중독'이라고 낙인찍어 우리가 그와 다르다는 위안을 얻는 것도 변변찮은 짓이다. 그는 섹스에, 우리 모두가 대체로 어느 한 가지에 중독돼 있는 것과 많이 다르지 않은 강도로, 중독돼 있을 뿐이다. (아무것에도 중독돼 있지 않다고 자신하는 사람도 분명히한 가지에는 중독돼 있다고 단언할 수 있는데, 그것은 우리가 대체로자기 자신에 중독돼 있기 때문이다. 살아온 대로 살고 있는 사람은, 이제까지의 삶의 방식에 중독돼 있는 것이니, 그는 곧 '자기-중독자'다.) 그래서 그가 '수치(shame)'를 느껴야 마땅하다면 그것은 그가 섹스에 탐닉해서가 아니라 삶이 무의미할지도 모른다는 '의문'과 그러므로 의미를 찾기 위해 노력해야 한다는 '요청'으로부터—이 둘을 상징하는 것이 여동생의 끊임없는 부름("브랜든, 브랜든, 어디에 있니?")일

텐데—내내 도망치기만 했기 때문이라고 해야 한다.

요컨대 스티브 매퀸의 전작 두 편을 두 종류의 삶의 구조에 대한 탐구라고 정리해도 좋을 것이다. '의미를 가진, 굶는 자'의 삶과 '의미를 잃은, 수치스러운 자'의 삶. 〈노예 12년〉은 이런 맥락 속에서 거의 필연적으로 만들어질 수밖에 없었던 영화라고 말하고 싶다. 여기에는 저 두 종류의 인간이 모두 나온다. '의미를 가진, 굶는 자'의 형상이 솔로몬 노섭추이텔 에지오포으로, '의미를 잃은, 수치스러운 자'의 형상이 에드윈 엡스마이클 패스벤더로 바뀌었다고 말이다. (다시 말해, 이 영화는 단지 솔로몬 노섭의 기구한 사연을 그린 작품이 아니다. 이 영화의 주인공은 두 명이다.) 그렇다고 이 영화가 전작들의 산술적 결합인 것은 아니다. 두 유형의 인간형이 함께 나올 뿐 아니라, 그들의 의식이 거의 대등한 위상을 가지면서 부딪치고 있기 때문에 감독의 전작들이 제기해온 '삶의 (무)의미'라는 애초의 주제가 더 복합적으로 검토될 수 있었다. 요컨대 〈노예 12년〉은 단지 노예의 영화이기만 한 것이 아니라 주인과 노예가 '삶의 (무)의미'라는 근본질문을 붙들고 격돌을 벌이는 영화라고 해야 할 것이다.

'주인과 노예의 변증법'이라는 서사 구조
—스티브 매퀸이 읽은 『정신현상학』

여기서 '노예'니 '주인'이니 하는 말들은 노예제도가 실제로 존재하던 그 시절의 존재들만이 아니라 오늘날의 우리들을 가리키는 말로도 받아들여져야 할 것이다. 그것은 신분으로서의 노예/주인이 아니라 '의식'으로서의 노예/주인을 뜻할 수 있다. (즉, 우리는 노예의 의식을 가질 수도, 주인의 의식을 가질 수도 있다.) 여기까지 왔으니, 이제 하지 않을 수가 없는 이야기가 하나 있다. 나는 스티브 매퀸이 〈헝거〉

와 〈셰임〉을 찍은 다음 솔로몬 노섭의 논픽션보다 먼저 읽은 것은 어쩌면 헤겔의 『정신현상학』(1807)일지도 모르겠다고 생각한다. 정말로 읽었다면 그가 읽은 것은 아마도 『정신현상학』 전체에서도 가장 유명한 대목 중 하나인 4장 1절 '자기의식의 자립성과 비자립성 - 지배와 예속' 부분일 터다. 소위 '주인과 노예의 변증법'이라고도 불리는 이 대목은 수많은 후대 철학자들과 예술가들에게 영감을 주었는데, 지금부터 이 대목에 대한 새삼스럽고 어설픈 요약을 해보려는 것은, 〈노예 12년〉의 서사의 기본 설계도가 바로 『정신현상학』의 해당 대목에 이미 나와 있다고 해도 과언이 아닐 것이기 때문이다.

인간 의식의 발전 과정을 다루는 『정신현상학』은 4장에 이르면 '자기의식'을 다룬다. 인간의 의식은 어느 순간부터 대상 자체가 아니라 대상을 의식하는 자기 자신을 의식하게 되는데 그런 단계의 의식이 '자기의식'이다. 자기의식은 자신의 자립성을 확인하고/확인받고 싶어한다. 우선 할 수 있는 일은 나와 대치하고 있는 대상을 부정하고 삼켜버리는 일이다. 그런 일을 해낼 수 있다는 바로 그 사실에서 내 자기의식의 자립성이 입증될 것이기 때문이다. 그런데 이 과정에서 대상은 소멸되므로, 나의 자립성을 계속 확인하기/확인받기 위해서는 또 다른 대상을 찾아 나서야 한다. 이런 과정을 반복하며 알게 되는 것은 역설적이게도 내가 자립적이지 않다는 사실, 오히려 대상에 종속돼 있다는 사실이다. 그러므로 이제 필요한 것은 나에 의해 부정된 뒤에도 완전히 소멸되지는 않는 어떤 대상이다. 부정되면(먹히면) 없어지는 빵 같은 것과는 다른 그것은 무엇이어야 하나. 헤겔의 중간 결론은 이렇다. "자기의식은 오직 다른 자기의식 속에서만 스스로 만족에 도달할 수 있는 것이다."(『정신현상학 1』, 임석진 옮김, 한길사, 2005, 218쪽)

자기의식은 다른 자기의식을 통해서만 만족을 얻는다는 것, 즉 내가 진정한 자기의식이 되기 위해서는 타인의 '인정'이 필요하다는 뜻이다. '나'라는 자기의식을 인정해주는 '너'라는 자기의식은 어떤 존재여야 하는가. 나를 인정하기만 할 뿐인 존재는 나에게 한낱 사물과 다를 바 없으니, 설사 그로부터 인정을 받는다 해도 그 인정은 나에게 아무 의미가 없다. 그러므로 나를 인정해줘야 할 사람은, 무엇보다도 내가 인정하는 사람이어야 한다. 인정할 만한 존재로부터 인정받아야 진정한 인정으로서의 의미를 갖는다는 뜻이다. 이와 같은 상호 인정을 통해 진정한 자기의식에 도달하는 관계를 상상해볼 수 있겠는데 그런 관계를 '사랑'이라 불러도 무방하리라. 그러나 많은 경우 자기의식들 사이의 관계는 일방적으로 인정받기를 고집하다가 투쟁의 형태를 띠게 된다(소위 '인정투쟁'). "따라서 두 개의 자기의식의 관계는 생사를 건 투쟁을 통해 각자마다 서로의 존재를 실증하는 것으로 규정된다."(같은 책, 225~226쪽) 이 자기의식의 전투에서 목숨을 걸고 싸우면 자립성을 얻고, 목숨만은 부지하겠다고 하면 자립성을 잃는다. 전자가 주인(der Herr)이 되고, 후자가 노예(der Knecht)로 전락한다.

그런데 중요한 것은 이렇게 형성된 주인과 노예의 구도에 이내 드라마틱한 역전이 발생한다는 데 있다. 주인의 입장에서 보면, 노예가 노예인 이상 이제 그의 인정은 주인에게 별 의미 없는 것이 되어 주인을 주인으로 유지하지 못하며, 처음에는 노예를 제압해서 자립적인 존재가 된 것처럼 보이던 주인의 처지는 점점 노예의 노동에 의지하지 않고서는 살아갈 수 없는 형편이 되면서 되레 비자립적인 것이 되고 만다. 반면 노예의 입장에서 보면, 노예는 죽음의 공포를 처절하게 체험하면서 삶을 더욱 깊은 곳까지 (이를테면 삶의 무상성 따위를) 의식하게 되며, 이에 더해 노동을 통해 자신과 세계를 형성하는 과정에서 오히려 (주인이 갖고 있는 가짜 자립성과는 다른) 진정한 의미에서의 자립성을 획득하게 된다고 말할 수 있다. 이렇게 될 때 이제 주인과 노예의 관계는 역전되고 만다. 이것이 소위 '주인과 노예의 변증법'이라 불리는 논변의 중추이며 이 역전의 순간이 이 '자기의식의 서사'의 백미다. 그리고 뒤에 보겠지만, 스티브 매퀸은 바로 이 순간이 담고 있는 통찰을 포착해서 자신의 주제의식 속으로 통합해냈는데, 그 결과 탄생한 작품이 바로 〈노예 12년〉이라고 나는 읽었다.

'동물적 생존'과 '본래적 실존' 사이에서
—〈노예 12년〉의 전언

그러니까 나는 지금 〈노예 12년〉을, 남북전쟁이 일어나기 20년 전인 1841년에 뉴욕에서 워싱턴으로 연주 여행을 떠났다가 그곳에서 납치돼 남부 뉴올리언스로 팔려가서는 '플랫'이라는 새 이름으로 12년 동안 노예 생활을 하다가 다시 자유인이 되는 데 성공한 한 남자 솔로몬 노섭의 이야기라고 요약하는 것은 충분하지 않다는 말을 하고 있는 것이다. 스티브 매퀸 감독은, 〈노예 12년〉의 후반부 한 시간에 솔로몬 노섭과 에드윈 엡스가 만나고 헤어지기까지의 과정을 담았는데, 이 한 시간 동안 우리가 볼 수 있는 것은, 헤겔이 1807년에 쓴 시놉시스를 스티브 매퀸이 1841년 미국 남부를 배경으로 각색한 드라마라고 해도 과언이 아니다. 달리 말하면 이 영화에는 주인(엡스)과 노예(노섭) 사이에서 벌어지는 변증법적 역전의 드라마가 포함돼 있다. 그러나 이 영화를 헤겔의 복제라고 말해서는 안 될 것이다. 분명히 말할 필요가 있는 것은 1807년의 시놉시스를 1841년을 배경으로 각색한 이 영화가 2014년에 진지하게 토론될 필요가 있는 작품이 되도록 만든 것은 스티브 매퀸의 (그리고 그의 전작들이 만들어놓은 구도의) 공이라는 점이다. 이 영화는 '주인과 노예의 변증법'을 '삶의 (무)의미'라는 '현대적' 주제로 연결하는 데 성공했다.

〈노예 12년〉은 어떻게 〈헝거〉와 〈셰임〉이 만들어놓은 구도 속으로 합류할 수 있었던가. 앞에서 나는 이 영화를 두고 '의미를 가진, 굶는 자'의 형상이 솔로몬 노섭으로, '의미를 잃은, 수치스러운 자'의 형상이 에드윈 엡스로 바뀐 이야기라고 말했다. 더 구체적으로 말하자. 노예가 된 이후의 솔로몬 노섭은 자신이 무엇을 위해 살고 있는지를 잊어본 적이 없는 인물이다. 그가 노예로서의 삶을 견뎌온 것은 오로지 고향으로 돌아가기 위해서였다. (단 한 번의 예외가 있는데, 편지를 부치려던 계획이 실패로 돌아가고 실의에 빠져 있을 때 동료 노예의 장례식을 치르다가 영가를 따라 부르는 장면에서 그는 자신이 평생 노예로 살 수밖에 없을지도 모른다는 사실을 받아들이는 것처럼 보인다. 물론 이 장면은 그 장면 직후 나올 구원자 베스<sup>브래드 피트</sup>의 등장을 더 극적인 것으로 만들어주기 위한 장치일 것이다.) 반면 엡스는 많은 숫자의 노예를 거느린 부유한 상인이지만 그가 무엇을 위해 살고 있는지 우리는 알지 못한다. 여자 노예 팻시<sup>루피타 농오</sup>를 향한 그의 광적인 집착을 사랑이라고 부를 수는 없을 것이다. 그의 집착은 그의 삶 한가운데에 나 있는 구멍을 그녀로 틀어막으려는 슬픈 발악이라고 하는 편이 옳을 것이다. (마이클 패스벤더는 엡스의 폭력성이 엡스라는 인물 내부에 있는 공허와 고통의 왜곡된 분출임을 설득하는 연기를 훌륭하게 해냈다.)

솔로몬에게는 삶의 의미가 너무도 분명하지만 그는 노예이기 때문에 그것을 실현시킬 수 있는 방법이 없는데 오히려 그렇기 때문에 그의 삶은 계속 팽팽한 의미를 유지할 수 있고 그는 자신의 삶을 통제하는 주인으로 남는 반면, 주인 엡스는 무소불위의 권력을 갖고 있지만 도무지 삶의 의미를 찾을 수 없는 것이어서 그 환멸을 노예들에게 분출하느라 통제 불능의 폭력에 몸을 맡기는 것인데 이때의 그는 제자신의 맹목적 충동의 노예인 것이다. 요컨대 엡스와 노섭의 관계에서 주인과 노예의 역전 현상이 나타난 것이 아닌가. 이를 통해 스티브 매퀸은 이렇게 말하고 있는 것처럼 보인다. 어떤 존재의 처지가 주인이냐 노예냐 하는 것이 그가 자기 삶에 대해 주인인지 노예인지를 결정하지는 않는다는 것. 노예에게 주인인 자가 삶에 대해 노예일 수 있고, 주인에게 노예인 자가 삶에 대해 주인일 수 있다는 것. 더 나아가 이렇게 뒤집어 말해볼 수도 있지 않을까. 솔로몬 노섭은 12년 동안 노예로 살아본 뒤에야 진정한 자유인이 된 것일지도 모른다고, 그리고 에드윈 엡스는 그가 한 번도 노예가 되어본 적이 없기 때문에 언제나 노예로 살 수밖에 없었다고 말이다.

스티브 매퀸 감독의 수상 소감을 다시 옮긴다. "솔로몬 노섭이 남긴 가장 중요한 유산은 인간은 누구나 단순히 생존하는(survive) 것 말고 살아갈(live) 권리가 있다는 것에 있습니다. 노예제도로 고통받은 모든 사람들과 지금도 노예로 살고 있는 2100만 명에게 이 상을 바칩니다." 이것을 훌륭하지만 단순한 말이라고 했던 것을 철회해야 되겠다. 저 2100만 명 속에 내가 카운트되어 있는 것이라면? 동물적 생존과 본래적 실존을 가르는 기준은, 발목에 쇠사슬이 감겨 있느냐 아니냐가 아니라, 삶의 의미에 대한 질문을 던지고 있느냐 아니냐에 있을 것이다. 나는 내가 살아온 것이 '자유인 39년'의 삶이 아니라 '노예 39년'의 삶이었을지도 모른다고 적으려다 만다. 이것은 너무 기계적인 반성이다. 그러나 다음과 같이 적어두는 것은 부끄럽지 않다. '내가 주인이라고 생각하는 순간, 나는, 자신이 주인이라고 착각하는 노예가 되고 말 것이다.' 스티브 매퀸의 '삶의 의미' 3부작은, 자신이 주인이라고 착각하는 노예들에게, '자신이 노예일지도 모른다고 의심할 때만 주인이 될 수 있는' 우리의 이 이상한 삶에 대해 생각해보기를 권하는 영화다.

부록

# Passion of Judas,
혹은 스네이프를 위하여

## 해리 포터 시리즈에
## 부치는 후주

해리 포터 시리즈에 대해 무엇을 이야기할 것인가? 아니, 이야기를 할 필요가 있기는 한가? 나의 답은 회의적인 쪽에 가깝다. 물론 이 것은 대단한 서사시다. J. K. 롤링에 의해 1997년부터 쓰여 10년간 총 7부 23권으로 완성된 이 이야기는 '서사적 우주'라는 말이 과하지 않을 정도로 방대하고 정교한 구조를 갖췄다. 당연하게도 많은 논점들이 내장돼 있다. 첫째, 장르론적 관점. 판타지 장르의 계보 안에서 이 시리즈는 무엇을 성취했는가? 둘째, 서사론적 관점. 이 서사는 분리, 조정, 통합의 세 단계로 이루어지는 '통과제의'의 모델을 어떻게 활용 혹은 변용했는가? 셋째, 윤리학적 관점. 해리 포터(선)와 볼드모트(악)의 대결을 통해 이 서사는 선과 악에 대한 어떤 특정한 관념을 독자들에게 제공하는가? 넷째, 이데올로기적 관점. 혈통에 따라 존재를 분류하고 차별하는 인종주의에 대한 이 시리즈의 일관된 비판은 얼마나 유효적절한가? 다섯째, 신학적 관점. '마법'이라는 이교도적 요소에도 불구하고, '선택받은 자' 해리 포터가 자신을 제물로 바치고 부활함으로써 공동체를 구원하는 이 서사는 신약의 서사와 얼마만큼 유사한가?

그러나 당연하게도 중요한 것은 논점의 양이 아니라 질이다. 뛰어난 서사는 대개 다음 두 가지 중 하나를 성취한다. ①익숙한 모티프들로 새로운 논점을 창출하기. ②익숙한 논점들로 새로운 인식을 생산하기. 최소한 둘 중 하나라도 성취하지 못한다면, 그러니까 익숙한 모티프들로 익숙한 논점들을 창출하고 거기서 익숙한 인식을 생산해내는 것에서 멈춘다면, 즉 익숙한 것들의 대규모 반복에 불과하다면, 그 서사는 성공적인 엔터테인먼트로 그친다. 그것은 문화산업 경제학의 분석 대상이지 진지한 비평의 대상이 되기 어렵다. 해리 포터 시리즈도, 일단은, 그렇다. 고전적이거나 원형적인 모티프들을 흥미롭게 재조합했지만, 논점은 익숙하고 인식은 안전하다. 그래서 이 서사시는 확실히 일차적으로는 20세 이하의 독자/관객들을 대상으로 한 것이라 보는 편이 적절하다. 그런데도 왜 우리는 이 서사시에 대해 뭔가를 말하려고 하는가? 규범적인 코드를 벗어나지 않는 이 서사 안에도 예외적인 인물이 있기 때문이다. 그의 이름은 세베루스 스네이프Severus Snape다. 적어도 이 인물은 성인 독자/관객들에게 '감동'이라고 해야 할 깊은 인상을 남긴다.

스네이프의
연대기

다 아는 사실들을 복기해두자. 이 시리즈의 우주는 인간계와 마법계로 나뉜다. 수년 전 마법계에는 대재앙이 발생했었다. 볼드모트라는 악의 화신이 등장해서 금지돼 있는 '어둠의 마법'을 휘두르며 마법계의 패권 장악에 나섰던 것. 볼드모트의 마법학교 동창들인 몇몇 마법사들이 '불사조 기사단'을 조직해 그에 맞섰다. 해리의 부모인 제임스와 릴리 역시 기사단의 일원이었다. 그 둘은 볼드모트에게 살해당하지만 릴리의 희생 덕에 신생아 해리는 살아남는다. 볼드모트는 처단됐으나 그는 일찍이 자신의 영혼을 일곱 개의 사물에다 분산 은닉해두었기 때문에(이를 '호크룩스'라 부른다) 비록 육신은 파괴되었을지언정 영혼은 살아남아 재기를 도모한다. 한편 해리는 불사조 기사단의 수장이자 마법학교(호그와트)의 교장인 덤블도어의 보호 속에 마법사로 자라나면서 정체성을 확립하고 자신의 사명을 깨닫는다. 볼드모트와 해리의 충돌은 시간문제다. 해리의 성장과 볼드모트의 와신상담을 그리는 1~3부가 지나면, 4부의 말미에서 마침내 볼드모트가 부활하고, 해리와 그의 스승 및 친구들이 볼드모트와 펼치는 최후의 결전이 5부에서 7부까지 펼쳐진다.

이상의 줄거리 요약에서 세베루스 스네이프의 이름은 한 번도 등장하지 않았다. 이것은 부당한 처사다. 확실히 초반부까지만 해도 그의 비중은 크지 않다. 해리가 마법학교에 입학할 때부터 스네이프는 줄곧 해리를 예의 주시한다. 그런데 해리를 대하는 그의 태도는 우호적이지 않다. 시종일관 음침한 그 캐릭터는 과연 그가 덤블도어 진영의 사람이 맞는지조차 의심하게 한다. 선악의 구획이 명료한 이 우주에서 유일하게 경계에 서 있는 캐릭터라는 이유로 그가 많은 이들의 관심을 끌기는 했지만 이야기의 주역이라고 하기는 어려웠다. 그러나 시리즈의 중반 이후 그는 전면에 나선다. 볼드모트가 부활하자 스네이프는 기다렸다는 듯이 악에 투항해서 선의 화신인 덤블도어를 살해하는 최악의 악행을 저지르고 마법학교를 접수한다. 그러나 그는 예의 그 도덕적 모호함을 계속 유지하는데 (영화에서 이는 스네이프

**해리 포터와 죽음의 성물 2부** Harry Potter And The Deathly Hallows: Part2
감독 데이비드 예이츠, 영국 외, 2011

로 분한 앨런 리크먼Alan Rickman의 훌륭한 연기에 힘입는다) 이야기가
거의 끝나갈 무렵(7부 4권 33장)에 이르러서야 그의 비밀이 모두 밝혀
지고, 이 서사시는 그 순간 예상치 못한 방식으로 훌쩍 깊어진다. 어
떤 비밀인가?

스네이프는 릴리, 즉 해리의 엄마를 사랑했다. 그 사랑은 이루어지
지 못했고 그녀는 다른 남자와 결혼해 해리를 낳았다. 릴리가 볼드모
트에게 살해당하자 스네이프는 악마와의 계약도 불사하겠다는 마음
으로 그녀의 아이를 지키는 데 목숨을 걸기로 마음먹는다. 노회한 덤
블도어는 스네이프의 열정을 이용하는 데 주저함이 없다. 그의 명령
을 따라 스네이프는 이중 스파이가 되어야 했다. 최후의 승리를 위해
서는 덤블도어 자신의 희생이 반드시 필요했는데 그를 죽이는 최악의
임무 역시 스네이프가 떠맡아야 했음은 물론이다. 그리고 궁극적으로
는 스네이프 그 자신조차 죽어야 했다. 오로지 릴리에 대한 절대적인
사랑을 끝까지 고수한 덕에 그는 이 모든 고통스러운 역할을 수행했
고 마침내 해리의 승리를 이끌어낼 수 있었다. 표면적으로 이 이야기
는 볼드모트와 해리(그리고 덤블도어)의 '서사시'다. 그러나 이 장대한
이야기를 세베루스 스네이프라는 인물의 불운한 생을 그린 '비극'으로
읽는 일도 가능하다는 얘기다. 그는 왜 비극적인가. 이중적으로 외부
인이기 때문이다.

너무 많이
사랑한 유다

호그와트 공동체에서 스네이프는 늘 '내부에 있는 외부'처럼 보였
다. 그래서 그가 덤블도어를 살해하는 순간 독자/관객은 불길한 예감
이 적중했다는 생각을 하게 된다. 그 일을 계기로 그는 영영 공동체

구성원들의 마음의 외부로 추방되고 만다. 그러나 그것은 그의 뜻이 아니었다. 말하자면 그는 어쩔 수 없이 유다Judas가 되어야만 했던 사내다. 복음서의 예언이 이루어지기 위해서 반드시 누군가는 떠맡아야 하는 '배반'의 임무를 그가 맡았다. 지젝은 예수가 유다에게 전한 메시지를 이렇게 옮긴다. "'내가 너의 전부임을 보여라, 그러려면 우리 둘 다를 위한 혁명과업을 위해 나를 배반하라.'"(『죽은 신을 위하여』, 김정아 옮김, 길, 2007, 34~35쪽) 그런데 이 경우는 더 복잡하다. 스네이프는 해리(예수)의 죽음, 부활, 그리고 궁극적인 승리를 위해 해리가 가장 존경하는 인물인 덤블도어(야훼)를 배반해야 했기 때문이다. 이것이 얼마나 끔찍한 일인지 짐작하기 어렵지 않다. 순교자로 '죽는' 것보다 더 고통스러운 것은 배반자로 '사는' 것이 아닌가. 도대체 왜 이런 일을 해야만 했던가. 이 모든 것은 그가 보다 더 근원적인 외부, 즉 사랑의 외부에 있었기 때문이었다. 왜 스네이프는 그토록 릴리를 사랑했음에도 그녀를 얻지 못했는가?

원작에 설명이 없지는 않지만 충분하지 않다. 진짜 대답은 물음 안에 이미 존재한다. 그가 릴리를 얻지 못한 것은 그가 그녀를 '너무 많이' 사랑했기 때문이다. "남자가 사랑하는 여자의 사랑을 얻으려면 그녀 없이 살아갈 수 있음을 증명해야 한다는 것, 자신의 사명 혹은 직업이 그녀보다 중요함을 설명해야 한다는 것이다."(지젝, 같은 책, 34쪽) 나의 사명/직업에 비하면 당신은 하찮다고 말하는 남자가 여자를 얻지 못할 것임은 자명하다. 반대로, 나의 전부인 당신에 비하면 나의 사명/직업 따위는 중요하지 않다고 말하는 남자가 있다고 하자. 문제는 그 역시 버림받는다는 데에 있다. 당신이 전부라고 말하는 남자에게 여자는 그의 전부가 되기 위해 애쓸 필요가 없다는 것. 어둠의 마왕이 세계를 위험에 빠뜨리건 말건 스네이프에게는 오직 릴리뿐이었다. 바로 그것이 그를 사랑의 전투에서 패배하게 했다. 그렇다면 정답은 무엇인가. "당신은 나의 전부지만, 나는 당신 없이 살아갈 수 있고, 나의 사명 내지 직업을 위해 당신을 기꺼이 포기할 수 있다."(같은 책, 34쪽) 해리의 아버지인 제임스 포터가 바로 이런 태도를 취했을 것이다. 그래서 제임스는 볼드모트와의 싸움에 릴리와 함께 나서면서 부산물로 사랑까지 얻을 수 있었다. 그렇게 스네이프는 패배했다. 그럼에도 그는 여전히 릴리를 '너무 많이' 사랑한다.

> "결국, 자네는 그 아이를 좋아하게 되었나 보군?"
> "그 녀석을요?"
> 스네이프가 소리쳤다.
> "익스펙토 패트로눔!"
> 그의 지팡이 끝에서 은빛 암사슴이 치솟았다. 그것은 교장실 바닥에 내려앉더니, 한달음에 교장실을 가로질러 창밖으로 튀어나갔다. 덤블도어는 패트로누스가 날아가는 것을 지켜보았다. 이윽고 그것의 은빛 광채가 희미해지자, 덤블도어는 다시 스네이프 쪽으로 고개를 돌렸다. 그의 두 눈에는 눈물이 가득 고여 있었다.
> "그럼 지금까지도(after all this time)?"
> "언제까지나요(always)."
> 스네이프가 말했다.(『해리 포터와 죽음의 성물 IV』, 문학수첩, 2007, 134쇄, 195쪽)

덤블도어는 물론이고 해리조차 죽어야만 볼드모트를 이길 수 있다는 설명을 듣고 스네이프는 경악한다. 그 경악에 깨달은 바 있어 덤블도어는 묻는다. 그토록 미워하던 다른 남자의 아이에게 이제는 정을 느끼게 된 것인가 하고. 그러자 스네이프는 대답 대신 "패트로누스"(수호신의 이미지)를 불러내는 주문을 외운다. 그의 패트로누스는 죽은 릴리의 그것과 똑같은 암사슴이다. 사랑이 그토록 깊었으므로 패트로누스까지 같아졌다. 좀 지독하게 말하면 스네이프에게 해리 따위는 아무래도 상관없는 존재일 뿐이다. 스네이프가 해리를 위해 기꺼이 목숨을 바치는 이유는 해리가 단지 릴리의 아들이기 때문이다. (한국어판 초판에서 번역자는 덤블도어의 물음을 "after all, this time?"으로 읽는 실수를 범해서 이를 "결국 이제야?"라고 옮겼고, 스네이프의 대답을 "항상 그랬습니다"로 옮겼다. 이 오역은 결정적이다. 이 경우, 스네이프가 그동안 아닌 척했지만 실은 변함없이 해리를 아껴왔고, 그것이 그의 행위 배후의 동기였던 것이 되어버린다. 이 결정적인 오역은 이후에 위와 같이 수정되었다.) 이 지독한 순애보가 그를 유다로 만들었고, 그를 죽였으며, 마침내 이 거대한 전쟁을 끝내는 데 결정적인 기여를 했다. 스네이프는 해리 포터 시리즈에서 단 하나뿐인 비극적 영웅이다.

## 선악의
## 저편에서

이렇게 스네이프의 비극에 초점을 맞추는 일은 어떤 의미를 갖는가. 스네이프가 죽고 난 뒤에 뒤늦게 그의 내면의 비밀이 밝혀지는 이 대목에서 많은 사람들은 그의 도덕적 모호함이 선함 쪽으로 정리되는 것으로 받아들였지만 그 독법은 이 대목이 주는 전율의 핵심을 놓친다. 핵심은 '그는 결국 선한 사람이었어!'라는 안타까운 안도감이 아니라, '그는 얼마든지 악할 수도 있었을 사람이었구나!'라는 두려운 깨달음에 있다. 그가 덤블도어의 편에 선 것은 무슨 선의지 때문이 아니라 그것만이 릴리(의 아이)를 지키는 유일한 길이었기 때문이다. 만약 볼드모트가 릴리를 되살릴 권능을 갖고 있었다면 그는 기꺼이 어둠의 마왕과 계약을 맺었을 것이다. 이 감정에 가장 적절한 이름이 passion(열정, 수난)이 아니고 무엇일까. 수난을 부르는 열정, 즉 passion은 선도 악도 아니라는 것, 그러므로 그것은 그토록 위험하다는 것, 인간이 스스로 통제할 수 없고 그래서 인간을 파멸로 이끌기도 하는 그 열정이 인간의 가장 심오한 본질 중 하나라는 것 등은 이 서사의 마지막에 돌연히 제출되는, 이 시리즈 전체의 보수적인 교훈보다 더 중요한, 은밀하고 강렬한 메시지다.

마지막으로 고백하건대 10여 년 전 이 시리즈의 1부인 〈해리 포터와 마법사의 돌〉(2001)이 막 영화화된 것을 본 이후로 나는 이 이야기에 아무런 관심도 애정도 가져본 바 없었다. 이 글을 쓰기 위해 저 방대한 서사를 보름 만에 섭렵해야 했는데 그 과정 역시 늘 유쾌했다고 하기는 어렵다. 그러다 마침내 시리즈의 마지막 편인 〈해리 포터와 죽음의 성물 2부〉에까지 이르렀다. 내게 이 영화의 하이라이트는 볼드모트와 해리 포터 일행의 최후의 결전이 아니었다. 최후의 결전 바로 직전에, 스네이프의 (오로지 릴리로 인해 행복했고 또 불행했던) 일생과 그 비밀이 빠른 속도로 회상되는 그 5분이 심리적 클라이맥스였다. 내 안에서 호그와트의 성곽이 무너지는 것보다 더 큰 소리를 내며 무언가가 무너져내렸다. 아직도 그녀를 사랑하느냐는 덤블도어의 물음에 스네이프가 10년 동안 관객에게 한 번도 보여주지 않은 표정으로 "always"라고 말하는 순간에는 급기야 조금 울고 말았는데, 나는 그때 그의 사랑이 선악의 저편에서 끔찍하게 슬프다고 생각했고, 너무 슬퍼서 아름답다고 생각했으며, 헤어질 때가 되어서야 내가 이 시리즈를 사랑하게 되었다는 것을 깨달았다. 그리고 해리 포터 시리즈 10년의 종결을 바라보면서 내가 정작 떠나보낸 것은 바로 그 사내, 세베루스 스네이프라는 것도.

# 시간을 다루는
## 영화적 마술의 한 사례

### 〈사랑니〉를 보는 일

10대 초반에 함께 재즈 음반을 사서 들었던 친구는 지금 재즈 피아니스트가 되었고, 10대 중반에 함께 〈로드쇼〉를 읽으며 비디오를 빌려 보았던 친구는 지금 영화 제작자가 되었다. 나는 슬픈 음악과 슬픈 영화를 좋아했는데, 궁극적으로는 슬픔 그 자체를 좋아했던 건지도 모른다. 슬픔을 가장 잘 표현할 수 있는 것은 멜로디나 영상이 아니라 결국 문장이라는 생각을 그 무렵부터 이미 하기 시작했는지는 불확실하다. 그러나 10대 후반에 장차 글을 쓰며 살자고 결심한 이후 20년 동안 나는 그 결심을 후회해본 적이 없다. 문학이 직업이 되면서 음악과 영화는 취미가 되었다. 직업보다 취미에 더 많은 시간을 할애할 수는 없다. 그중에서도 하나를 택하라면 음악이었다. 음악 없이는 살 수 없었지만 영화 없이는 살아졌다.

그러다 2012년에 〈씨네21〉의 제안 덕분에 영화 에세이를 쓰기 시작하면서부터 영화를 챙겨 보기 시작했다. 영화평론가 행세를 할 생각은 없으며 어디까지나 문학평론가로서 썼을 뿐이다. 매체에 대한 깊은 식견이 없는 사람이 그 분야의 평론가가 될 수는 없다고 생각한다. 나는 영상이라는 매체의 문법을 잘 알지 못하므로 다만 영화의 서사 구조에 대해서만 겨우 말할 수 있었다. 그래서 가끔 이런 것이 '영화적 마술'이 아닐까 싶은 것과 만날 때면 나는 그냥 무력한 감탄의 주체가 되고 만다. 예컨대 정지우 감독의 〈사랑니〉가 한국 영화사에 길이 남을 걸작인지 아닌지 판단할 능력이 내게는 없지만, 몇 번을 봐도 나는 이 영화에 감탄하고 또 무력해진다. 두 가지 이유에서 그렇다.

엉키는
시간의 신비

서른 살 조인영<sup>김정은</sup>이 열일곱 살 이석<sup>이태성</sup>에게 사랑을 느낀다. 첫사랑과 이름과 외모가 똑같은 아이에게서 신비로운 애정을 느끼지 않는다면 그게 외려 이상할 것이다. 10분 정도가 지난 뒤 열일곱 살 조인영<sup>정유미</sup>이 등장하고 그녀가 (이태성이 1인 2역을 하는) 한 소년을 향해 첫사랑에 빠진 소녀의 표정을 지을 때 이것이 서른 살 조인영의 13년 전 모습이라고 짐작하는 것은 자연스럽다. (비록 그 소녀가 소년을 '이석'이 아니라 '이수'라고 부르는 장면이 있지만 처음에 나는 흘려들었다.) 말하자면 같은 인물의 과거와 현재가 나란히 진행되는 것처럼 보인다는 것이다. 그렇게 50분 정도가 지나면, 놀랍게도, 열일곱 살 인영이 서른 살 인영 앞에 나타나는 장면이 나온다.

방심한 채로 영화를 보다가는 저 장면에서 혼란에 빠질 수 있다. 두 인영은 서로 다른 인물이었던가. 이름이 같은 두 여자가 서로 다른 공간에서 쌍둥이 형제인 이수와 이석에게 각각 동시에 사랑에 빠진 것이었다. 17세 인영이 사랑한 이수가 불의의 사고로 죽고, 그녀가 이수의 동생인 이석에게 집착하기 시작하면서, 17세 인영과 30세 인영이 이석을 사이에 두고 충돌하지 않을 수 없게 된 것이었다. 이게 다가 아니다. 여기에, 30세 인영의 원래 첫사랑인 또 다른 이석이 13년 만에 나타나면서, 30세 인영을 사이에 두고 두 이석 또한 만나지 않을 수 없게 된다. 두 인영이 만났고 이제 두 이석까지도 만났다. 이쯤 되면, 이 영화는 어쩌려고 이러는 것일까, 궁금해진다.

사실 여기에 비논리적인 것은 하나도 없다고 말해도 된다. '현재와 과거'의 이야기인 줄 알았던 것이 사실은 '여기와 거기'의 이야기였으니 두 인영과 두 이석은 당연히 만날 수 있다. 하필 이름이 같은 두 여자와 두 남자가 사랑의 관계를 형성하면서 상황이 기묘하고 복잡해진 것일 뿐이다. 그러나 이렇게만 말하면 다 해결되는 것일까. 그렇지가 않다. 이 영화는 벨소리, 지구본, 교과서, 세탁기 등의 소도구를 이용해 이 사랑의 관계들을 꼬아 엮어 다시 관객의 나른한 혼란을 조장한다. 그래서 결국은, 오직 한 사람의 인영과 한 사람의 이석이 있을 뿐이며, 지금 당신이 보고 있는 것은 과거와 현재 사이의 불합리한 공존 혹은 신비로운 공명이라고 말하는 것처럼 보인다.

리얼리즘인가 판타지인가. 작품이란 모름지기 저 둘 중 하나일 뿐이니 자기 입장을 분명히 밝혀야 한다고 고집을 부리는 어떤 완강한 관객에게 이 영화는 그런 양자택일의 물음이 쓸데없는 것임을 두 시간 동안 고요히 설득한다. 그 두 시간 중에서도 가장 친절한 설득은 4분의 3 지점에 나온다. 17년 만에 첫사랑 이석을 만나서 실망하고는 문득 현실감각을 회복한 서른의 인영이, 열일곱 이석과의 약속을 잊고 있다가 새벽녘에 그에게 달려가서 키스를 하는 장면. 여기서 인영의 몸은 공중으로 떠오른다. 가장 리얼한 충만을 표현하기 위해 오히려 판타지의 옷을 입힌 경우다. 사랑의 감정 속에서 실제와 환상은 때로

**사랑니**
감독 정지우, 2005

구별되지 않는다. 어찌 보면 이 영화의 서사 전체가 그렇다.

서사론은 시간론이고 시간론은 인생론이다. 이 영화가 채택하고 있는 저 '불합리한 공존'과 '신비로운 공명'의 서사는 이 영화의 감독이 사랑이라는 사건을 일생이라는 시간의 축 위에서 어떻게 바라보고 있는지를 돌려 말하는 장치일 것이다. 열일곱의 인영은 이수와 이석을 구별할 수 있게 된 뒤에도 죽은 이수에 대한 못다 한 사랑을 이석에게로 이어갔고, 서른 살의 인영은 열일곱의 이석이 자신의 첫사랑 이석과 똑같이 생겼다고 믿었으나 사실 그 둘은 전혀 닮지 않았다. 이런 '같음과 다름'의 혼돈과 착종 속에서 우리는 사랑을 한다. 실제와 환상이 뒤섞이듯, 진짜와 가짜, 과거와 현재, 열일곱 살과 서른 살, 나와 네가 뒤섞인다. 사랑은 가까이 갈수록 흐릿해지는 원시遠視의 피사체다. 영화가 구현할 수 있는 이 시간의 엉킴이야말로 사랑이라는 피사체를 문학과는 다른 방식으로 생포하는 영화적 마술의 한 동력인 것은 아닌지.

흐르는
시간의 의미

관객으로 하여금 사랑에 대한 이런 메시지를 순순히 받아들이게 하는 것은 이 영화를 떠받치는 경탄할 만한 섬세함이다. 특히 학원, 일식집, 공항, 모텔, 양호실을 차례로 경유하는 영화 중반부의 20여 분이 그렇다. 이 20분 동안에 열일곱 이석과 두 명의 인영은 모두 자신들의 결정적인 울음을 운다. 그 눈물과 함께 그들은, 자기 자신이 처해 있는 상황의 진실을 이해하게 되고, 이전과는 달라진 자신을 받아들인다. 일식집에서 이석이 술에 취해 한탄할 때 문이 닫혀 그의 말이 잘 들리지 않게 되는 장면, 서른 살 인영이 이석과의 첫 섹스를 앞두고 고민하다 미리 브래지어를 벗는 장면, 울다 지쳐 잠든 열일곱 인영이 핸드폰을 꼭 쥐고 있는 장면 등에서 발휘된 섬세함이 저 각성의 눈물들을 어루만지고 연결한다.

여기에 한 장면을 덧붙이고 싶다. 저 문제의 20분이 끝나갈 무렵에, 이재진이 작곡한 아름다운 스코어(《첫사랑》)가 이 영화 전체에서 딱 한 번 흐르기 시작하는 순간에 나오는, 바로 그 장면 말이다. 눈물을 멈추지 못하는 열일곱 인영의 모습 이후에, 열린 창문으로 불어오는 바람에 양호실 커튼이 흔들리고, 그녀를 다독이며 침대에 눕힌 양호 교사가 새로 산 구두를 신는 모습을 보여주는 그 장면. 물론 이 장면에서 양호 교사는 그 자리에 없는 서른 살의 인영을 대신해 거기 있는 것이리라. '열일곱의 사랑'이 눈물을 흘리며 잠든 공간에서, '서른 살의 욕망'은 새 구두에 발을 집어넣는다. 양호 교사는 제 학생을 달래주고 눕혔지만, 그녀는 지금 누워 있는 인영만큼이나 아팠을 자신의 열일곱을 이미 잊었을 것이다. 서른 살 인영이 그러한 것처럼.

요컨대 이 장면은, 그 직전에 나온 울고 있는 열일곱 인영과 그 직후에 나올 화장을 하는 서른 살 인영을 잇는, 일종의 접속사로 기능한다. 이렇게 의미를 해석해보는 일이 불가능한 것은 아니지만, 이것으로 이 장면의 의미가 다 탕진되지는 않는 것 같다. 삭제된다 하더라도 서사가 무너지지는 않을 장면이다. 그런데 앞선 20분 동안 자신의 가장 중요한 눈물을 흘려야 했던 세 사람과는 아무런 관련이 없는, 게다가 얼굴조차 나오지 않는 한 여자(양호 교사)의 욕망을 무심히 보여주는 이 장면은 이상하게 아름답다. 나는 그 이유를 명확하게 설명하지 못한다. 의미로 팽팽하게 충전돼 있지 않고 불가결하지도 않은 이런 장면은 왜 단지 거기에 있다는 이유만으로 어떤 아름다움을 산출하는 것인가.

어떤 말과 행동이 장착할 수 있는 의미의 최대치가 100이라면, 우리의 말과 행동 중에서 많아야 20~30 정도의 의미를 갖는 것처럼 보이는 것들은 대체로 사려 깊게 이해받지 못하고 이내 흩어져버린다. 어쩌면 그것들에 우리의 가장 중요한 진실이 담겨 있을지도 모르는데 말이다. 그런 것들을 놓치지 않을 때 영화는 지상에서 흐르는 어느 시간을 살아 있는 상태 그대로 보존하는 놀라운 기술이 된다. 문학에서 시간의 의미는 그 시간을 살고 난 이후 되돌아볼 때 얻어지는 어떤 깨달음의 형태로 표현된다. 그러나 영화에서 그것은, 그 어떤 깨달음의 형태로 굳어지기 전에, 그저 흐르고 있는 그 상태 자체로, 무無의미가 아니라 미未의미의 형태로 보존된다. 이것 또한 영화적 마술의 한 본질인 것은 아닌지.

영화 보기의
무력한 쾌감

요약하자. 이 영화에서 나는 시간을 다루는 영화적 마술의 어떤 사례를 본다. 영화 속에서 엉키는 시간이 만들어내는 매듭은 과학적이고 논리적인 판단이 지배하는 곳에서는 발견될 수 없는 삶의 한 신비를 시각적 어리둥절함 속에서 인식하게 하고, 영화 속에서 흐르는 시간이 하나의 의미로 박제되지 않고 충분한 섬세함으로 생포될 때 그것은 이 세상을 무심히 흘러가는 시간들이 얼마나 많은 의미들을 제 안에 품고 있는지를 경이롭게 느끼게 한다. 내가 그럭저럭 해낼 수 있는 것은 이야기로서의 영화를 윤리학적 층위에서 음미하는 것이지만, 그저 무력하게 감탄할 수밖에 없는 영화적 마술 앞에서 나는 더 순수한 쾌감으로 행복해한다. 내게 〈사랑니〉는 행복한 영화다. 나는 이 영화를 보고 또 본다.